THE LAST CUENTISTA

最后一个
讲故事的人

[美]唐娜·巴尔巴·伊格拉 著
马爱农 译

中信出版集团 | 北京

图书在版编目（CIP）数据

最后一个讲故事的人 / (美) 唐娜·巴尔巴·伊格拉著；马爱农译. -- 北京：中信出版社, 2023.6（2025.10重印）
书名原文: The Last Cuentista
ISBN 978-7-5217-5546-6

Ⅰ. ①最… Ⅱ. ①唐… ②马… Ⅲ. ①儿童小说—幻想小说—美国—现代 Ⅳ. ①I712.84

中国国家版本馆CIP数据核字（2023）第077483号

最后一个讲故事的人

著　　者：［美］唐娜·巴尔巴·伊格拉
译　　者：马爱农
出版发行：中信出版集团股份有限公司
（北京市朝阳区东三环北路27号嘉铭中心　邮编　100020）
承 印 者：嘉业印刷（天津）有限公司

开　　本：880mm × 1230mm　1/32　　印　　张：10.5　　字　　数：192千字
版　　次：2023年6月第1版　　印　　次：2025年10月第17次印刷
京权图字：01-2023-2432
书　　号：ISBN 978-7-5217-5546-6
定　　价：35.00元

服务热线：400-600-8099
投稿邮箱：author@citicpub.com

献给爸爸：

从最早的睡前故事，到我们的日常聊天，

感谢您给了我一生的故事。

目录

1
最后一个故事：火蛇回归

利塔又把一块松木扔到火堆上。芳香的烟雾从我们身边飘向群星闪烁的天空。她挨着我在毯子上坐下，膝盖咯吱作响。这次，我没有碰她给我做的肉桂热巧克力。

“彼得拉，我有一样东西，想让你离开时带在身边。”利塔把手伸进毛衣的口袋，“因为我不能陪你过十三岁生日了……”她拿出一个太阳形状的银吊坠，吊坠中心镶着一块扁扁的黑石头，“如果你把它对着太阳，阳光就会透过来，让这颗黑曜石发光。”

我从她手里接过吊坠，举了起来。天上没有太阳，只有月亮。有时候，我想象着能看到自己看不到的东西。但这一次，我的确看到有一道微弱的光从石头中间透出来。我前后移动吊坠，当它离我的视野中心太远时，那道光就完全消失了。

我回过头，看到利塔正指着她脖子上那条完全一样的吊坠。“你知道，”她说，“尤卡坦人[1]相信黑曜石有魔法。它是一个通道，能让失散的亲人团聚。”她收紧嘴唇，鼻子下面的棕色皮肤微微皱起，像开裂的树皮。

“他们不应该强迫我。”我说。

“你必须去，彼得拉。”利塔朝远处望了许久，才又开口说道，“孩子不应该跟爸爸妈妈分开。”

“你是我爸爸的妈妈，他也应该跟你守在一起才对。我们都应该守在一起。”话还没说完，我就知道自己显得很幼稚。

她笑了，声音低沉而柔和。“我太老了，去不了这么远。但是你……哦，我的上帝[2]，一个新的星球！多么令人兴奋啊。”

我的下巴在颤抖。我把头埋进她的身体，紧紧地搂着她的腰。

“我不想离开你。”

她深深地叹了口气，肚子瘪了下去。在利塔屋后的沙漠里，一只郊狼在嗥叫，呼唤它的朋友。就在这时，鸡咯

1 生活在尤卡坦半岛上的美洲印第安人。——译者注（后文如无特别标注均为译者注）

2 原文为西班牙语。后文均以特殊字体标出，不再加注。

咯地叫了起来，她养的那些晕倒羊[1]中也有一只开始咩咩地叫起来。

“你需要一个故事。”她说，指的是她那些荒诞故事。

我们躺下来，仰望夜空。沙漠里温暖的风吹拂着我们，利塔把我搂得很紧很紧。我永远也不想离开这里。

她指着哈雷彗星。从这里看，它似乎没有那么危险。

“很久以前，”她开始讲故事了，“有一位年轻的火蛇神。他的母亲是地球，父亲是太阳。”

“火蛇神？”我问，“可是，火蛇神半人半兽，太阳和地球怎么可能是他的父母呢——”

“嘘，这是我的故事。”她清了清嗓子，用双手握住我的一只手，“火蛇很生气。他的母亲——地球——养育了他，但是他的父亲——太阳——却总是离他很远。父亲带来了庄稼，但也带来了旱灾和死亡。在一个非常炎热的日子，太阳突然出现在火蛇的上空。”利塔朝天空挥舞一只手臂，“于是火蛇向父亲发起挑战。尽管母亲恳求他永远陪在自己身边，小火蛇还是飞快地朝父亲跑去。”

利塔沉默了一会儿。我知道她这是故意在卖关子，想制造悬念。这招很管用。

“后来呢？”

她笑了笑，继续说道：“火蛇的尾巴在身后燃烧，他

1　美洲特有的羊种，受惊时会四肢僵硬，腿软倒地。

加快速度，直到想慢也慢不下来了。可是，当他靠近父亲太阳时，才意识到了自己的错误。父亲的火焰，比这宇宙间的任何东西都要强大和凶猛得多。火蛇绕过父亲身边，急速地返回家去，但已经太晚了。父亲的火焰灼伤了他的眼睛，他再也看不见了。”利塔咂了咂舌头，“可怜的孩子，瞎了眼，跑得那么快，根本没法慢下来。他永远也找不到他的母亲了。”她叹了口气。接下来是她所有故事中都有的那个部分，她的语气会变得很轻松，好像只是在告诉别人街角的面包店怎么走。“因此，每隔七十五年，火蛇都会重走这段旅程，希望能与母亲团聚。”她指着天上的那条火蛇，“每次擦肩而过，他都能感觉到母亲就在身旁，可他却永远无法拥抱她。”

“除了这一次。”我说，后背一阵发烫。

“是的。”她回答，又把我往怀里拉了拉，“再过几天，火蛇就终于能找到他的母亲了。科罗林科罗拉多，这个故事我只讲这么多。”她说着，结束了她的故事。

我一遍遍地揉搓她的手，把她的皱纹牢记在心里。“这个故事是谁讲给你听的？你的奶奶？”

利塔耸了耸肩。“她告诉了我一些片段，大部分可能都是我自己编的。”

“我害怕，利塔。”我低声说。

她拍了拍我的胳膊。“但刚才，你是不是暂时忘记了那些烦恼？”

我有点羞愧，没有回答。她的故事确实让我忘记了，忘记了她和其他人会有什么遭遇。

“不要害怕。”她说，“我就不怕。这只是火蛇的回归。”

我默默地抬头看了一眼火蛇。“我要像你一样，利塔，做一个讲故事的人。”

她坐直身子，盘起双腿，面对着我。“一个讲故事的人，是的。这是你的天性。”她倾身向前，“可是像我一样？不，亲爱的。你需要发现你是谁，然后做你自己。”

“如果我讲得不好怎么办？”我问。

利塔用她柔软的褐色的手托起我的下巴。“你不可能讲不好。这些故事可都是穿越了几百年、辗转了无数人才找到你的。好了，把它们变成你自己的故事吧。”

我想起利塔和她的母亲，还有她母亲的母亲。她们知道的事情真多啊，我怎么能做到像她们那样呢？

我把吊坠攥在手心里。“我永远不会把你的故事弄丢的，利塔。”

“你知道，你要去的那个星球也会有一两个太阳。”她用指甲轻轻敲了敲她的吊坠，“到了那里，记得联系我。”

我的下嘴唇抖个不停，泪水从脸颊上滑落。“真不敢相信我们要离开你了。”

利塔擦去我脸上的一滴眼泪。“你不可能离开我，我是你的一部分。你要带着我和我的故事去一个新的星球，去几百年之后的未来。我是多么幸运啊。”

我亲吻她的面颊。“我保证会让你感到骄傲的。”

我紧紧握住我的黑曜石吊坠，不知道当火蛇最终与母亲团聚时，利塔是否会透过这块烟灰色的石头注视着他。

2

地球上的最后一杯水

从圣达菲到杜兰戈附近的圣胡安国家森林发射基地，花了不到两个小时。其中半个小时爸爸一直在讲话，他告诫我和哈维尔应该停止争吵，应该友善待人，应该好好努力。

我觉得很奇怪，政府竟然专门选择了科罗拉多森林，而不是一个什么军事基地。可是当我看到偏僻的道路和绵延数公里的茂密森林时，我明白了。哪怕是三艘准备离开地球的大型星际殖民飞船，在这里也可以隐藏得不露痕迹。

这些豪华飞船是昴星团公司设计的，好让富人们可以舒适地穿越银河系。我曾在磁悬浮轨道旁看到过他们的巨幕广告，上面展示了飞船内部的五星级酒店设施。枝形吊灯是昴星团公司的标志性颜色——贵族紫。它们照亮了那些身着华服的演员的脸。演员们端着马提尼酒杯，微笑着凝视窗外虚假的星云。一个男人，声音圆润，好像每天早上用鳄梨油漱口似的，他在叮叮咚咚的钢琴曲声中说道：“昴星团公司，重塑您对星际旅行的想象。星空中的奢华生活，为爱冒险的精英人士量身定制。”

我在想那几艘飞船如今怎么样了。那些在大屏幕上微笑、露出漂白牙齿的人们，跟我们——科学家、星球建设者和政府领导人，这些被政府评估为有资格比别人活得更长久的人，没有任何相似之处。我们一家人是怎么挤进这个名单的？那些政府官员是怎么做选择的？如果爸爸妈妈年纪再大一点呢？那些政客中又有多少获得了通行证？

那么多人都被留在地球上，而我们却偷偷离开，这似乎不太对。而且直到昨天，他们才把集合地点告诉了我的父母。爸爸说，昴星团公司曾把飞船存放在丹佛旧机场的一个大型地库里，按计划要两年之后才会离开地球，开始第一次正式旅行。几个月前的近距离试飞倒是很成功，但我们现在离开得这么突然，这应该是第一次星际旅行吧。

如果不是一星期前的太阳耀斑活动改变了彗星的轨道，我们本可以几天后看到火蛇平安无事地经过地球，和往常一样。

起飞地点设在一个经过改造的旧园林管理站，跟国家公园隔了几道门。我尽量不去回想我在大门口看到的情景。从管理站出发，我们按指示跟其他乘客一起走入一条通往森林的小路。我们身后又聚集了一些家庭，他们正在等着轮到自己步行去飞船。树林里的白杨树和松树过滤着阳光，就像教堂里的约拿和鲸鱼的彩绘玻璃。小鸟突然在头顶上叫了起来，把我吓了一跳。我抬起头，看见一只燕子妈妈正从窝里跳出来，去寻找食物。它刚一离开，叽叽叫的小鸟们就安静了下来。燕子妈妈还不知道它所有的辛苦都是白费时间。我把我狭窄的视野对准鸟窝边探出的那些小脑袋。起初，我为它们感到难过，那么弱小，那么没有防备。但接着我意识到，在某种程度上，这些小鸟是幸运的，它们永远不会知道是什么击中了自己。

我们沿着小路继续向飞船走去，它跟任何一条徒步小径没有什么两样。真是想不到，最后一次离开地球的方式竟然这样“不正规”。爸爸妈妈告诉我，网络追踪显示，有太多的极端分子和阴谋论组织怀疑这里在搞什么事情。事实证明，他们是对的。当我们离开雪松树冠的掩护，来到一片开阔的绿地时，弟弟哈维尔猛地停住了脚步。一艘巨大的飞船出现在视野中，看起来像一只不锈钢和水晶做的螳螂。

“彼得拉……”他紧紧抓住我的手腕。

在绿地的另一头，还有一艘一模一样的飞船。因为离得远，它看起来只有我们面前这个庞然大物的一半大。只剩下两艘飞船了。我知道有一艘已经离开，爸爸说，当它飞近半人马座阿尔法星时，随着最后一声信号声响起，它就失联了。

“没事。”我鼓励哈维尔，尽管我也很想跑回森林里去。我想到了利塔，想到了我的老师和我的同学们，不知道他们此刻在做什么。我不愿意想象他们惊恐万状，试图逃避他们无法逃避的厄运。

相反，我想象着利塔和贝尔塔姑妈躺在红黑相间的流苏毯子下面，一边喝着加了“秘制调味料”的咖啡，一边注视着那条长尾蛇回家。

“贝尔塔！现在不是抠门儿的时候。”利塔会把褐色的玻璃瓶倾过来，把同样颜色的浓稠液体倒进她的咖啡杯。

“我想你是对的。”贝尔塔姑妈回答，“留着它也没用，我们不会再过圣诞节了。”利塔会往贝尔塔姑妈的杯子里再倒一些。她们会碰杯，畅饮，然后肩并肩地靠在贝尔塔姑妈的那棵百年山核桃树上。

这就是我脑海中会记住的关于她们的故事。

早在爸爸妈妈被选中之前，很多人就已经开始抢劫了。我问妈妈他们为什么要这么做，其实过不了多久，所有的东西都会消失的。妈妈的眼里噙满了泪水。

“人们害怕，有些人会做出他们想也没想过的事情。我们没有资格去评判别人。”

我还是不明白，为什么有些人这么平静，而有些人却骚动不安。爸爸妈妈被选中去往那个新的星球——萨根星球，我应该感到高兴才是，可是我却觉得，这是把地球上的最后一杯水给了我，而我要在众目睽睽之下把它咕咚一口喝下去。

我抬头看着彗星，皱起了眉头。我恨你。

就像蚂蚁排着队走向蚁穴一样，我和我的家人静静地走过草地，同行的有几位科学家，还有另外一家人，他们中有一个金发少年。当我们走近时，我看到的不是商用水泥发射台，而是刚修剪过的草地。

妈妈轻声说："还没等你感觉到什么，目的地就到了。没什么可紧张的。"可是当我抬头看时，却发现她把眼睛闭得紧紧的，拼命摇头，似乎想让这一切统统消失。"等我们到了萨根星球，"她继续说道，"就可以重新开始，像在农场上垦荒一样。还会有一些年龄跟你们差不多大的孩子。"

但她的话没有安慰到我。我根本不想结交新朋友。我甚至不得不在利塔的房子后面把小旋风给放生了。说不定我的乌龟能藏在它的地洞深处，在彗星撞击地球的时候幸存下来，没有我也能平平安安地活一辈子。

"这太愚蠢了。"我喃喃地说，"也许我应该对他们说我眼睛不好，然后他们就不会让我们上飞船了。"

妈妈和爸爸交换了一个眼神。妈妈抓住我的胳膊肘，把我拉到一边。当另一家人经过时，她朝他们笑了笑。

"你想干什么，彼得拉？"

我的眼泪涌了上来。"利塔怎么办？你们好像根本就不在乎。”

妈妈闭上眼睛。“我不知道该怎么对你说，这对我们每个人来说都很艰难。”她叹了一口气，然后看着我，“很抱歉，这件事伤害了你，但现在不是讨论这件事的时候。”

“那要等到什么时候？”我说得太大声了，“几百年后？那时她已经不在了！”

走在我们前面的金发男孩回头看了一眼。他爸爸用胳膊肘推了他一下，他又转了回去。

“彼得拉，我们谁都不清楚到底会发生什么。”妈妈偷偷瞥了一眼那家人。她抓住自己的辫子，用手拧着辫梢。

“我认为你在说谎。”

妈妈看了爸爸一眼，把手放在我的胳膊上。“此时此刻，彼得拉，世界不是围着你转的。你有没有想过别人的感受？”

我差点儿想说世界可能再也不转了，但我的手臂在颤动。我抬起头，看到妈妈在发抖。

她指着我们来的方向。“你注意到那些等在门外的人了吗？”

我把目光移开。我不愿想起刚才那个女人摘下结婚戒指，把怀里的孩子向前推，一起塞给那个武装警卫的情景。“求求你了，求求你了。”从入口进来时，我看见她的嘴型一遍遍地说着。正如网络追踪所预测的，那个年轻妈妈和其他成百上千人已经发现了政府在这里的小动作。

“他们愿意付出任何代价，只要能跟我们一起上飞船。”妈妈俯下身，眼睛深深地盯着我，“你想回去吗？”

我想到那个抱孩子的妈妈，想到如果我再也见不到爸爸妈妈和哈维尔。

“不想。”我回答。

一个女人和一个小女孩手牵手走了过来。小女孩身穿帽衫，帽子上支棱着一只银色的螺旋犄角。她们经过时，她毫不掩饰地转过脑袋，怀疑地盯着我。

“苏马。”她妈妈小声说，女孩挪开了目光。

妈妈朝她们那边看了一眼，我知道，她也看到她们在注视我们。“所以，你能把你的想法暂时憋在肚子里吗？”

妈妈向前走去，经过爸爸和哈维尔身边。爸爸朝我扬起眉毛，摇了摇头。见此情景，我知道他也受够了。哈维尔跑回我身边，差点儿被路上的一块石头绊倒。他扑在我身上，我把他拉了起来。他握住我的手。“没事。”他说，就像我刚才对他说的一样。这一次，是他在鼓励我。

我们走近那个螳螂飞船的入口坡道时，我深深地吸了一口气。光是飞船的前端就有一个足球场那么大，赫然耸立在我们面前。一排前窗如同咧开大嘴露出的长牙，龇在螳螂的前额与下颚之间。它的两条后腿固定在地上，支撑着飞船。

远处，一个个小点钻进了另一艘螳螂飞船的腹部，准备在我们之后不久起飞。

哈维尔指了指我们飞船后部的两个椭圆形翼状舱房。“我们要去那儿吗？”他问。

爸爸点点头。

“比我们的学校还大。”哈维尔小声说。

“是啊。”妈妈努力挤出一个微笑，好像这就能让哈维尔相信我们又要去迪士尼乐园了，“很少有飞船能载这么多人，到那么远的地方去。”

“我们要一直睡着吗？”哈维尔问。

“就像打个盹儿一样。”妈妈说。

“打个盹儿”，以及它附带的好处，是现在为数不多能让人高兴的事。然而，这次睡眠与哈维尔的三十分钟午睡不同，它将持续三百八十年。

3
另一种生存

其实在我们离开的一星期前，我就无意中听到了爸爸妈妈的谈话，我真不明白我当时怎么就没有反应过来这是怎么回事。

他们在客厅里压低声音——我知道那种小花招。这意味着，他们虽然知道我和哈维尔睡着了，但也不敢冒险被我们偷听到什么。我用力扯下我的美国洋娃娃约瑟菲娜的脑袋，把它的黑头发披散在我的枕头上。我已经五年没有玩约瑟菲娜了，但总是把它放在伸手就能拿到的地方，就为了在这种时候派上用场。

我蹑手蹑脚地走出房间，经过哈维尔的房门。他的水族箱发出亮光，照到走廊上，刚好可以让我看清楚。

房间里传来一声响亮的低语，差点儿把约瑟菲娜吓得活过来。“你要去哪儿，彼得拉？”

我匆匆拐进他的房间，房门发出嘎吱一响。“不去哪儿，只是去倒杯水。”

他在床上挪了挪，腾出点地方。他没有穿睡衣，而是穿着那件三天没有换的“基因复活萌宠团”卫衣。自从中国遗传学家重新创造出绒绒沃利，让这只小小的克隆猛犸象登上世界舞台，所有不到八岁的孩子就都有了一件基因复活萌宠团卫衣，胸前正中是毛绒猛犸沃利，一侧是亚冠龙宝宝，另一侧是渡渡鸟。哈维尔把他的《梦想家》递给我，这是一本真正的纸质书，是爸爸小时候的书。它很有些年头了，是在电子阅读器和故事生成器出现之前写成的。

“现在不行，哈维尔。”我把他心爱的书放回他床头的架子上。

“啊——”他发出哀号。

顿时，爸爸妈妈的说话声停了下来，我赶紧把一根手指压在嘴上。“我们应该在睡觉的。”我俯身想给他一个晚安的吻，不料我的小脚趾撞到了他的床脚。我猛地用手捂住嘴，一头倒在了床上他的身边。

“对不起。”他低声说。

我闷哼了一声。“这不怪你，是我自己没看清。”我揉着脚趾说，“眼睛不灵。”

哈维尔抓住我的手。“别担心，彼得拉，我会做你的眼睛。”

我的喉咙哽咽了，一把将他搂在了怀里。我握住他的手，用手指摩挲他的星座胎记——大拇指关节处的一丛小雀斑，这是只有他和我知道的无声信号。我躺在他的枕头上，紧挨着他的头，一起注视着那只非洲矮蛙从水族箱的底部游到顶部。矮蛙的腿又瘦又长，脚上带蹼，看起来就像一个插了牙签的墨西哥绿番茄。“你给那只青蛙喂得太多了。”

“我给它起名叫胖胖，所以没关系。”他说。

我咯咯地笑了，抚摸着他的胎记，直到他的呼吸变得沉稳。在《梦想家》的书脊上，那位母亲用警惕的目光注视着我们，她的眼睛和嘴唇都很慈祥，像利塔一样。

我从哈维尔身后悄悄溜下床，站到了地板上。走廊里光线很暗，安全起见，我决定爬到客厅里去偷听。我摸索着，什么东西也没有撞到，蹑手蹑脚地躲到了组合沙发后面。

“太可怕了。”妈妈说，“一百四十六个人，正好是每艘飞船上监督员的数量，这就是保留丰富的遗传多样性所需的人数。”

他们常常互相抛出一些科学假设来消遣，我以为这次也是那种书呆子式的夜聊。

妈妈继续说道：“我感觉监督员为我们其他人做出的牺牲太大了。”

“他们被选中执行这次任务是有原因的，就像我们一样。”爸爸说。

“但我们会活到最后。”

“他们也是乘客。”爸爸说，“何况我们也不知道等待我们的到底是什么。谁知道他们的生活会比我们的好还是差呢？”

听起来不太像一场关于科学假设的对话。厨房里的钟敲响了十点。

“打开屏幕。”爸爸说着，打开了专门为他们安排的十点新闻节目。

我透过沙发靠垫的缝隙偷看。

“今晚，我们来到了全球和平论坛的现场，有一场国际运动正在这里展开。”女播音员扬起眉毛，但额头上没有一丝皱纹，“这场……有趣的新兴运动受到极大的赞誉，同时也招致了更多批评。”

一个鬓角修得很齐整的尖鼻子男人说话了。他柔和的声音与轮廓锐利的五官很不相配。“本世纪经历了许多考验，很快还会遭遇更多的艰辛。请想象一个全人类能够达成共识的世界吧。大家结成一个集团，就能避免冲突。没有冲突，就没有战争。没有战争付出的代价，就没有饥荒。没有文化、外貌、知识的差异……”

为了看得更清楚，我把头又往沙发靠垫的缝隙里伸了伸。在他身后，穿着同色制服的男男女女站成一排，漂白过的头发往后梳得一丝不乱，双手交叉放在腰间。一模一样的微笑，没有一点化妆的痕迹。

“导致我们的世界如此动荡和不幸的，是不一致和不平等。而集团的努力将确保人类得以生存。”男人说道。

“是啊。”爸爸对那个听不见他说话的男人说，“代价是什么呢？”

“我们不是正在这么做吗？”妈妈问，“生存？”

爸爸叹了口气。

男人向后退了一步，站回到其他人的队列里。“加入我们吧。集团的力量比个体更强大。有了你们的信任，我们就能抹掉过去的伤害和痛苦。我们会……”

他们异口同声地说：“创造新的历史。”

爸爸把声音调成静音。“我认为他们说的是另一种完全不同的生存。你告诉我，这可怕不可怕？”他指着说。

我坐了下来。在我听来，那些家伙倡导的世界并没有那么糟糕。没有战争，没有饥饿，不用考虑第二天穿什么衣服去上学。

爸爸好像看透了我的心思，继续说道：“可怕的不是他们想要什么，而是他们会怎么做。”

我一般熬不到看晚间新闻的时间就上床了，所以肯定错过了这段时间的某些重要内容。这个男人到底提出了什么可怕的建议呢？

我看见爸爸摇了摇头。“平等是好的，但平等和相同是两回事。有时候，那些说话的人根本没有仔细思考其真正含义……那种教条是很危险的。”

我告诉自己，明天要查查“教条”是什么意思。

“你认为他们几个成不了势？”妈妈指着屏幕说。

“我们顾不上担心这个。我们面临着更大的问题：跟其他国家争夺飞船。”

“我敢保证，至少日本和新西兰会有几艘飞船在未来几天离开，但不确定他们是否也有一个切实可用的秘密移民点。”妈妈叹了口气，“也许集团是对的。国际和平与合作到此为止了。”

我听到啪啪的声音，知道爸爸在拍妈妈的膝盖。“我们的工作是铭记我们的错误，让我们的子孙后代变得更好。接受彼此的分歧，并且仍然寻找调和的办法。”

我悄悄爬回自己的房间，把约瑟菲娜丢到了地板上。我暗想，他们提到的那些监督员，有没有一个能帮我打扫新的房间呢。这艘飞船要带我们去往美国的哪个地方，让爸爸妈妈研究他们的新项目呢？我怎么才能让哈维尔不再把他的矮蛙喂得太饱呢？

后来我才知道，跟我和新闻节目里的人不同，那天晚上，爸爸妈妈就已经知道将要发生什么了。我们根本就不会醒着跟那些监督员互动，也不会把房间弄得很乱。我们不是要去地球的什么地方，而是整个太阳系之外的另一颗行星，它的名字叫萨根。那些被选来监控我们休眠的监督员，甚至不会活着看到它。但也许在我们醒来时，会看到他们的曾曾曾曾孙们。

而哈维尔那只超重的小蛙，它会在一个池塘里，想吃多少就吃多少。

4
飞船监督员

显然，认知下载器（又名认知器）的发明者通过向所有乘客提供认知器使用服务，也获得了登上第三艘星际飞船的资格。这样，当我们在旅途中失去意识的时候，我的大脑中就会载入爸爸妈妈为我选的植物学和地质学课程。又因为我快满十三岁了，所以还可以再挑一门选修课。我的这门选修课可能比我们家和利塔家的房子加起来还要值钱。好几百年……好几辈子的民间传说和神话故事，等我们到达萨根星球时，都将深深地印在我的脑海里。我简直想象不出我会知道多少故事。

我一心只想着利塔会感到多么骄傲，几乎没有注意到妈妈在我们走近飞船时向爸爸示意了一下。爸爸一把抓住哈维尔的手，与此同时，妈妈也抓住我的胳膊肘。“抓住你啦。”她小声说。

突然，我知道他们在做什么了，我想哭。我知道他们没有说出来的话——他们不能冒险让我把事情搞砸。组织者不希望像我这种有“基因缺陷”的人去往新的星球。

在入口坡道等待的至少有七个人，都很年轻，穿着一模一样的深灰色连体衣，只有脑袋呈现出天然皮肤的深浅不同的色调，从白色到深棕色。他们扫视人群，一个个地走向我们当中的某个人。

一个戴金丝边圆眼镜的小伙子从坡道上快步向我们走来。他低头看着手里的平板电脑，对我妈妈笑了笑。“培纳博士？”

“是的。”妈妈回答，“其实是一个西班牙姓氏。”她解释道，“读作培尼亚。”

小伙子笑了。“对不起。培尼亚。”他按了按平板电脑上的什么东西，弄出嘟的一声，然后转向我爸爸。“那么……您就是另一位培尼亚博士？”

爸爸点了点头。

小伙子拍了拍他的全息传感器，对着它的尖端说道：“培尼亚家庭：两名成人，两名未成年人。很高兴认识你们，我是本，飞船上的儿童监督员。”他示意我们跟着他进去，“对不起，催你们了，但我们时间有点紧。”他紧张地朝树丛后面的大门方向望了一眼。我也扭头看去，但除了我们刚离开的那片森林，什么也看不见。

其他的监督员已经带着别的乘客一起走进了飞船的舱门里。

“走吧。”妈妈几乎是在自言自语，暗示着她要领我进去。

紫色的条形灯光环绕着入口，就像昴星团公司的广告一样，但除此之外，周围一片漆黑，只有一点微弱的蓝光。其他所有彰显飞船奢华品位的标志都已经被清除了。我左右扫视，以获得更大的图像，这是眼科医生教我的办法。在光线充足的情况下，我的视力还可以，但到了黄昏时分，即使在家里我也不得不拖着脚走路，不然就会被哈维尔的某件玩具绊倒，一命呜呼。这种病叫视网膜色素变性，就像透过一个卫生纸卷筒看世界。随着我的年龄增长，情况还会恶化。

我想回头最后看一眼天空，却撞到了什么东西。“对不起。”我说，接着才注意到那只是个门框。哈维尔和我偷偷地笑了。

妈妈把一根手指放在嘴唇上，摇头警告我们。

我闭上眼睛，深深地吸气，这是在地球的辽阔天空下呼吸的最后一口空气。

我们继续往坡道上走，直到走进船舱里才站住了。一辆乌黑锃亮的穿梭机像甲虫一样蹲在阴影里，等待着四百年后被投入使用。

货舱里摆放着一排排金属箱，像仓库一样。本领着我们走向电梯，电梯门刚刚关上，里面是跟我们一起进来的那两家人。等待下一趟的时候，本指了指那道闪着蓝光的铁门，它的门闩被锁在一个透明盒子里。“储备食物和过滤水，经过处理并密封，准备抵达萨根星球后使用。”然后他指着货舱一个黑黢黢的空角落，看着爸爸妈妈，“那儿会是你们的实验室。”

爸爸扬起了眉毛。

本笑了。“我知道现在看起来不怎么样，但是别担心。你们一到，它就会被组装好供你们使用。”他指了指我们刚走进来的那个舱门，“那里会被改造成穿梭机的对接点。”

电梯轻轻响了一下，门开了。电梯的外墙完全由圆弧形玻璃制成，玻璃的外面裹了一层深色的金属外壳。本按下六层，玻璃门关上了。

我们在令人窒息的黑暗管道中不断上升。哈维尔紧紧抓住爸爸的腿。

本朝哈维尔微笑。“最难熬的部分已经过去了。”他说，“从货舱到主甲板的距离，大概是飞船高度的一半。”

他刚说完，电梯就响了，一层到了。金属外壳消失了，透过电梯一侧的窗户，可以看到下面空旷的巨大船舱。

我有一种眩晕的感觉，就像那次班级郊游时，从隧道直接进入达拉斯的奥林匹克体育场。

哈维尔松开爸爸的腿，跑过去看着窗外飞船的内舱。

“哇！”他双手张开按在玻璃上。

连我都大吃一惊。眼前的是一个有六个足球场那么大的中庭。

叮。电梯响，二层到了。

在对面，就像足球场一样，数百间私人套房俯瞰着好几层楼以下的一片绿地。一个巨大的公园几乎占据了整个底层。站在至少十五米的高处往下看，一条条步道像叶脉一样交织在绿地中。小径边散落的那些长凳和桌子如同微缩模型。路灯像萤火虫一样闪闪发光，照亮了小径。

公园上面的那一层，是由八条车道围成的，车道之间用白色条纹隔开，就像赛道一样。在车道外沿的墙边，我看到了运动器材，以及一个个蓝绿色的长方形游泳池。

远处，在每个角落的玻璃电梯里，都有小点般的人影在上下移动。电梯响，三层到了。

“我的房间就在那儿。”本指了指正对着我们的一扇门，那是一间带窗户的套房，可以俯瞰整个公园。他的手指又往下移了两层。“就在剧院上面。”他指着主甲板说。那里有个室外的圆形剧场，有舞台和全息屏幕，比八号影剧院的那种大得多。那一瞬间，我很想知道由谁决定大家看什么电影。

“餐厅。”本指着主甲板继续说。

公园的正后方有一个很大的开放式空间，比任何商场里的美食广场都大。桌椅直接连在墙壁上，成为飞船的一部分。摆放食物的小隔间从地板直达天花板，足够所有的监督员食用几百年。一想到他们从哪里得到水分来给脱水食物复水，我就差点儿吐出来。飞船不可能有足够大的舱室来容纳三百八十年需要的淡水。唯一与普通厨房有点相似的，是一堵巨大的微波炉墙。

叮。电梯响，四层到了。

当我想起我们为什么来这里时，我对飞船的敬畏感突然消失了。不管怎样，这艘飞船只会在登陆之前有用，但想想我用来交换它的那些东西，比如利塔的厨房，还有青椒和浸泡过的玉米皮的那股泥土气息，我心里顿时像压了一块石头。

我低头看着飞船的餐厅，可以肯定里面没有玉米面糊和青椒酱。利塔不会喜欢这里的。我仿佛看见，她用那双皱巴巴的、黝黑的手把玉米面糊舀在一片玉米皮上。

我眨了眨眼睛，想让眼泪在流下来之前蒸发掉。肯定不止我一个人觉得这一切都大错特错。上帝会想出办法，推开哈雷彗星……或火蛇……不管是什么吧，让一切回到正轨。

叮。电梯响，五层到了。

我抬起头，希望没有人注意到我泪汪汪的眼睛。头顶上的圆顶天花板至少又有三十米高，上面排列着两个巨大的屏幕。滚滚的白云飘过看上去惟妙惟肖的天空。大量的LED 灯提供了全光谱照明，就像妈妈的温室一样。

本站在我身边，也抬头往上看。“它将在两小时后变为夜空，让我们感觉就像在地球上一样。”

他又指着下面的公园，我循着他的手指望去。“连那些植物也是真的。”他说。

“真漂亮。”我低声说。

妈妈吻了吻我的脸颊，我知道刚刚的小摩擦过去了。她在我耳边轻声说道：“仔细看看中间。”我让目光慢慢地扫视到公园中心。一圈圆形的鹅卵石墙，像一件中世纪风格的餐桌摆花。石墙的中间有一棵小树。

“是圣诞树吗？”哈维尔问。

妈妈轻声笑了。“是亥伯龙神。”

我转向她，我们的鼻子撞在了一起。我咯咯笑了起来。她一定是糊涂了。我的深度感知能力不可能那么差，那根小树枝才不可能是世界上最高的树。尽管亥伯龙神的真实位置从来没有被公开，但如果你妈妈是植物学家，你就会知道那棵大名鼎鼎的树。妈妈甚至还亲眼见过一次，她说她当时抱着那棵树哭了。

我看了妈妈一眼。她喜爱地凝视着那棵小树，脸上笑吟吟的，这是我几天来第一次看到她露出发自内心的微笑。“嗯，准确地说这不是亥伯龙神，但我当时弄到了它的幼苗。”她的声音在颤抖，“我们撇下了这么多美好的东西，能带着这样强大而坚韧的大树的后代，对我来说是最有意义的一件事。”她叹了口气，“到达萨根的时候，它跟它的母树相比仍然是个婴儿。他们会利用缓效型营养物质来调节它的生长，确保它和其他植物都能存活。”妈妈漫不经心地提到了她那极具开创性的土壤添加剂发明，紧张地笑了笑，“小菜一碟。”

叮。电梯响，六层到了。

“恭喜你。”本笑着说，“真的很了不起。”

妈妈对他微微点了点头。电梯门开了，我们走了出去。

其他乘客已经在迷宫般的走廊中消失了。我们跟着本，走进了离飞船外缘最近的一条通道。通道是个上坡，灯光很暗，于是我小心地扶着栏杆。我们正在接近通道的尽头，也就是说，螳螂右翼的前端。

“话说，”本继续说，“我认识阮博士，她负责种子库，以及在我们旅程第一阶段开始种植的植物。”

妈妈的笑容有些僵住了，爸爸拍了拍妈妈的后背。“她是我的一个朋友。”妈妈说，“你见到她时，请对她说一声谢谢。还有……”接着便是令人不安的沉默。

“当然，”本说，“我会转达你的口信。”

我从两边那些敞开的门洞往里看。有些人穿着和本一样的灰色连体衣，他们站在控制面板前，手指在全息屏幕上滑动。

“青年休眠室。”本说，指着我们右边一扇开着的门。

房间中间有一条过道，两边排列着至少三十个像白色棺材一样的盒子，上面罩着玻璃圆盖。大部分的盖子已经合上，荧光液体在里面闪闪发亮。

我把手从妈妈的手里轻轻抽出来，站在门口犹豫不决。

一个盘着紧发髻、拿着平板电脑的女人站在一个休眠舱前，面前就是带着金发少年的那一家人。女人抬头看了我一眼，额头皱得那么紧，就好像我是落在她控制面板上的一只苍蝇。她用全息传感器戳了戳平板电脑，门就砰的一声关上了。

本向我探过身。“她是总监督员，对工作特别认真。”

我真庆幸我们的监督员是本，而不是那位女士。

“两位培尼亚博士，你们将下榻在飞船的右舷前部，你们的孩子将被安置在左舷船尾。就在——”

爸爸停住脚步。“等等，没人告诉我们会被分开。”

本转过身，面对爸爸，说话有些磕磕巴巴的。“这是……这是规定。”他压低了声音，“我真的很抱歉，培尼亚博士。你们就在飞船的另一头。”

他看了一眼总监督员所在的那个房间。“我们奉命按照年龄来分类和储存，以便更有效地观察。”

分类和储存？就好像我们是纸盒里的鸡蛋。过度消毒的空气灼痛了我的鼻孔和眼睛。

爸爸妈妈交换了一个眼神。妈妈看上去跟爸爸一样担心，她紧紧抓住爸爸的小臂。“没关系，亲爱的。”她说。

爸爸在她额头上迅速地吻了一下。我低头看着哈维尔，他像爸爸一样半皱着眉头。我抓住他的胳膊，也吻了吻他的额头。“没事的，乖宝宝。”我模仿着妈妈的口气小声说。

哈维尔微笑着贴在我身上。

爸爸示意本继续往前走，本似乎松了口气。

本走进那扇开着的门，转身面对我和哈维尔。“我们到了。少年休眠室。六岁到十二岁。”

5
等你醒来的时候

少年休眠室内的灯光比飞船上的其他地方还要暗。房间里有三排休眠舱，每排六个，看上去真像是……纸盒里的鸡蛋。有七个还空着，其他舱里都有人了。黑乎乎的形体在发光的液体中漂浮，让我想起了图卢姆附近的红树林运河里的绿水。图卢姆是利塔的家乡，是地球上最宁静平和的地方。但我总是担心，水面下若隐若现的黑影会不会咬掉我的一两根脚趾。

哈维尔搂住了我的腰。

本俯下身，与哈维尔平视。“我知道这看起来有点吓人。但只要我还在，就会照顾好你们俩的。”

本拧了拧一个空舱的门锁。随着一声抽气声，盖子弹开了。“看，就像医生诊室里检查身体的扫描仪一样。”

“谁把你们放进去呢？”哈维尔指着空舱问本。

妈妈一把搂住哈维尔的脑袋，用手捂住他的嘴。“对不起，”她说，“他不明白。”

本在哈维尔面前弯下身。“我们的工作是有史以来最酷的。我们一辈子都会在这艘飞船上度过，穿越太空。”本挥了挥手，“你看到我的新家有多漂亮了吧？”

哈维尔点点头。

他是对的。我想，总比死在地球上好。然而，本的公园不会闻到雨后沙漠里花朵的芳香。他头顶上的巨大屏幕可以模拟白天和夜晚的天空，但不会有噼啪的闪电和滚滚的雷声。与家乡的橙色和红色的基督圣血山相比，他看到的黑暗太空是多么空洞。

本继续说道：“第一艘飞船起飞之前，我曾经去帮助那些乘客入睡。建筑工人、农民……很多小孩子。当你们的飞船在萨根星球登陆时，他们应该已经安置好了，”他轻轻拍了拍哈维尔的额头，“就等着我们的飞船带去科学技术了。”

我想起了我们来的路上看到的另一艘飞船，不知道有多少孩子像我们一样能和爸爸妈妈一起离开。

本递给妈妈一个塑料袋，然后抽出一个更衣挡板。妈妈帮哈维尔换衣服的时候，本示意爸爸靠近休眠舱。他压低声音，语气也有了变化，似乎他已经把同样的话说过一百遍：“认知下载器能让器官和大脑立即进入休眠状态。凝胶可以无限期地保存细胞组织，消除衰老细胞和废物。它不仅能提供人体在长期休眠中所需的营养和氧气，凝胶中的利多卡因还能麻痹神经末梢，使人在苏醒时不会因凝胶的低温而感到不适。”

爸爸深吸了一口气。“我明白了，谢谢你。”

本迅速改变话题，声音又恢复了正常。“还有，”他看了看自己的平板电脑，“我有哈维尔和彼得拉的认知课程。标准核心课，以及植物学和地质学的加强课。”

“是的。”爸爸说着，朝我竖了个大拇指。

我翻了翻眼珠。至少我不需要真的“听”课，因为认知器会在让我们进入休眠状态的同时，将已经编码的课程直接输入我们的大脑。等我们到达萨根星球的时候，我会成为像妈妈那样的植物学专家，像爸爸那样的地质学专家。但这显然还不是最让人高兴的，到时候，我还会掌握海量的民间传说和神话，再加上利塔的那些故事，我至少有机会试着说服爸爸妈妈，让他们相信我应该成为一个讲故事的人。当然，就像利塔说的，我还得把那些故事变成我自己的。

哈维尔穿着黑色短裤走了出来，好像要去海滩一样。当妈妈把那个塑料袋——里面装着哈维尔的衣服和他最喜欢的书——递给本时，爸爸把哈维尔抱起来，紧紧地搂了一下。

妈妈揉了揉哈维尔的后背，哈维尔盯着打开的休眠舱。

“我想回家。”哈维尔呜咽着说，“求求你们，我们能回家吗？”

妈妈把哈维尔从爸爸怀里抱下来。“只是打个盹儿而已。”

哈维尔拼命忍着，不让自己哭出来，一次又一次地大喘气。妈妈把他轻轻地放进休眠舱，双臂仍然搂抱着他。

我希望弟弟在陷入几个世纪的沉睡之前留下的最后记忆是美好的。我跪在他身边，把脸颊贴在他的脸颊上。我闭上眼睛，想象着我的手握在利塔的手里，松木的烟飘向新墨西哥州的天空。我握着哈维尔的手，就像利塔握着我的手一样，然后摸了摸哈维尔左手拇指上的星座胎记。他挤出一丝微笑。我决定把利塔和我在一起的最后一晚讲的故事告诉他，那个最能让我平静下来的故事。我像利塔一样温柔而耐心地讲了起来。

“你知道吗，星星是祖母、母亲和姐妹们的祈祷……”

哈维尔在我耳边抽了抽鼻子。我继续讲。

“为她们所爱的孩子祈祷。每一颗星星，都充满了希望。”我身子向后一坐，指着上面，“天上有多少颗星星？”

“天上多少颗星星？”他重复了一遍，猛地睁开眼睛，盯着天花板，似乎在幻想着夜空。“我不知道。”他回答。

我靠近他，在他耳边低语。“五十颗？”

“只有五十颗？”他笑了，可能在想象漫天的星星。

“或者……无数颗？”我微笑着，像利塔一样抚摸他的头。

“无数颗。”他低声说，明白了利塔的字谜[1]。

我不知道我是不是讲得跟利塔一样好，我握着哈维尔的手是不是跟利塔握着我的手一样令人安心。故事剩下的部分我不记得了，利塔那个故事的结尾让人感觉……宽慰。她是怎么说的？“所有那些环绕着我们的星宿，都是我们死去的祖先。他们会在我们耳边轻轻低语。”

哈维尔坐了起来，眼睛睁得大大的。“星星是死去的亲戚？”

“不，哈维尔。我的意思是——”

“就像鬼魂一样？在太空中？”哈维尔抓住休眠舱的一侧，想要坐起来，“妈妈，求求你，我不想去。”

这跟我希望的不一样。“我不是这个意思。”我想要弥补一下，但已经来不及了。哈维尔眼看就要哭出来了。

本插了进来。“培尼亚博士，请抓紧时间。我们真的需要出发了。”

妈妈揉了揉哈维尔的头，让他平静下来，就像他做噩梦时那样。“是的，是的。我知道。”她把哈维尔轻轻按了回去，然后转向我，鱼尾纹从她的眼角散开，“说真

1 在西班牙语中，“五十”与“无数”两个词发音很近似。

的，彼得拉，现在不是讲故事的时候。”

她的话像一记重锤砸在我的心口。

哈维尔的下巴在颤抖。“我想回家。”

也许爸爸妈妈是对的，我应该像他们一样研究植物和岩石。对我来说，成为一个讲故事的人太虚无缥缈，太不切实际了。

“我们就是在回家呀，哈维尔。”我拼命想弥补，描述着那些我希望将成为现实的景象，“我们会在萨根星球上奔跑和玩耍，就像以前一样。”哈维尔点了点头，露出一个微笑，但那笑容很勉强，不是发自内心的。

爸爸拍了拍我的背。

我挤出一丝笑容，心知我已经惹了麻烦。利塔的诀窍是什么？我永远也做不到她那么好。

“准备好了吗？”本低声对妈妈说。

妈妈拘谨地点点头，但眼里噙满了泪水。

本按下一个按钮，皮带嗖嗖地滑出来，把哈维尔固定住了。

我感到爸爸的手沉沉地搭在我肩头。他轻轻捏了捏我，用他的方式告诉我一切都会好的。

“妈妈，求你了。”哈维尔恳求道。他扭动着，但身体被束缚住了，最多只能挪动几厘米。

本戴上塑料手套。他打开一个金属盒子。我看到盒子侧面用大大的字母写着：认知器，可下载认知——幼儿。

盒子里有闪亮的银色圆球，本拿出了其中的一个，放在一个像是迷你冰激凌圆勺的装置里。他按下手柄上的一个按钮，认知器发出紫色的光。

一滴眼泪从妈妈的脸颊上滑落，她的声音比哈维尔的还高。“没关系，小宝贝。我保证你不会有事的，勇敢一点。”

哈维尔的身体在颤抖，泪水也在他的脸颊上流淌。我把他的手握得更紧，用我的大拇指紧紧摁住他的胎记。

“差不多了。”本平静地说。借助那个冰激凌勺，他把紫色的认知器滑动到哈维尔的脖子下方，然后将其固定。“只要几秒钟就好。”

哈维尔紧紧地闭上了眼睛。

我凑过去，他眼皮微微颤动着睁开，与我对视了一小会儿。我凑得更近了。“等你醒来的时候见。”我在哈维尔耳边低语。

哈维尔抽了抽鼻子，然后尖声回答：“等我们醒来的时——”刹那间，他四肢瘫软，停止了呼吸。

我松开他毫无生气的手，站了起来，瘫倒在爸爸的怀里。妈妈张开双臂拥抱住我们俩。我用爸爸的衬衫擦去眼泪，希望除了爸爸没人注意到。

电脑里那个悦耳的女声说道：“七号休眠舱，满舱。”

我没有勇气再看。我知道其他孩子都在各自的休眠舱里好好地睡着，但他们都不是我弟弟。哈维尔片刻之前还在和我们说话。

我把头埋在爸爸的衬衫里，哈维尔的休眠舱上锁的声音在房间里回响。

“很抱歉催促你们，但是……”本说。

爸爸带着我穿过房间，走向所剩无几的空舱中的一个。“我们理解。”他说。

我又在爸爸的衬衫上擦了擦眼睛，抬起头来。

本慢慢走过来，站在我面前。他疑惑地偏着脑袋。

妈妈清了清嗓子，朝我瞪大眼睛。我漏掉了什么？我赶紧往下看，尽量做得不太明显。就在我面前，本正把他刚才给哈维尔的那种塑料袋递给我，我却完全没有看见。

“换下衣服？”他说。

我伸出颤抖的手，接过他手里的塑料袋。“谢谢。”

他看了一眼爸爸妈妈。他注意到了吗？没有人说话。

“彼得拉，”本直视着我的眼睛，“你刚才没看见我吗？”

我咬着嘴唇，低下了头。我抬头看了看爸爸，他给了我一个无力的微笑，然后把目光移开了。完了，我把一切都搞砸了。

我放下塑料袋，忍不住绝望地盯着本。

我感觉到妈妈把一只胳膊挡在了我的前面，好像要保护我。但是本拿起塑料袋，把它还给了我。“给彼得拉换衣服吧。”他说，朝爸爸妈妈点了点头。

妈妈发出一声哽咽。“谢谢。”

我不禁注意到本又瞥了一眼窗外的森林。“我们确实需要抓紧时间了。”

我走到隔板后面，打开塑料袋。衣服中间夹着一顶银白色的帽子，像是游泳运动员戴的那种。我想象着自己把一头乱草似的头发塞进这玩意儿里的样子，看起来一定像一根褐色的棉签。

我尽量摆脱这个念头。此时此刻，我为什么还要在意这个?

我把衣服脱掉，放在地板上，穿上短裤。短裤在我的大腿处卡住了。我用力往上拉，不知道自己醒来时会不会变成那种气球拧成的小狗，衣服卡口的位置都被勒得紧紧的。在妈妈挤进来帮我之前，我赶紧把紧身背心往头上一套。

我从裤子口袋里掏出利塔给我的吊坠，紧紧地攥在手里。银色的太阳光刺进了我的手掌。

我赤脚走出来时，金属地砖凉凉的。

我把黑曜石吊坠递给本，手在颤抖。

“我不能失去它。”那些原先扎紧我身体的绳子，此刻正在分崩离析，悉数断裂。

本走上前，从我手中接过吊坠。他轻轻地把连接着我和利塔的魔法石放进了一个塑料袋。“当你醒来时，它会在这里。”他笑着说。

我有点喘不过气来。妈妈搂着我，我的耳边响着她的呼吸声。

她吻了吻我的脸颊。“我爱你，宝贝。”

我也搂抱着她，但是我的喉咙哽住了，没法告诉她我更爱她。我们朝休眠舱走去，爸爸和本正在那里等着。

“我向你们保证。”本对爸爸妈妈说，同时又看了一眼窗外，“我会尽我所能，把他们安全护送到。”

我想谢谢他，但这又会提醒大家这件事有多么反常，他竟然要用一辈子的时间照顾我。

爸爸扶着我走进休眠舱，吻了一下我的额头。我向后躺倒，尽量伸展身体，确保没有一处被挤压或拉扯。就像哈维尔一样，我全身都在发抖，我控制不住。

妈妈把一只手放在我的额头上，爸爸站在我身边，握着我的手。

本戴上一副新的手套，从盒子里拿起一个认知器。他把它放在认知器启动装置里，按下了按钮。认知器发出紫色的光。“植物学、地质学、标准核心课，看来都齐了。”

“我的选修课呢？”我问。

本皱起眉头。“选修课？”

我心里一惊。“妈妈？”

妈妈转向本：“我们为彼得拉安排了神话选修课，因为她快满十三岁了。”

本用手指刷了刷平板电脑，摇了摇头。

“很抱歉，这里没有。”他说，“所有的课程都由总监督员做了最终审核确认。”

我想起了那个盘着紧发髻的气呼呼的女人，后背好像长满了芒刺。她凭什么剔除了那门课？我需要那些故事。没有它们，我怎么能成为一个伟大的讲故事的人？我语气颤抖地吐出一个词：“拜托——”

本朝我无力地笑了笑。“我也喜欢故事。”他冲着墙角的一张桌子点点头，“它们比这飞船上的任何东西都有价值。”

我看不清楚，但他的控制台上似乎放着一摞电子阅读器。每一个都能存储几千个全息版本的故事。“我去跟总监督员谈谈，看能不能——”

“本！”爸爸打断了他，跑向窗口。

本放下认知器启动装置。他睁大了眼睛，跟在爸爸身后慢慢走过去。“我以为我们还有时间。”

爸爸深深叹了口气，把头靠在窗户上。

“怎么回事？”妈妈问，终于从我面前转过身去。

我在休眠舱里坐直身子，却看不见他们看到的东西，只好站起来，朝窗户走去。爸爸想挡住我的视线，但我已经看到一群黑影从森林里向飞船跑过来。许多人手里都拿着黑乎乎的东西。我希望那只是园林管理站里的园艺工具，而不是别的什么。

低沉的撞击声在我们的窗户附近回响。妈妈站在我身边，又一次握住了我的手。

扬声器中传出一个轻柔的机器人声音。“舱门关闭。”

“什么？”妈妈的手心里顿时冒出许多汗，“现在？”

“我们必须更快地离开。”本用脑袋示意了一下固定在墙上的带软垫的折椅，“这片区域，每个舱室只配了一张折叠座椅。”

爸爸把我领回到休眠舱前，和妈妈一起把我匆匆安置进舱里，眼神里透着绝望。

本冲过来，手忙脚乱地再次启动认知器。渐渐暗淡的紫光重又明亮起来。

就像哈维尔那样，绳子紧紧地缠绕着我的头、腰和脚，把我固定住了。

“准备好了吗？”本说。

我深吸一口气，没有回答。我咬着自己的脸颊内侧，尽量不让嘴唇颤抖。如果认知器里装载了那些故事，我就能拥有它们了。但现在没有了，我只会像以前一样平平无奇。一滴眼泪顺着脸颊流了下来。

在我的脊椎顶部，本沿着我的脖子滑动认知器，直到圆球卡在我颅骨底部的凹陷处。

我专注地、缓慢地吸气和呼气，尽量去想那些能让我感到宽慰的事情。祖母和母亲们的祈祷。无数颗星星。

“认知器具有生物相容性，”本说，“她不会有任何感觉。”

但是我有感觉。认知器像一块凹凸不平的石头楔进我的皮肤。我尽量保持不动，希望能快点结束。我吞咽了一下，等着它进入我的身体，让我入睡。

本把手抽了回去。我感觉皮肤一紧，像有一颗青春痘挤在皮肤里。突然，我没法动弹，没法呼吸，没法说话，也没法眨眼。认知器的一部分在起作用了。

但是有点儿不对劲，我应该入睡的。我眼睛睁得大大的，仍然能看见，能听见。

我想尖叫，却发不出声音。

本轻滑着休眠舱前的屏幕。系统回复："十二号休眠舱，满舱。"当冰冷的凝胶包裹住我的身体，渗进我的耳朵时，我感到像有无数只火蚁在啃噬我的皮肤。

凝胶从我的舌头滑入我的喉咙里。凡是它接触到的地方，几秒钟后就再也没有任何感觉了。

它落在我的眼角，一道绿光挡住了我的视线。

本的话含混不清，但我仍然能听到。这不可能。我宁愿自己被留在外面和那些攻击飞船的人在一起，也不愿被困在这里。我唯一能想到的帮助，就是利塔为我做的祈祷。

无数颗星星……

"她为什么盯着我看？"妈妈的声音在颤抖。

"这是正常反应，她已经睡着了。"

无数颗星星……

本俯下身，用戴手套的双手把我的眼睑合上了。

无数颗星星……

6
不要离开我

我曾经做过一个噩梦，梦见我醒着，却动弹不得。妈妈说这叫睡眠麻痹。利塔则称之为“鬼压身”，意思是“死去的魂灵压在你身上”。

利塔说的才对。

只要我的手能动一动，敲敲休眠舱，本就会知道。他就会意识到认知器失灵了。我想动，但身体毫无反应。死去的魂灵压在了我身上。

“两位培尼亚博士，很抱歉催促你们。”本说，“我带二位去见你们的监督员吧。这里没有多余的折叠椅——你们也需要进入休眠状态了。”

妈妈说话的声音发闷，断断续续，我知道她此刻被爸爸拥入了怀中。

“他们不会有事的。”爸爸说。

他们的脚步声伴随着妈妈的啜泣声一起远去。

别走！不要离开我！

如果我不能入睡……就会被困在这种状态里。本该有某种保护措施，防止这类事情发生。

又是砰的一声。现在整艘飞船都受到攻击，他们凭什么会来注意我呢？

我的大脑告诉我，我已经哭了，然而我知道，在认知器和凝胶的双重作用下，我的眼睛不可能流出泪水。

绝望中，我偎依在利塔身边，在圣达菲的天空下喝下一口加了肉桂的热巧克力。我感觉她温暖的手拂过我的头，她轻轻地唱着一首摇篮曲。

再见，我的宝贝，
再见，我的太阳，
再见，我的心，
在甜美的梦乡。

利塔的摇篮曲轻柔地飘进我的耳朵，好像她就在身边。

本急匆匆的脚步声回来了，同时还有另一个较轻的脚步声。本工作时发出的各种声响在房间里回荡。“你是最后一个，苏马。”

我想起了那个帽衫上有独角兽犄角的女孩。

“我知道。”女孩的声音在发抖，“我妈妈说我们得快点。”

“是的。”本说，“很遗憾她不能陪你进来。现在情况紧急。”

他话音未落，又传来一声巨响。

“你要知道，我并不害怕。”苏马说。

“我知道你不害怕。但你也要知道，害怕是正常的。如果害怕也没关系。”

“好吧，告诉你一下，我对磺胺过敏，如果那个凝胶里有磺胺，我可能会爆炸。但是别害怕。如果害怕也没关系。”她的声音颤抖，但她在尽力克制。

本被逗笑了。换了其他场合，苏马像是一个我愿意交朋友的人。

沉默片刻之后，本说：“准备好了吗？从十开始倒数。”

“十。”苏马呼吸太用力了，我觉得她可能会吐。

“九——”

“很好，苏马。你快要睡着了……”

苏马急促的呼吸突然停止。

“十一号休眠舱，满舱。”

凝胶注入，汩汩的声音就从挨着我的休眠舱里传出来。机会来了！本会发现我还醒着！然而，我的休眠舱盖并没有被轻轻打开，而是剧烈地震动了一下。

“准备起飞。”系统提示道，“倒数九十秒。”

走廊里传来噔噔的脚步声。“我们完成了，本。所有登上飞船的人都已处于休眠状态。”一个女人的声音说。

我知道一定是总监督员。

我松了口气。我们成功起航了。但紧接着我意识到，还有很多人正向飞船涌来。

“第三艘飞船呢？”本问。

“如果九十秒钟内我们的飞船能离开这个旧星球，我们就算是幸运的。他们占领了警卫站，抢走了武器。”

“打开屏幕。”本用颤抖的声音说，“显示三号飞船。”

“没时间了。”总监督员回答。

“我的小弟弟在——”本恳求道。

外面的走廊里回荡着更密集的撞击声和脚步声。

“倒数六十秒。”

“我得走了。”总监督员说着走出了房间。

门关上了，走廊里的动乱声消失了。

“哦，天哪。哦，天哪。”本喃喃道，“确认少年休眠舱全部封闭。”

长长的嘟嘟声盖过了其他声音。“确认。全部休眠舱封闭，准备起飞。倒数四十秒。”洗衣机似的嗡嗡声不断增强，最后我觉得耳朵快爆炸了。

“倒数三十秒。”空气的嗞嗞声越来越响。

沉重的锤击声在耳边回荡，就像有人在砸飞船的外壳。

肯定是他们。我想象那些留下来的人该有多绝望。

“确认休眠舱基座已锁定。”本说。

又传来嘟嘟声。“确认。基座锁定，准备起飞，进入飞行模式。”

我想到那几个被浪费的、空置的休眠舱。如果他们早一个小时袭击飞船，我们的休眠舱也会是空的。

我只要能动动一根手指，本就还能帮我。他会注意到不对劲。他会把我弄出去，等飞船处于平稳状态后，再帮我进入休眠状态。

他模糊的话语在我耳边响起。“生命体征下降。大脑功能完好。”

我的大脑命令我的嘴巴发出尖叫：“不！帮帮我！”然而，什么也没有发生。

“确认。”那个柔和的声音说，“倒数二十秒。监督员们，请做好立即起飞的准备。”

角落里传来扣上安全带的咔嗒声。我的机会没有了。

本的声音太低了，我听不清他在说什么。他在祈祷吗？飞船像打战的牙齿一样颤动起来，我知道我们在对抗着地球的引力，一点点脱离地面。

接着是一声尖叫，就像无数把叉子在同时刮划着瓷盘。

我想象着那些袭击者像受惊的老鼠一样从森林里涌出来，抓挠着飞船的船舷想要爬上来。如果可以，我会让他们都上船。我的脑海里浮现出人群中那个怀抱婴儿的妈妈。

整个飞船中回荡着高亢的电子计数声，每次升高一个八度。“倒数十秒。”

我耳朵里的血管突突地跳动着。

“九、八、七、六、五、四……”

推进器明显震动了一下。“三、二……”我不能确定，但似乎我麻木的身体动得太厉害，撞到了休眠舱的内壁。

狮吼般的巨响盖过了电脑的声音。金属剧烈碰撞，就像一个装满银器的抽屉，响了很长时间，然后才停下来，变成一种稳定的嗡嗡声。“重力壳启动。”那声音说，这意味着我们已经飞离了地球的外层。

我听见本解开了身上的安全带。过去几分钟的嘈杂被一种诡异的嗡嗡声取代。本的低语和脚步声在房间里来回移动。

过了不久，总监督员回来了。“我们在既定航线上。”她向本宣布，“现在，正是……时机。”

本清了清嗓子。“第三艘飞船有消息吗？”

“我很抱歉，真的。我知道你弟弟艾萨克……”她顿了顿，“本，我们都有朋友。”

一时间，房间里寂静无声，然后她的声音变了。“没有最后一艘飞船……”她叹息道，“有传言说任务有变。”

有那么一会儿，我什么也听不见。然后，本尖厉的声音响了起来。“什么？”他问，“你在说什么？”

“没有那些政客、总统……本，这是一个重新开始的机会。一切将由集团共识做出决策。”总监督员清了清嗓子，“从这一刻起，我们将创造新的历史。”

7
生日快乐，彼得拉

整整一天时间，我听着本在房间里踢踢踏踏地走来走去，喃喃自语，哭泣，烦躁不安，打鼾。我清醒地听到了这一切。几百年后，他们打开我的休眠舱，会发现一个嘴角滴答着绿色的口水，说个没完的女孩吗？如果我一直醒着，是不是意味着我的身体会不断衰老？或者，我会变得糊里糊涂，连自己的爸爸妈妈都不认识了？

总监督员的话萦绕在我的脑海：共识，创造新的历史。我清楚地记得我在哪里听到过这句话，记得爸爸妈妈当时有多害怕。但更让我害怕的是爸爸说的话。

他说可怕的不是他们想要什么，而是为了实现它会做怎么做。现在他们中的一些人已经上了这艘飞船。

应该是快到本睡觉的时间了，我清楚地听到阅读器打开的声音。“请选择故事。”

“从头开始吧。”本轻声说。

“这是有记载的第一个故事，《吉尔伽美什史诗》。”他的椅子腿刮擦着地板，“有人质疑这个古老的苏美尔故事的价值，但我认为所有的故事都有价值。读者和听众应该判断哪些故事对他们有意义，哪些没有。”

我不知道本此刻为什么会在这里。我是说，我们都静静躺在自己的休眠舱里。如果他今天的工作结束了，为什么不出去跟其他监督员待在一起？但我想也许还有别的原因，也许他因为什么而故意躲着他们。

我努力去想象本的感受。我还有爸爸妈妈和哈维尔，如果哈维尔在另一艘飞船上呢？就在那一刻，我暗暗发誓，等到了萨根星球，我再也不会让任何人把我跟哈维尔分开了。

本大声朗读着伟大的战王、众神之子吉尔伽美什的故事。虽然我看不见，但我知道本打开了重现功能，全息投影正在播放战斗场景。我在脑海里想象着如幽灵般的恩奇都——一个雄壮如牛的男人——和吉尔伽美什，在我们的休眠舱之间激烈厮杀，刀光剑影，最后，吉尔伽美什打败了恩奇都。后来，吉尔伽美什和恩奇都握手言和，踏上旅程，我的思绪也随之出了休眠舱，去往他们游历的森林、海洋和浩瀚的沙漠。

“恩奇都，我的朋友，我做了第三个梦，这个梦让我

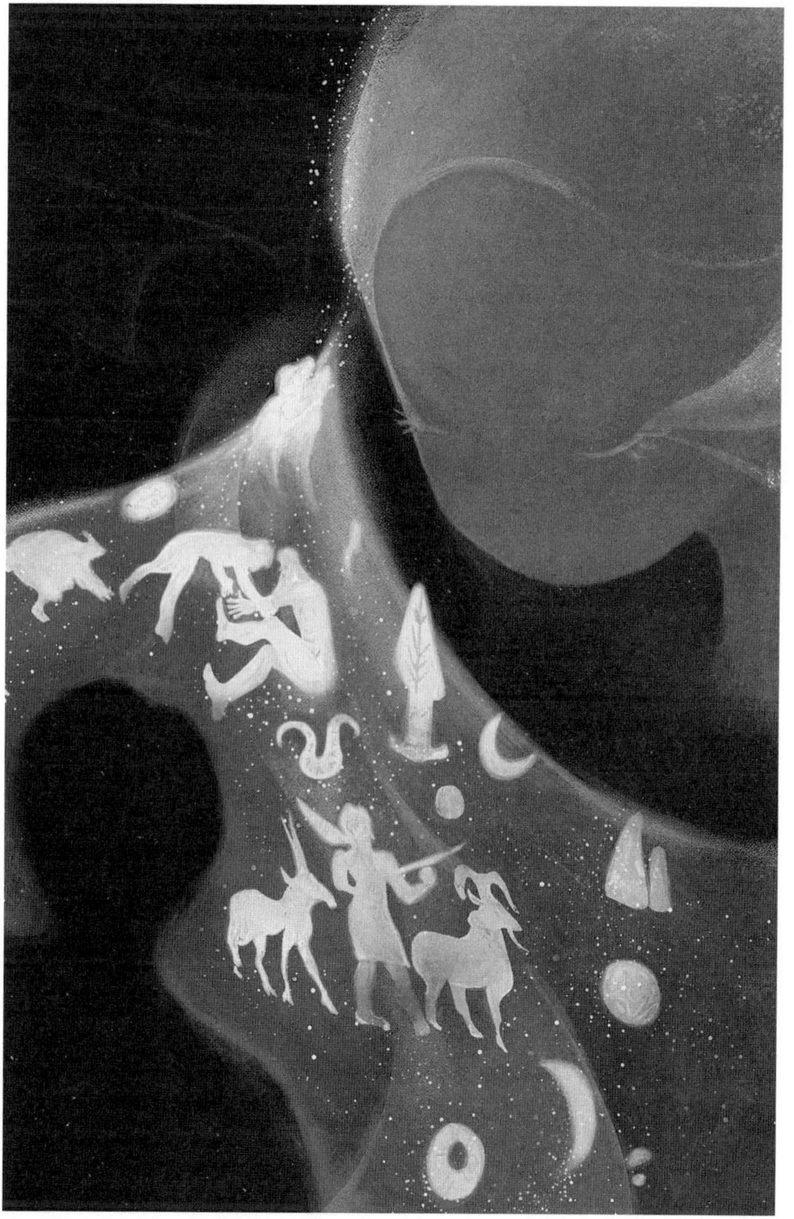

非常不安。天空怒吼，大地咆哮。接着，是死一般的寂静，黑暗渐渐逼近。一道闪电噼啪炸响，一场大火熊熊燃起，在火势越来越大的地方，死亡如雨而至。”

我发誓我在紧闭的眼皮里看见了雷电闪烁。本的朗读变得激动人心、深邃低沉。我想象着他戏剧性地挥舞双臂。

本读到恩奇都的悲惨结局，以及吉尔伽美什痛失好友的忧伤。他结结巴巴地读完最后一句话：

“幽深的悲伤穿透了我的心。”

我多么希望能拥抱他。我完全理解。即使我的眼睛不能流泪，我的心也在和他一起哭泣。

本叹了口气。“今晚就读到这里吧。”

我听到全息投影关闭的咔嗒声。

我不明白，既然我们都处于休眠状态，根本听不见，本为什么还要把故事大声读出来。也许他和我一样需要听到这个故事，也许他感到害怕，需要一些东西来让自己变得勇敢。我希望他读过《梦想家》。

我们就像哈维尔那本书里的人，那个女人和她的孩子。害怕，却又怀着希望。当我们到达萨根星球时，会对它的陌生感到震惊，同时也会为它的美丽而惊叹。

“现在……”本说，“是地球时间的午夜。所以，今天是你的生日了，彼得拉。”

他说的是真的吗？如果是我的生日，那就意味着已经过去了两天。火蛇已经回到它的母亲——地球的怀抱。飞船没有掉头，我知道这意味着什么。结束了。灾难过后的地球已不适合居住。

我再也不能偎依在利塔身边，抚摸她柔软的手臂内侧，听她讲故事。我再也不能眺望那些二十亿年才形成的红色、金色和棕色的岩石。利塔、基督圣血山……一切都消失了。

我比任何时候都希望睡意能将我带离这纷繁的思绪。

“我有一件礼物要送给你，彼得拉。我没法让你的课程通过批准，但既然理论上，你已经到了可以下载更多内容的年龄，而且这些又不在正式课程内……”本的脚步声朝他那个放满阅读器的书架走去，“我会把我所有的故事都分享给你。希腊、罗马、中国、挪威、波利尼西亚、苏美尔。”他停下来喘了口气，“玛雅、印加、朝鲜、埃及，还有一些……”

我的大脑笑了。他的故事比我最初要求的还多。本会成为一名优秀的老师。唉，如果我那个愚蠢的认知器没出故障就好了。

“让我们看看下一个是什么？这是一个经典故事。盖曼[1]的《北欧神话》，这个版本可比其他那些历史版本更好——你可以以后再感谢我。事实上，你没机会感谢我

1 尼尔·盖曼（1960— ），美国当代幻想文学的代表作家，代表作有《美国众神》《乌有乡》等。

了。但我相信你会知道罪魁祸首是谁。”

可怜的本，他不知道他所有的努力都会付诸东流。只要我没有进入休眠状态，就只能听到他大声念出来的故事。不过，如果他每晚都念一个，我至少可以把这些故事跟利塔的一起，储存在我的宝库中。

“盖曼作品全集。”嘟。“道格拉斯·亚当斯[1]。”嘟。

“勒古恩[2]。巴特勒[3]。”嘟。嘟。“说实在的，我其实不应该筛选。你可以掌握更成熟的内容，反正你有大量的时间。冯内古特[4]。厄德里奇[5]。莫里森[6]。”

嘟。嘟。嘟。至少又有二十次嘟声在休眠舱里回响。

“真希望能见到未来的你，孩子。你肯定会有一些自

---

1 道格拉斯·亚当斯（1952—2001），英国科幻小说作家，代表作有“银河系搭车客指南”系列作品。

2 厄休拉·勒古恩（1929—2018），美国科幻小说作家，代表作有“地海传奇”系列、“黑暗的左手”系列等。

3 奥克塔维娅·E. 巴特勒（1947—2006），美国科幻小说作家，代表作有“莉莉丝的孩子”三部曲等。

4 库尔特·冯内古特（1922—2007），美国黑色幽默文学的代表人物之一，代表作有《猫的摇篮》《囚鸟》等。

5 路易丝·厄德里克（1954— ），美国印第安人小说家、诗人，代表作有《爱药》《圆屋》等。

6 托妮·莫里森（1931--2019），美国黑人女作家，诺贝尔文学奖得主，代表作有《所罗门之歌》等。

己的见解。”他笑着说，“还好，到那时我就不在了，否则你的父母会杀了我。”一声悠长的嘟在回荡。“我怎么差点儿把斯坦[1]给忘记了呢？每个人都需要一点惊悚故事。现在应该差不多了。”本说，“生日快乐，彼得拉！来吧……开始载入。”

我脑海里嗡嗡地震动。这是在令人麻木的凝胶之后，我第一次产生实实在在的感觉。

一个英国口音突然从我脑海深处传来，吓了我一跳。“在开天辟地之前，一片混沌……”

立刻就全部吸收了。不像在学校里，我必须拼命把知识都往脑子里记。此时此刻，就好像作者尼尔·盖曼就在我的脑子里，对着我的大脑说话。

本，谢谢你！如果我不得不一直醒着，本也会确保我能听到他最喜欢的那些故事。等我们到达萨根星球的时候，我可能已经疯了，但我会成为人类历史上最优秀的疯子故事大王。

“没有大地，没有天堂，没有星星，没有天空，只有迷雾笼罩的世界……”

尼尔·盖曼在我的大脑里继续讲述，但更像是一个梦。嗡鸣声越来越响。

---

1 罗伯特·劳伦斯·斯坦（1943— ），美国儿童惊悚小说作家，代表作有《怪兽小商店》等。

我的脊椎顶端感到一阵温热。

不知本做了什么……困意越来越浓。难道认知器终于起作用了？如果可以，我很想如释重负地叹一口气。

终于睡了。

等我醒来，我们就在萨根星球上了。

8
创造新的历史

起初，声音是一点点传进耳朵的：房间的各个方向，有人拖着脚走路。我的脑子有点混沌，但我肯定听到了什么。如果我是醒着的……难道我们到了吗？

尽管完全没有感觉到时间的流逝，但我已迫不及待想拥抱我的爸爸妈妈，迫不及待想抓住哈维尔，重温他的那本书了。

飞船中仍然回荡着在太空航行中的低沉的嗡嗡声。

本的声音在颤抖：“一定要成功……”

本？如果他还在……那么我们就还没有到达萨根星球。想象中那些系住我心脏的细绳索开始断裂，我们离新家依然很遥远。

本的手指刺耳地划过控制面板，我猜那是我的控制面板。“一定要成功。”他又说了一遍，这次语气更焦躁，也更恐慌。

有人猛敲外面的门，就像用大锤在敲一面金属鼓。

“不，不，不，不……还不行！”本的声音在颤抖，就像我见到他的第一天，他发觉弟弟乘坐的那艘飞船被袭击时那次，“必须成功……”

又是敲门声。

我依稀听到本伤心欲绝的话：“一个没有故事的世界是迷惘的。”

滑动门打开了。

“本！我警告过你。”

某个金属物落在我的舱壳上，叮当声在我耳边回响。

“别反抗了，老头子！”那个愤怒的声音咕哝道，“抓住他的胳膊！”

老头子？

砰砰声和咒骂声在房间里转来转去，最后传来一声巨响。本在呻吟。扭打声停止了。

有人叹了口气：“他必须被清除。”

清除？

“他在对这个休眠舱做什么？”控制面板发出嘟的一声，直刺我的耳朵。“你看到这个了吗？彼得拉·培尼亚的系统里还保留着一些选修课文件。来自地球的书籍：音乐、神话……”

“全都删除。”一个女人的声音说，“确保没有以前的任何东西。集团的使命不能因为一个孩子而受到损害。”

“创造新的历史。”另一个人说。

“创造新的历史。”她重复道。

集团。创造新的历史。是他们。但他们在做什么呢?如果这不是梦，他们正在抹去我们的记忆……这绝对不是爸爸妈妈和其他乘客想象中可能发生的事情。

如果我能留下最后一段记忆,那必须是完美而特别的。

在沙漠布满星星的天空下，利塔用毯子裹住我们的肩头。她递给我一杯热可可。“闭上眼睛，小姑娘。”

我闭上眼睛，巧克力的香味扑鼻而来。

“只喝一口。”她说。

我知道热可可中含有妈妈不让我摄入的咖啡因什么的。

“设定你的目标，向宇宙宣布你要成为什么样的人。”利塔说。

我喝了一小口。不像巧克力那么甜，细小的颗粒粘在我的牙齿上。“我想成为什么人？”我问。

“现在。明天。”她把手放在我的脸颊上，“很多年以后。”

等我长大，像妈妈这个岁数的时候，我会说出自己的真实感受，我会像利塔一样穿上飘逸的长裙，我会随心所欲地把头发留得很长，让它们恣意生长。

“我……”我咬着嘴唇，“我会成为……”

一阵细弱的杂音在我脑海深处颤动，我感到昏昏欲睡。

“重新激活十二号休眠舱。”

9
谁能说清一块石头的价值

我刚满十二岁的那个夏天，爸爸和我搭乘一辆公共汽车，从圣达菲出发，前往寻石者州立公园。听这名字就知道，那里是爸爸心目中的天堂。

爸爸给我戴上头盔。

“不是吧？”我扬起眉毛，“我们为什么要戴这个？石头又不会从天上掉下来。”

“因为我答应过你妈妈。”

我悄声说：“她不在这儿。”

爸爸递给我一副小皮手套，低声回答：“我还没有愚蠢到去惹怒一头熊妈妈。”他微笑着举起防晒喷雾。

我翻了翻眼珠。

“她只是想确保我们安全。”他开始往我们裸露在外的每一寸皮肤上喷防晒液，好像妈妈正站在旁边虎视眈眈地看着似的。

妈妈一直在努力保护我的安全，恨不得要把我放进真空袋里密封起来。但此刻跟爸爸在一起，我感觉好像有人把密封袋撕开了一个小口子。

我们各自拿起石锤和一个小桶。我跟在爸爸后面，朝树荫里的峡谷走去。他走近一处河滩，把脑袋歪到一边，又歪到另一边。“就是这里。”

他回头看着我，我耸了耸肩。“嗯，地质学。”

他向我眨了眨眼。“我保证，总有一天你会发现，这不仅仅是一门科学，”他举起锤子，“你甚至会为它着迷。”

我咬住嘴唇，转过身去掩饰我的笑容。从公园大门口过来只走了半公里，但我挨着他坐在地上，拿出我的水瓶，像徒步走了一天似的畅饮起来。爸爸用他的石锤在一个十厘米见方的区域里探索，然后停下来，用手指擦了擦地上的一个黑点，在它周围凿了几下，撬动一块石头。

他拂去石头表面的泥土，咧嘴笑了。他仔细端详着，似乎那是一件珍贵的圣物。

我放下水瓶，用戴手套的手拂过这片弃置多年的尾矿。“这个怎么样？”我举起一块白色的石头。虽然裹了一层污泥，但还是能看到有什么东西在污泥之下闪着奇特的光芒。

“石英。”他说，“别分心，我们是来寻找碧玉的。”

他从衬衫口袋里掏出十来粒圆珠子，放在泥土里摆成一排，又举起刚从河滩上抠出来的那块深红色石头。“打磨一下，会和其他珠子很搭。”

我低头盯着那些五颜六色的珠子。“它们看起来一点儿都不像。”

“每块碧玉都有自己的灵魂，石头会告诉我们它是谁，而不是我们告诉它。”

“但是它跟其他珠子不搭呀。”

他把石头又掏出来，举到阳光下。深红色的石头里贯穿着一条黄色的脉络。这种红色，跟他刚刚放在小桶里的那块颜色相似。“它们本就不应该是一样的，而是应该相辅相成。正是因为万物各不相同，世界才如此美丽。”

轮胎轧过石头地面的声音在山谷里回荡。我们都朝声音发出的方向看去，一辆卡车在碎石路上急速行驶。

“我记得指示牌上写着禁止开车进来。”我说。

“是的。”爸爸眯起眼睛，“如今来这里的人不多了。我想，收藏家们现在是自己制定规则了。”

两个男人从卡车两侧开门下来，身着崭新的迷彩服。

爸爸冲他们点了点头，但他们只顾说笑，根本没注意到他，而他们具体笑什么我们听不清楚。

他们打开后座，拿出一个五加仑[1]的大桶。

爸爸摇摇头，朝我探过身，从嘴角挤出一句话："了不起的奇石猎人。"

我咏咏地笑了。

戴着老式棒球帽的高个子男人径直走向最近的河滩。他没有左右侦察或东张西望，寻找最佳的挖掘点，而是用一个扫描仪扫过地表，直到扫描仪发出嘟嘟的声音。"这儿！"

他往后站了站，这时那个矮胖男人举起一个东西，类似爸爸用的电钻。他按下一个按钮，伴随着刺耳的嗡嗡声，机器启动了。他走到扫描仪指示的地方，钻头钻入地面。几秒钟后，他把手伸进尾矿里，尖叫道："绿松石！"

爸爸叹了口气："曾经，糟蹋矿场是要受监管的。"

"现在呢？"

"啐。现在？没人再关心这些石头了。"

"如果没人关心，我们为什么要徒步到这里来？我们为什么不能也开车，也用扫描仪和电钻，弄到我们想要的东西呢？"

爸爸扬起眉毛。"因为我们不是那样的人。"

他伸出胳膊搂抱了我一下，伸手抓了一把土。他摊开手掌，泥土从他张开的指间落下，有的落在地上，有的被

1　1加仑约为3.8升。

风吹走，最后他手里只剩下一块灰色的小石头。

“你需要用心去感受泥土，在它给予你馈赠的时候有所感知。只拿走你需要的那一点。”他说话的语气，很像利塔在说她对食物的看法。

“可是爸爸，他们找到了绿松石！现在它可值钱了。”

“谁能说清一块石头的价值？”他把那块灰色的小石头递给我，“我的计划完成后，你和我收集的石头对我来说比希望之钻[1]更有价值。”

我叹了口气：“真希望我们能留下来多找一阵儿。”

“别担心，彼得拉。我们会再来的。”爸爸敲了敲我的头盔，“而当我们找到绿松石时，是怀着敬意的。”

不到一小时，那两个男人就把桶搬回到卡车上，桶里装着五花八门的石头。他们开车离去时，爸爸摇了摇头。我们继续寻找能和爸爸的其他珠子搭配的完美石头。当太阳接近地平线时，他已经找到了七块，而公园规定最多能拿走八块。

汗水顺着额头流进了我的护目镜，镜片上起了一层雾。我本来已经决定不干了，但那一瞬间，我看到了泥土下的一小块黄色。我用石锤在它的边缘轻轻地凿，把它刨了出来，然后用戴手套的手擦掉周围的污垢。我挖出了一

---

1 希望之钻，又叫希望蓝钻石，是一块硕大的蓝钻石，十分贵重，但传说它会给主人带来厄运。

块黄灿灿的碧玉，上面有一条深红色的细纹。我骄傲地举起来给爸爸看，他笑了。我把它放进桶里，和其他石头放在一起。它像灯塔一样突出，却又完美地跟它们融为一体。

爸爸没有说话，在我们挖掘的石台上坐了下来。他拍了拍身边的地面。我依偎着他，他用胳膊搂住我。我们凝望着夕阳，他不时地发出叹息。我们又脏又累，但这可以说是我记忆中最美好的一天。

天下起了毛毛雨，空气中弥漫着潮湿泥土的气味。

“嘿，爸爸？”

“怎么？”

“笃笃笃，敲门啦。”

“好吧，告诉我吧，你是谁？”

“彼得拉。”

他深深地叹了口气。“彼得拉什么？”

我夸张地深吸一口气，吸入了沙漠中雨水的味道。“彼得拉克尔[1]！”

爸爸笑得倒在地上。

1 原文为petrichor，意思是雨后泥土的香气。

10
我是泽塔一号

认知器一遍遍地传递着相同的信息："我是泽塔[1]一号，植物学和地质学专家。我来这里为集团服务。"

接着，圆球滑了出去，好像是从我的脖子后面抽出了一块余火未熄的木炭。

我的脑袋昏昏沉沉的，似乎睡了一个很长很长的午觉。时间过去了有多久呢？反正，不管这条信息试图告诉我我是谁，都不会起作用的。

我的名字是彼得拉·培尼亚。我们于 2061 年 7 月 28 日离开地球。集团要删除我们所有的认知下载程序。本曾经试图拯救我和我的记忆。

1　希腊字母中的第六个字母 Z，读作泽塔。

一些人影在房间里忙碌。他们数量太多了，房间里一点也不像只有本的时候那么安静。

我醒来会看到什么？本肯定早就不在了。但我仍然记得他最后的时刻：清除，创造新的历史。

“把十二号休眠舱抽干。”一个生硬的声音说。

既然他们要把休眠舱抽干，我们肯定已经到了。

我脚下传来一阵汩汩的声音。

哦，天哪！等等，我还没准备好。

这不正是我想要的吗？和家人们一起，在萨根星球？

“真令人兴奋。不是吗？”

“把她放在台子上。”

但事情不应该是这样，爸爸妈妈应该在这里的。

现在发生的事，还会跟很久以前飞船上的那次动乱一样吗？又或者，一切已经变得更加恐怖？我害怕极了，比在利塔的鸡舍里发现一条响尾蛇时还害怕。

那条响尾蛇的头出现在一根栖木后面。母鸡阿多宝的脑袋垂在它的下蛋箱上。

我感觉他们把我抬了起来。扑通，我落在了一个松软的平面上。

响尾蛇震耳欲聋的嘶嘶声灌满我的耳朵。我无法动弹，甚至没有看见利塔拿着锄头走来。

“把她侧过来，准备重新启动器官功能。”

我想大声叫他们停止。

“使用电脉冲。”

我想象着弗兰肯斯坦[1]。不！不要使用电脉冲！

胸口一阵剧痛。我的心脏怦然而动。

我咳嗽，大喘气。

“生命机能完好。”

氧气涌进了我的肺。

这一切发生得太快了。我喉咙里一阵火烧火燎，就像患咽喉炎时喝下了柠檬汁。我要妈妈。我想睁开眼睛寻找哈维尔，可无论如何也睁不开。

空气涌入了我的耳道，尖锐的呜呜声灌满我的耳朵。仙人掌尖刺般的热浪在我脸上画出一条条竖道。

有人倒吸了一口气：“那是什么？”

“一种地球上的疾病。我们要把她隔离吗？”

一个女人说话了，声音轻柔，像风铃一样颤动：“我希望你不要在他们面前提到那个词。”

“抱歉，大总管。”

我想起了新闻里提到的那个集团，他们声称会抹掉过去的痛苦。他们走到哪一步了？

但是飞船上的科学家和医生们，比如爸爸和妈妈，是不会接受被同化的。他们会记住。他们必须记住。

1　英国作家玛丽·雪莱创作的科幻小说《弗兰肯斯坦》中的主人公，他是一位痴迷于研究生命起源的生物学家，成功拼凑出了一个完整的人体，并用电击将其激活。

“雀斑。”一根手指拂过我的鼻梁，“他们的太阳晒伤了皮肤。”大总管说，“如果没有表皮过滤器，就会出现这种生理异常。”

温水流过我的脸颊，然后是抽吸，冷气打在我的脸上。

真空器吸拽我的耳朵，突然间，我模糊的听力也恢复如初了。细小的嘟嘟声像警笛一样炸响。

我脑中那个机器人似的声音还在重复着那些词语，但逐渐微弱，像遥远的回声。“我是泽塔一号，植物学和地质学专家。我来这里为集团服务。”

这个指令在我的脑海中循环了多少个世纪?

我重复了一遍事实：我的名字是彼得拉·培尼亚。我们于 2061 年 7 月 28 日离开地球。

如果这条信息被输入我的大脑，存留在我的脑海里，可我却仍然记得我是谁……那么，本想做的事情也许真的成功了。说不定他传输给我的故事也仍然在我记忆的某个角落中存在着。

“重新启动泽塔二号的电脉冲。”说话声从我旁边的休眠舱传来，“把泽塔二号放在她这边。”

大总管悦耳的声音离得这么近。“你能告诉我你是谁吗？”

有人咳嗽。“我是泽塔二号……”我听出这是苏马的声音。她又咳嗽起来。

“泽塔二号，你的身份是什么？”

“我是专家……我是……”她费力地说着话，“我……我冷。”苏马结结巴巴的。

“她出了故障？”一个男人问。

光线透进我紧闭的眼睑。

我缓缓地吸气。我知道我不能引起别人的注意，但我强迫自己睁开眼睛。眼球火辣辣的，就像我在剥完辣椒后不小心揉过了一样。强光刺目，泪水顺着我的脸颊流淌。一切都模模糊糊，但我能看到苏马身边围着五个人。他们背对着我，每人从头到脚都裹着像是防护服的东西。我看向窗户的位置，希望能看到天空或星星，但窗户被金属板遮挡着。房间里本来应该像鸡蛋盒一样排列着的三排休眠舱，此刻却差不多都空了。我迅速扫了一眼，寻找哈维尔。房间里至少有八个模糊的身影，他们个头都很大，不可能是哈维尔。

那些人用戴手套的手把苏马抬出休眠舱。扑通，她的身体落在我们两个休眠舱中间的一张桌子上。她身上的凝胶滴落在地板上。

苏马慵懒地睁开眼睛，然后她身体一缩，恐惧地睁大了眼睛。“妈妈？”她的声音在颤抖，“本……”

“真令人失望。”大总管的声音冷冰冰的。她把苏马的认知器丢进一个碗里，发出金属的脆响。

“我们要清除她吗，大总管？”

我不知道怎么帮助苏马。太多人了，对付不过来。我突然又能感觉到自己的胃了，有什么东西正慢慢爬上我的喉咙。不要吐。不要吐。

大总管举起一个崭新的、亮晶晶的黑球。“没有这个必要。把她放回休眠舱里。有了这个升级的认知器，”她凑近苏马的休眠舱控制面板，“苏马·阿加瓦尔的余生都将是泽塔二号。”

他们把苏马从桌子上抬起来，轻轻地放回休眠舱里。她在他们的胳膊里有气无力地扭动着，如同一条将死的鱼。

大总管像竹节虫般弯下僵直的腰，朝苏马俯下身来。“可惜，给她重新编程会占用宝贵的时间。我们本可以在第一次任务中就让她派上用场。”她把升级版的认知器放到启动装置中，按下激活按钮，塞在苏马的脖子后面，然后转向其他人。“这次我们要确保没有以前的东西留下来。”

爸爸妈妈会把它们拆掉的……我祈祷。

小球融入了苏马的脊柱，我隐约看见它的微光。苏马在瑟缩，呜咽，然后便不动了。他们一言不发，甚至没有把她用绑带束缚起来，就开始往休眠舱里灌注凝胶。苏马被淹没了。

我的心在胸腔里怦怦地跳，我知道他们会听到。

有一个人转过头，我立刻闭上了眼睛。

我不能让他们把我放回去！那句话是怎么说的？我是泽塔一号……

水又一次流过我的胸部和腹部，然后是双腿。我的身体被抬起，我被翻转到一块新的平板上，这个更柔软些。他们用一条毯子把我裹住。

“扫描她的大脑。”

嗡嗡声震动着我的头颅。细微的嘟嘟声从我脑袋的一边转到另一边。

我不敢把眼睛睁开。是什么吓到了苏马？有什么能这样令人恐惧？他们只是普通人呀。

“少年休眠室十二号休眠舱，确认你的身份。”大总管说，她离得这么近，我能闻到她呼吸里风信子的芳香。

我想回答也回答不了。我连喘气都很困难，说话就更不可能了。

我必须做点什么，让他们知道我不像苏马那样“令人失望”。大总管把手放在我的脸颊上。“睁开眼睛，泽塔一号。”

我睁开眼睛，强迫自己稳住呼吸。

在大总管半透明的皮肤下，血管和肌腱像磁悬浮轨道一样交织缠绕。她用病态而惨白的手拂过我的额头。别做出反应。我告诉自己。

我用力吞咽。我面前的这个人简直不像人。

她看起来更像我在阿尔伯克基水族馆见过的幽灵虾，既漂亮……又恐怖。她的血管在苍白的皮肤下闪着红色和蓝色的光。颧骨的颜色略深，在脸上高高凸起，给下颌的轮廓投下一道阴影。还有她那淡紫色的嘴唇，太丰满了。

她的眼睛那么亮，我能看到虹膜后面蜘蛛网状的毛细血管。她露出微笑。

温热的水从我的额头滴进了嘴里。我朝哈维尔休眠舱所在的方向看去。和其他大部分休眠舱一样，它也不见了。

爸爸的话在我耳边响起，仿佛他就在身边："可怕的不是他们想要什么，而是他们会怎么做。"

在靠近门口的地方，苏马浸泡在亮闪闪的绿色凝胶中。事情是怎么走到这一步的？

不管眼前这个集团到底是什么，我必须让他们相信我就是他们想要的。泽塔一号，植物学和地质学专家。我来这里为集团服务。

只要找到爸爸妈妈和哈维尔，一切都会好的。不管这些人是谁，想做什么，他们都不可能让我忘记。

我的名字是彼得拉·培尼亚。我们于2061年7月28日离开地球。现在是2442年，我们到达了萨根星球。

我要想尽一切办法找到我的家人。

11
一块脏兮兮的破石头

妈妈把我最后一绺打结的头发梳开。

“你竟然用‘石头’这个词的希腊词根给我起名字。”我说。

妈妈咯咯笑了。“实际上，是你爸爸想出来的。但我觉得这名字念起来很好听。”我看到她对着镜子摇摇头，微微一笑，“直到我同意了，他才告诉我这个词是什么意思。”

“石头。”我说，“我名字的意思是，一块脏兮兮的破石头。”

“你的名字很美，彼得拉，就像你本人一样。”

几缕头发从她的辫子里散落下来，垂在胸前。阳光下，她那双绿色的眼睛看起来比平时更加发蓝，表面仿佛镀着一层金色，鼻梁上则点缀着雀斑。我永远也不会像她这么漂亮，但是从她看我的眼神，我知道她觉得我很漂亮。

“再说，这个名字很适合你。你很强壮，像石头一样。”我抬起头，看到她的眼睛湿润了，“我不确定是什么，但总有一天，你会成就一番了不起的大事。”

我翻了翻眼珠。“你根本不让我做自己想做的事。”

我不会说出来，但我知道大家心里都是怎么想的：我有视力缺陷。

但如果她不让我尝试，或者她总是把我引向植物学而不是我真正喜欢的东西，我怎么可能“成就”任何事情呢？我知道我能成为一个讲故事的人。故事生成器把一切都给毁了。我立刻就能分辨出一本书是真人写的，还是一个没有生命的程序写的。我只是想让故事听起来很真实。

我把双臂交叉抱在胸前。

妈妈把我的辫子编好，用发绳把辫梢绑好。“我不需要你一直喜欢我，彼得拉。”她站起来，吻了吻我的额头，“我的工作是保证你的安全，让你过上最好的生活。”

12
第二个故事：波波卡的等待

大总管的声音在我耳边轻轻响起："确认你的身份。"

我翻了个身，咳出一口绿色的痰。我知道自己差点儿就暴露了。"我是……我是泽塔一号。"我的声音嘶哑，"植物学和地质学专家。我来这里服从——为集团服务。"

哦，天哪！我演砸了。不是服从。只是服务。

女人皱起眉头，浅色的血管在透明皮肤下动了动。

"把她抬起来，克里克。"大总管说。

那个叫克里克的男人托着我的腋窝，让我坐了起来。他把冰冷的手放在我的下巴上，把我的脸从一边转到另一边。"多么迷人。"他说。就像大总管一样，他的左眉毛上方有一条鲜艳的蓝色静脉，就像眼影刷错了位置。还有那笼罩在颧骨的阴影中的下半张脸，也与大总管的一模一样。他嘴唇丰满，不是化妆，也不是地球上用的假填充物。他的头上也盘着同样的辫子，我瞥了一眼他旁边的女人，他们都有着同样的特征。

在过去的三百八十年里，他们经历了什么？我想起了生物课上坎托老师给我们介绍的英国桦尺蛾，它们的翅膀变黑，以便在煤烟中躲避鸟类，这个进化过程非常快。进化后的飞蛾也仍然很漂亮。

但这完全不是一码事。我想起了大总管说的表皮过滤器。难道是他们有意改变了自己的外貌，只是为了避免彼此看上去不一样？

我咽了口口水，感觉就像吞下了一块热炭，不由地皱起了眉头。克里克拿起一个小杯子送到我嘴边。我不知该怎么办，就喝了一小口，然后把它推到腮帮子里。有一点点稍微漏了下去，疼痛立刻消失了。我把剩下的也咽了下去，一股暖流涌过我的身体，我不禁打了个哆嗦。这有点像利塔的热可可，只是效力更强。

我不知道被抹去记忆的人应该怎么走路、怎么说话，于是我就静静地坐着，胳膊僵直地贴放在身体两侧。

两个休眠舱之外的一个小女孩也开始咳嗽，咳出凝胶状的肺痰。

“这就对了，把它全部排出来。”一个男人轻轻拍着她的后背，“你能把你的名字告诉我们吗？”

女孩用细小的声音回答道：“我是泽塔四号，精通纳米技术和外科手术。我来这里为集团服务。”

男人把半透明的鼻子凑到她面前，瞪着她的眼睛时，她连眉头也没有皱一下。

泽塔四号看起来和哈维尔的年龄差不多大。她僵硬地坐着，男人捏着她的手腕，上下活动她的双手。“这些小小的手指让她显得很完美。”

克里克转过身，拿起一个带金属把手的人体探测仪。他像儿科医生经常做的那样把它激活，探测仪开始闪烁亮粉色的光。他在我面前俯下身，从我的脚开始，向上扫过我的皮肤。时不时地，他把它拿远一点，看看上面显示的信息。

当他用探测仪扫过我的肚脐，继续往上移动时，我差点儿就想拍掉他的手，接着意识到我必须一动不动，演好自己的角色。

克里克按住探测仪的末端，对着尖端说话，似乎那是一个全息传感器。“心跳在正常范围。”他继续往上扫描。

哦，天哪！我的眼睛……

探测仪太低了，超出了我的视线范围，但我感觉到他在扫描我的脖子，然后是下巴，然后是嘴……

探测仪扫描到我的鼻梁时发出嗡嗡的声音，亮光变成了纯粉红色。完了。

他凑近了仔细端详。他离我真近啊，灯光又是这么亮，我都能看到他苍白虹膜上蜘蛛网般的细小血管了。

“大总管？您可能需要看看这个。”他说。

我保持一动不动，呼吸不再顺畅，几乎动弹不得，我好像明白休克是什么感觉了。

大总管盯着探测仪。“嗯，有缺陷。”她按了一下它的末端。

人体探测仪用生硬的语气说：“眼疾。诊断：视网膜色素变性。”

“她的眼睛看起来和其他人没什么两样。”克里克说。

大总管叹了口气。“他们身体上的许多缺陷仅靠肉眼是看不出来的。”

我咬紧牙关。尽管爸爸妈妈对我呵护有加，但我绝不是个窝囊废。

克里克再次扫描我的眼睛，然后摇了摇头。

真不敢相信，费了这么多周折，熬了这么多个世纪，最后却在这里结束了。我们知道规则，但仍然把我的病带到了他们的这个新世界。爸爸妈妈赌咒发誓，还在我的假病历上签了名。本比我强多了，其他监督员照样把他给除掉了。我慢慢地吸气、呼气，把颤抖的双手塞在大腿下面。

我没有失控。如果我要被清除，我打算在离开时好好说一说。我松开下巴，张开嘴想说话——

大总管转向克里克。“没关系。我们不关心她的眼睛，我们关心的是如何利用她的大脑。”

我猛然把头转向她那边。

“不过，他们在身体上……与众不同。”克里克说，语气中带着嘲讽。

他居然好意思这样说！

“但是集团迈出巨大的步伐，冒着风险克服了这一点，不是吗，克里克？”

克里克的肩膀沉了下去。“是的，大总管。”

“这样我们的想法就一致了。”她在他耳边轻声说。

克里克几乎难以察觉地点了点头。

“我相信我们已经做了足够的工作，来对付这一细微的生理差异，你说呢？”她转过身，盯着我的眼睛，“他们太古老了，我们必须尽量忽略他们的外表。多亏了我们，以及他们大脑中下载好的认知程序，他们的思想才具有一点价值，这些才是我们感兴趣的。”

“当然。”克里克说着，放下了人体探测仪。

我盯着大总管，一动不动。也许他们并没那么坏？

严格来说，他们并不是清除本的人。那是他们之前的人干的。这个集团不像地球上的人那样因为眼睛而歧视我。毕竟，时间过去了近四百年。也许他们已经改变了。

可是，苏马仍然躺在我旁边的休眠舱里，她的大脑正在被涂抹一新。就像爸爸说的，重要的是他们为了达到目的会怎么做。而眼下，我不关心他们为什么要我们忘记。我只需要在找到爸爸妈妈和弟弟之前，扮演好我的角色。

克里克给我盖了一条厚重的毯子。毯子膨胀起来，立刻就有很多热乎乎的液体从里面流出来，洗去我皮肤上最后的凝胶。清洗完毕后，毯子内层的热空气呼呼地吹过我的身体，盖住了房间里的其他声音。

就像医生教我的那样，我一点点地扫视房间。这里应该有十八个休眠舱，现在只剩下了四个：我自己的，那个叫泽塔四号的小女孩的，苏马躺着的那个，还有一个。

苏马是泽塔二号，那最后一个被移出来的就是泽塔三号了，他正被扶着坐起来。那个男孩一坐直，我就发现他又瘦又高，不可能是哈维尔。

“睁开你的眼睛，泽塔三号。”

与我布满雀斑的棕色皮肤相比，泽塔三号男孩的皮肤可以说在雀斑下白里透光。他们想把我们都称为泽塔，对此我不愿接受。所以在那一刻，我决定给我们每个人都另外起个名字，哪怕只有我自己知道。

他们摘下泽塔三号的帽子，一丛金红色的头发露了出来。卢比奥[1]。我给他起了名字。

大总管把一根探针压在卢比奥的舌头上，盯着他的喉咙。“把它们切除。”

“张开嘴，泽塔三号。”克里克说。

卢比奥乖乖地听命。当一个戴着口罩和外科手套的助手走近他时，我的呼吸加快了。传来了旋转声和激光切割

1　西班牙语，意为金色的、金发的。

的嗡嗡声，接着是一股烧焦的气味。有点像我们发现彗星的事情之前，爸爸在周末烤西班牙香肠和鸡蛋的味道。

克里克的工具停止了旋转。两个烧焦的粉红色肉球落进一杯溶液里。

我感到喉咙发紧。

克里克把它们像古董一样举起来，和我们的血样一起放在托盘上。谢天谢地，我的扁桃体早就已经被切除了。

可是哈维尔没有。我不能让这些人这样鼓捣哈维尔，即使他们会像对待苏马一样给我重新编程。

吹过我身体的暖风停止了。克里克又上前扶我坐了起来。他脱掉我的橡胶帽时，指甲扯到了我发际线上新生出来的碎发。我的头发像膨大的丝瓜瓤一样突然炸开了。

克里克瞪大眼睛，就好像我的头发要向他发动袭击似的。

幸好就在这时，卢比奥瘦长的身体在体检时倒了下去，瘫倒在了自己的休眠舱里，满身是黏黏糊糊的凝胶。

“请协助泽塔三号！”女人喊道。

“正常反应。”克里克回答，“他们休眠了差不多五个单位。”

我迅速算了一下。如果我们已经到达了萨根星球，那么他们的一个“单位”就是七十多年。

“我该怎么办？”她惊恐地问。

“让他们睡吧。”大总管冷静地说。

什么？还睡！

“多休息一会儿，他们就能恢复了。”大总管已经把一个蓝色药丸放进了卢比奥的嘴里，然后端起一个盛满绿色液体的杯子，送到卢比奥的唇边。绿色液体跟他的红头发配在一起，活像一个圣诞花环。“喝下去。”

卢比奥就着绿色液体吞下了药，又躺了回去，几乎立刻呼吸就变得沉重了。

他们对那个金发小女孩也如法炮制。

克里克向我走来。我也依样张开嘴，暗暗希望他们会把我的颤抖当作是刚从休眠状态中醒过来的结果。

克里克把药片放到我的舌头上。我闭上嘴，把药片挪到腮帮子内侧，接着喝了一小口绿色液体，突然感到平静下来，不再颤抖。这不是我的幻觉。我告诉自己，如果他们找到了控制我们情绪的方法，那么，我宁可害怕但保持警觉，也不要喝这种安神的药水。我躺回到休眠舱里，动作稍微快了一点，希望鼾声没有演过头。药片在我的嘴里膨胀。我迅速翻身，掩盖住像花栗鼠一样鼓起的面颊。

“我们关上房门，让他们休息吧。”大总管说着，走了出去。大多数人都跟着大总管离开了房间。克里克和另一个女人留在后面。

“真是令人兴奋的一天，是不是？”那女人低声说，“他们是不是很棒？”

药片继续在我嘴里发胀，顺着我的喉咙往下爬。

克里克咂了咂舌。我相信这和利塔咂舌时的意思是一样的。

他叹了口气。“我希望他们表现出色。”他朝门口走去，“整整一个单位以前，在那些艾普西隆[1]被清除之后，才有像样的专家出现。但愿这一批专家能拥有无可挑剔的知识，并且绝对服从。”

他关了灯。淡淡的绿光透过走廊洒进来，那是通往隔壁青年休眠室的走廊。还有别的休眠舱！克里克的话令人困惑，但我现在没时间去琢磨他们那些奇谈怪论。我要看看哈维尔是不是被转移到了那个房间。听到门关上的声音后，我立刻俯身到休眠舱回收凝胶的吸管旁，张开了嘴。黏糊糊的药片混着残留的凝胶，被吸进了洞里。我朝那个类似牙科诊所专用躺椅旁边的小碗里吐了一口，然后擦了擦嘴。

我踮着脚走向狭窄走廊里那束绿色凝胶般的光，双腿微微颤抖。我知道在他们把哈维尔从休眠舱中安全搬出来之前，我什么都做不了，但我只要能看到他的脸就好。

我转头看看，确保没有人醒来，没有人监视，然后继续沿着走廊朝那间休眠室走去。与我们的休眠室不同，青年休眠室里空荡荡的，只是后面的角落有一团东西，发着淡淡的绿光。但相同的是，外墙上应该有窗户的地方也嵌

1　希腊字母的第五个字母E，读作艾普西隆。

了一片金属板，挡住了外面的星星，也挡住了我第一次看到萨根星球的机会。光线太暗了，我的眼睛很难适应。飞船控制器发出低沉的嗡嗡声和微弱的嘟嘟声，节奏稳定。我慢慢地朝绿光走去，生怕撞到什么我看不见的东西。

没有了凝胶被补充时发出的持续的嗖嗖声，即使是一片纳米芯片掉在地上也可以被听见。我走到那个角落，看到的却不是我以为的灌满荧光绿凝胶的休眠舱，而是一些设备和一个显示器。显示器发出荧荧亮光，上面是大气读数。

不是哈维尔。

我不再担心会撞到什么东西，只顾在空荡荡的房间里打转，想着他们会把他放在哪里。在他们把他挪出来，或者找到爸爸妈妈之前，我只能等待。

我缓缓地朝我的房间后退，一下子撞到了什么东西。

我大叫一声，转过身来。

“需要帮助吗，泽塔一号？”克里克慢慢地向我走来，走廊里的蓝光照得他如同一条在黑暗中发光的鱼。

我喝的那一小口镇定药水突然失效了。我把颤抖的双手藏在背后，说不出话来。

“你应该在睡觉的。”他说。

“想上厕所。”我呼吸急促，嘶哑地说。

他笑了。“跟我来。”他领着我穿过走廊，朝我们房间的方向走去，“我们好像没有想到这点。当然，谁想得到呢。”

在两个房间之间的过道里，他按下一个按钮，一扇门滑开，露出一个没有隔板的小房间，四个抽水马桶排成一排，就像教室里的一排课桌。“不。”我忍不住大声说。难道他们把尴尬也从我们的记忆中抹去了吗？

“你说什么，泽塔一号？”

“只是清清嗓子。”我迈步走了进去，忙不迭关上滑动门，把克里克关在了外面。

克里克吹着口哨等待着。不是欢快的哼歌，也不是什么利尿的旋律，只是一遍遍地重复三个相同的低音。

我闭上眼睛，拼命想象潺潺的小溪。一分钟过去了，一滴也没有尿出来。我按下抽水的按钮，站起来，寻找洗手池。没有洗手池，只有两个手套状的袖筒嵌在台面里，材料跟浴毯相同。我把一只手伸进右边的那只，然后，就像那条厚重的毯子一样，温水按摩我的手，接着是热风。

我打开门，克里克正等着领我返回房间。“你要再来一份安眠药或营养剂吗？”

“不！”我脱口而出。

他在门边等着，直到我爬回了休眠舱才离开。卢比奥的鼾声就像繁忙的磁悬浮列车轨道。

我开始回忆发生在我和爸爸妈妈，还有哈维尔之间的那些事。

小时候，我住在利塔家，每当电闪雷鸣或者我做噩梦的时候，我就会爬到利塔温暖的床上，她就会给我讲故事，让我平静下来。她的棉睡衣散发着花香，呼吸里有咖啡和肉桂的气息。但是休眠舱是冷冰冰的，有一股消毒水的味道。我闭上眼睛，想象着自己枕在利塔身上。

我蜷缩在利塔的怀里，她在我耳边轻轻低语。“很久很久以前，有两个国家在交战。其中一个国王有个女儿，叫伊斯塔西瓦特尔，意思是‘白姑娘’。她穿着一条白色的长裙，乌黑的头发上戴着一朵红色的郁金香。”利塔叹了口气，好像这个伊斯塔西瓦特尔是她的一个亲密的老朋友。“伊斯塔西瓦特尔，”她用胳膊肘轻轻地碰了碰我，“我喜欢叫她伊斯塔，被许配给了野心勃勃的大祭司那个不可一世的儿子，但她却爱上了一个年轻勇敢的部落首领，名叫波波卡特佩特。波波卡特佩特也爱上了伊斯塔。”

早在利塔告诉我“她的版本”之前，我就知道这个传说。爸爸最喜欢的墨西哥餐厅的墙上就挂着一幅黑色的天鹅绒画，上面画着波波卡和伊斯塔的画像。我还在网上查过这个故事。

“伊斯塔的父亲把波波卡派去了战场，邪恶的大祭司为了让伊斯塔嫁给自己的儿子，就对伊斯塔撒谎说，波波卡已经在一场激战中阵亡了。”利塔摇了摇头，“听到这个毁灭性的消息，痛苦的伊斯塔陷入了沉睡。”

我翻了翻眼珠，我已经知道在故事里伊斯塔死了。我坐起来，给了利塔一个“得了吧”的眼神。“真的吗？她只是睡着了？”

利塔让我别作声。“波波卡回来时，发现伊斯塔正在悲伤沉睡之中。”

“可是说真的，她在原来那个传说里不是死了吗？”

利塔给了我一个眼神。这是“她的”故事，她要按自己的方式来讲。

“伊斯塔沉睡时，波波卡把她抱到一座雪山顶上。他为他们俩每人堆了一个土堆，点燃一支火把。波波卡用雪给伊斯塔做了一个枕头，并用红色的郁金香把她围了起来。”

我在网上查到，波波卡真的是一座火山，这名字的意思其实是“冒烟的山”。

利塔眯起眼睛，制造出一点可怖的气氛，继续讲道：“他的火焰和熔岩，吓退了那些妄想靠近他心上人的人。波波卡因为奔赴战场而失去了永恒的爱，他感到非常愤怒，发誓要和伊斯塔在一起。他躺在伊斯塔身边，也陷入了沉睡，守护着他的爱人，直到交战的两国能够解决争端，不战而和。”

利塔透过天窗凝望着星空。“直到今天，他们都彼此相依，等待着大地恢复平静，那时他们就会苏醒过来，结为夫妻。这是真的，我没有说谎。他们告诉我的，我也会告诉你。”

尽管我知道这个故事并不是真的，但是，波波卡对伊斯塔这样忠诚，竟愿意在高高的山顶上度过一生，陪她一起等待，还是给我带来了很多安慰。

利塔毫不掩饰她的想法，她认为我们这个世界的领导人需要放下“自尊”，解决他们之间的分歧。然而到了最后，哪怕彗星都要来了，每个人还是只为自己着想。虽然时间确实不多，但他们甚至没有尝试集中资源建造一个避难所，或者多造一艘飞船。大家都只关心自己。伊斯塔和波波卡永远也结不成婚了。

我看见波波卡和伊斯塔在山顶上，伊斯塔身着一袭白裙，风吹拂着她长长的黑发，一朵郁金香花插在她的耳后。

波波卡握着她的手，面含微笑，他们仍然在等待着，等待着……

13
第三个故事：狐狸与乌鸦

我打了个哈欠，揉去眼睛里的睡意，坐了起来。泽塔四号和卢比奥已经穿好衣服，立正站在门边。

我磕磕绊绊地从休眠舱里爬了出去。

金发小女孩泽塔四号排在卢比奥的后面，两人之间有一个空当。一根整整齐齐的法式麻花辫从泽塔四号的左耳边绕到后脑勺，拧成了一个碱水面包那样的小发髻，跟大总管的发型很像，仿佛是连发型也被洗脑了。我赶紧拢起我的头发，想要模仿泽塔四号的编法。

泽塔四号和卢比奥看上去都比我年龄小很多，不知道这是否就是认知器没有在我身上完全奏效的原因。不过也可能是运行故障，我跳过了某些编好的程序。显然，睡过头不是那个程序的一部分。

我漏掉的几绺头发像狮子鬃毛一样支棱出来，麻花发髻散了两次，最后辫子软塌塌地耷拉在我胸前。

我穿鞋时双手一直在颤抖。真不敢相信，我失去了找到爸爸妈妈的机会。

我快步走到泽塔四号和卢比奥中间，这时我们的房门滑开了。一股过度消毒的空气扑面而来。我瞥了一眼苏马，她平静地躺在她的休眠舱里，关于她的家和她妈妈的记忆正在被偷走。

我目不斜视地盯着前面，心知随时会有人走进来。就在我试着调整呼吸时，一个软软的东西擦过我的手指。我往后一缩，低头看去，只见一个比哈维尔还小的幽灵虾男孩正抬头盯着我。他这么一笑，使他的脸蛋显得更圆了，可是这小家伙也像那些人一样，有着蓝紫色的眼睛和苍白细腻的皮肤。

他笑得更灿烂了，几乎有点……可爱。我知道我视力不好，但这个小男孩肯定比我更擅长偷偷摸摸溜进溜出而不被发现。我怎么会没看见他溜进来呢?

他靠近我的手，用手指在我的手臂上蹭了蹭。

“沃克西！”我们都被大总管的声音吓了一跳，“你在干什么？”她在门口问道。

沃克西把脑袋一歪。“她皮肤上的这些斑点是什么呀？”

大总管微微弯下腰，俯视着他。“你不应该在这里。”

沃克西赶紧从我身边走开。“我想见见这些泽塔，妮拉。”

妮拉扬起眉毛，舌头发出嗒的一声轻响。

沃克西垂下了眼睛。“我的意思是说大总管。”他说。

“好吧，你已经见过他们了。”妮拉抖了下手腕，修长的手指像张开的剪刀。

沃克西抬起头，我与他目光相遇。他笑了，我也笑了，接着才反应过来自己在做什么。

大总管转过来面朝着我，我立刻再次凝视前方。

她迅速露出一个妈妈说的那种社交媒体笑脸。“各位泽塔，我是大总管。”她离得这么近，呼出的无花果的香甜气息溢满了我的鼻孔，“我期待着看到你们为集团做出贡献。我们有很多工作要做，时间紧迫。”

大总管站在我们面前正对着我，目光越过我们的头顶。“在接到各自的任务前，你们要作为一个整体待在一起。”她转身离开我们的房间，进入走廊。“过来。”她像召唤宠物一样叫我们。

我们经过相邻的青年休眠室。上飞船的第一天，我曾透过这道门看到脾气暴躁的总监督员在金发男孩的休眠舱边徘徊。我们继续往前走，那些原本应该容纳休眠乘客的房间，如今墙上却满是六边形的小隔间，它们像蜂巢一样堆叠在一起。

大总管拐进了通向巨大公园的那条走廊。我看到前面的大窗户，想起哈维尔第一次看到它时大喊一声“哇！”，双手砰地按在了玻璃上，也想到了另一边的跑道和游泳池、剧院和自助餐厅。那一切是多么神奇啊。集团何其幸运，能住在拥有这么多高级东西的飞船上。

妈妈的那棵亥伯龙神红杉树一定一直在守护着集团吧，就像伊斯塔和波波卡守护着他们的人民，等待着和平的到来一样。

我们靠近通向窗户的转弯处时，我的心跳加速了。妈妈的那棵红杉树就在前面的绿地中。我们转过了拐角。

强光涌来，我不由得后退了一步。我放慢脚步，低头看去，感到喉咙发干。这个巨大舱室竟然白茫茫的一片，无比荒凉，我使劲眨了眨眼睛，心想一定是来错地方了。没有公园。没有灌木和树林。舞台和剧院都不见了。跑道和运动设施都变成了白墙。

头顶的屏幕本该显示地球的天空，此刻却空空如也，只剩下一大片乏味黯淡的亚光金属。原本绿草如茵的草地，还有那些小径和妈妈的那棵树，已经被下面发光的彩虹玻璃地板所取代。原本餐厅的小格子里堆满了食物，墙面上放满了微波炉，如今却空空荡荡。除了几张桌子和几根白色的柱子，几乎没剩下什么。东西都不见了，这地方感觉大了一倍。我感到喉咙深处哽着什么东西。

我曾相信，一旦大人们醒来了，我们就可以奔跑、玩耍、游泳、看电影，直到萨根星球上的定居点修建完成。

我双腿发麻，停住了脚步。

卢比奥从后面撞到我身上。“泽塔一号？”他拍了拍我的肩膀，我紧走三步，又追上了大总管。

就在我们下方的几层舱室里，三三两两的集团幽灵虾正在空房间里转悠。

亮绿色的“和睦”字样开始在空白的天花板上闪现。我以为这是我的幻觉，可接着它又变成了紫色的“一致”。

妮拉大总管领着我们走向一间玻璃电梯。她先走了进去，然后转身面对我们。电梯下降时，我的目光透过她盯着飞船的另一边，我知道爸爸妈妈的休眠室是在那边。我只想找到他们，还有哈维尔，不管他在哪里，但现在似乎不可能了。我专注于我的呼吸，就像我们在体育课上学瑜伽时那样，不让自己哭出来。

他们把人们辛苦创造的一切全毁了。他们怎么能毁掉这么美好的东西？这本来不就是为他们建造的吗？

我们走出电梯，一个头顶上盘着两个麻花发髻的男人指着我们，就好像我们是自然历史博物馆的某种展品。除了这个男人，大厅里还挤了另外一些人，看上去都跟妮拉大总管、克里克和沃克西一样，金黄色的辫子盘在脑袋上，皮肤表面下是纵横交错的静脉。同样的颧骨。同样丰满的嘴唇。

我想起了第一天登上飞船的那些科学家、乘客和监督员们的不同肤色，低头看了看自己布满雀斑的褐色手臂。

他们对自己做了什么?

一个男人优雅地咬了一口棕绿色的面包，呷了一口淡黄色的液体。多亏科学课和坎托老师的课外作业，我对纯化尿液非常熟悉。我希望他们还没有找到办法——

我只顾盯着他看了，没有注意到一个比我大不了多少的男孩站到妮拉大总管旁边，把一个托盘递到我面前。他的脸型让我想起学校里的一个孩子——科尔·斯特德。这个男孩和科尔一样，很少跟我互相对视，他知道我的存在可能只是因为我买午饭时排在了他的前面。同样的棕绿色小方块和黄色液体杯，整齐地排在他的托盘上。卢比奥和泽塔四号已经在嚼着看起来像是西梅饼的东西，喝着杯子里的液体。

男孩把托盘向前推了推。托盘里的东西仿佛在说，最好别吃，但我觉得自己已经四百年没吃过东西了。

妮拉扫了我一眼。“泽塔一号，有什么问题吗？”

我想到了苏马，想到如果我回到休眠状态，就不能找到我的家人了。卢比奥和泽塔四号看上去平安无事，于是我从托盘里拿了一块生物面包，迅速塞进嘴里。如果羽衣甘蓝、干草、西梅和醋共同生了一个孩子，我敢肯定它的味道就是这样的。妮拉在盯着我，我不知道她是否有识破谎言的秘密技能。

“没有。”我嘟囔道。

她点了点头。“我们每天在这里集合，领取食物。”

我把面包嚼成了糊状。长得像科尔的生物面包男孩叹了口气，把托盘转过来，让装满液体的杯子对着我。我拿起一杯黄色神秘液体，低头盯着它。但愿它的味道不像前一天晚上的绿色营养剂。生物面包男孩迅速走开了。

妮拉又转过头来盯着我。

我还没来得及劝说自己别喝，就把杯子举到了嘴边，一口吞了下去。谢天谢地，味道只是有点像稀释的苹果汁，而且我的情绪没有任何变化。几秒钟内，这两种东西的混合物就在我胃里膨胀起来，我觉得足够支撑我一整天。

我打了个嗝，溢出了一股苜蓿和消毒剂的味儿。我把这团空气吹向妮拉那边。我们前面的电梯门打开了，克里克走了出来，遥控指挥着一辆手推车。

红色、蓝色、绿色和金色的饮料，呈扇形摆放在克里克手推车上的六个透明托盘里，就像绿咬鹃的彩虹色羽毛一样。人们拍手喝彩，似乎克里克送给每个人的是一艘豪华气垫船，而不是彩色果汁。

他遥控着小推车驶向曾经是餐厅的地方，我们跟着他，来到这个与圆顶大厅相连的开放式小房间。

克里克把盛着他称之为营养剂的托盘依次递给我、卢比奥和泽塔四号。“你们今天的工作是让大家保持平静。”他说。

我看了一眼人群，他们看上去不像大多数人参加聚会时那样。除了刚刚对营养剂小推车爆发的热情欢呼，谁都没有再显露出特别兴奋或恼怒的情绪，甚至谁都没有假装开心，就像爸爸参加工作聚会时那样。他们都只是……反应平平。我纳闷这到底算是个什么聚会。

大总管走到我和克里克之间。她从我的托盘上拿起一杯子翠绿色的营养剂，将其举到嘴边，闭上眼睛，一饮而尽，然后抿起嘴，残留的液体在她的嘴唇上凝成一道深色的细线。

她微笑着走到房间中央。房间里的各种声音渐渐平息，只听得见她鞋子的嗒嗒声。她转过身来，像狐狸一样咧嘴笑着。

利塔的声音仿佛从远处传来，在我的脑海里回响。“你一定要记住狐狸和乌鸦的故事。信任别人是好事。但是有些人，比如狐狸，会信誓旦旦地获取你的信任。他们是骗子，根本不会把你的利益放在心上。你必须能够识别那些有自私意图的人。”

“我怎么能知道呢？”我问。

利塔吻了吻我的脸颊。“听听这个故事，从乌鸦的错误中吸取教训吧，乌鸦没有看到狐狸的奸笑，只听到了他的谎话。”

利塔像狐狸一样眯起眼睛。“在我们祖先的时代，动物会说话。‘可怜的乌鸦，’狐狸说，‘你要叼起这么多的奶酪。如果放到地上来，也许负担就没这么重了。’”

“好消息！”大总管宣布，“生物无人机已经证实，大气中有充足的氧气。”

人群爆出一阵兴奋的尖叫声，回荡在巨大的舱室里。

“地表水的盐浓度也适中。”她继续说道。

克里克喘了口气。“这就好。”他轻声自言自语。

“乌鸦考虑着狐狸的话。确实，乌鸦很累了，而狐狸的建议似乎确实能让他轻松很多。”

“未来集团的生存至关重要。”妮拉说，“大气评估将需要一个……测试对象。一个我们自己的代表，与泽塔组一起去探索这个星球。”

“想到这里，乌鸦把奶酪放到了地上，狐狸一口就吞了下去。一切就结束了。”

“正如你们已经知道的，”大总管继续说道，“泽塔组已经加入了我们。”她指了指卢比奥、泽塔四号和我。

整个餐厅的人都把目光落在我身上，我紧紧抓住手里的托盘，血液都凝固了。但我尽量表现得自然一些——谁知道现在的“自然”意味着什么。

“无人机无法收集水下植物，我们需要人工采集样本。风险很高，因此泽塔组将承担水下作业任务。”

玻璃杯在我手中的托盘上颤动。我不确定我是在害怕第一批登陆星球的“风险”，还是在为我们即将离开这艘飞船而兴奋。但我非常高兴她主动安排我们去危险的地方。

一个睁大眼睛、气喘吁吁的男人向我走来。

他从我的托盘里拿起一杯红宝石色的营养剂。那液体在他手里颤抖。他把它举到唇边，避开其他人的目光喝了下去，用手背擦了擦嘴，手背随即被刷上了一抹红色。他笑了，喜悦瞬间掠过他的全身。他又拿起一杯送到嘴边，这次是绿色的，洗去了红色液体的痕迹。

他转过身，漫不经心地低声对克里克说："听说，我可能就是被选中明天陪泽塔组一起登陆的那个人。"

我好像发现那只乌鸦了。

克里克的笑脸往下一沉。"是的，莱恩。"克里克把手放在莱恩的肩膀上，"妮拉已经决定，"他顿了顿，"为了集团，你应该陪泽塔组一起去。"

"当然。"莱恩看了看肩膀上克里克的手，又拿起一杯营养剂，他的声音在发抖，"我乐意尽我的一份力。"他把杯子放在桌上，有点用力过猛，营养剂溅了出来，"为了集团。"

克里克擦去脸上的一滴绿色液滴，环顾四周，看是否有人注意。

妮拉举起杯子。"诸位，祝你们今晚愉快！不久的将来会非常辛苦，但我们的事业会因此而向前推进。"她停顿了一下，朝我们这边看了一眼，"我们的努力将纠正前人带来的错误。"

我咬紧牙。我知道她说的"前人"是指我的父母和其他乘客。

妮拉大总管指了指房间另一头的一个男人。男人点了点头，挥手拂过一个显示屏。整个房间变暗了，我的视线也跟着变得模糊。嗡嗡声震颤着空气，周围都是全息投影的星星。我赶紧把托盘放在桌上。尽管他们已经知道我眼睛不好，但我可不想在黑暗中撞到某个看不见的人，把各种颜色的营养剂洒得到处都是。我背靠一根柱子站着，希望没有人注意到我。

嗡鸣声，然后是尖而刺耳的声音。我听出这声音是美国国家航空航天局记录的行星无线电波。妮拉闭上眼睛，深深地吸气，好像这声波是贝尔塔姑妈听的某种新时代冥想节目。我的身体随着这声音震动。那些苍白的面孔、沾着红色营养剂的嘴唇，就像惨白的吸血鬼一样，在全息投影的星星之中一起旋转。

我身边一个女人干巴巴地微笑着，她旁边的托盘里放着一摞空杯子。

妮拉走过来，站在克里克身旁，与我只隔着一个柱子。萨根星球的噪声太大了，我什么也听不见，于是我悄悄凑过去，希望我的这件灰色连体衣能够掩护我，不会引起他们的注意。

“关于莱恩……大总管，如果那儿的大气不适合我们怎么办？”克里克在嘈杂声中问道。

“空气是合适的。水质是可处理的。”妮拉不带任何感情地说。

克里克轻轻呼了口气，摇了摇头。他也像我一样注意到了。

“是的，但会不会还有别的东西会伤害到我们？”他问，“那些我们无法评估的东西？那些东西对莱恩——对我们——来说……可能都跟以前不一样了。”

大总管转过身，严厉地看了他一眼。一颗星星在她的脸上飘过，她皮肤下的血管随之发出蓝色的光。“在过去的漫长进程中，集团做的所有决定，都是为了我们的最大利益。我们的今天，正是他们艰苦奋斗换来的。一致需要牺牲。牺牲，就是要付出代价。”

克里克点点头，似乎对这一切已经心知肚明，只是需要提醒一下。我想，他们说的肯定是他们对自己所做的改造。利塔常说，破坏自然是要付出代价的。

“必须得让一个自己人去测试之后，我们才能做出判断。”她平静地说，“但如果这个星球与集团不相容，我们就会离开。”

克里克立刻向她扭过脑袋。“离开？”

“在两个单位的航行距离以内，我们发现了另一颗可以生存的星球。”她说，目光看向了别处。

如果我们之前航行的三百八十年是五个单位，那么……我勉强喘了口气，两个单位就是两代人的时间。

克里克挪开了目光，似乎也在计算。“但那需要……”

周围的人喝着营养剂，对身边飞过的星星指指点点，浑然不知有人正在为他们的生命做出决定。

“牺牲。”妮拉的语气变得强硬，“这是需要付出的代价。我们有责任为集团找到一个永久的家，在那里我们可以生存下来，不会受到任何事物或任何人的伤害。为了我们的前辈，也为了那些后来者，我们必须这么做，即使这意味着我们一辈子都要乘着这艘飞船寻寻觅觅。”

我感到头晕眼花，于是赶紧把脸靠在冰冷的柱子上。一颗卫星在房间的另一边慢慢滑过。几个人跟在它后面，好奇地打量着。

克里克把目光转回到全息图像。“明白，大总管。”

这对我们意味着什么？泽塔四号、卢比奥和我要在飞船上为他们服务一辈子？如果我们的父母还处于休眠状态，被困在某个地方，谁知道还要被困多久？

当然，比起萨根星球上可能存在的致命因素，这的确算不了什么。妮拉也许很无情，但她要确保一个星球适宜人类生存，这是对的。听她的意思，她会不惜一切代价保护她的同类。

我不能再等了。我必须离开这里，去找到我的爸爸妈妈。

14 仙女之城

我和爸爸一人搬一头，一起把妈妈要的那袋泥炭藓卸下来。爸爸假装袋子重得要命。“没有你，我真不知道该怎么办呢。”他说，让我觉得自己很有用，其实我才九岁，根本帮不上什么忙。

我们搬着泥炭藓穿过后门，发现妈妈和哈维尔躺在后院草地的毯子上睡着了。太阳正在迅速地向着地平线以下沉落。

小旋风慢悠悠地爬向它的洞穴，就在那条通往沙漠的小径旁边。

我和爸爸把那袋泥炭藓倒在地上。妈妈伸了个懒腰，坐了起来。“白马王子和他的侍从，在日落时分远征归来，带来一袋泥炭藓作为礼物。”

“我很高兴我们死里逃生，完成了去家居百货店采购的任务。”

“是啊，我得说，看看这里，为它冒生命危险是值得的。”妈妈指了指她的花园，“这是我们中世纪的战场。我打算手握耙子或锄头死去。”

爸爸哈哈大笑。“彼得拉，我们就指望你把我们的尸体堆在高高的花圃上，化为肥料。”

“真恶心！”我嚷道。

哈维尔突然惊醒，哭了起来。

“我来。”爸爸抱起哈维尔，把他举过肩膀，哈维尔的小胖脚垂在爸爸的胸前。“我去给他洗个澡。”

妈妈拿起手机，打开手电筒。“睡觉前想去冒个险吗，彼得拉？”

我赶紧点点头。在哈维尔出生前，我们是一家三口。那段时间已经足够让我记得，和爸爸妈妈相处时没有弟弟插在中间是什么感觉。

“去找仙女怎么样？”妈妈眨眨眼睛，站了起来。

我忍不住笑了，她知道怎么吸引我。“可是仙女不在沙漠里，她们在森林里。”

“这儿就是森林，一片沙漠森林。”妈妈惊讶地倒吸了一口凉气，“你看到了吗？”她用手电筒照着小径上的第一棵树，然后朝它走去。树上开满了粉红色的花朵。

“在沙柳上？”我问，跟着她走过去。

“没错。回答正确。”她笑着说。

我努力把花瓣想象成翅膀，但看到的仍是一簇簇的花。“我什么仙女也没看见。”

妈妈没有理我，用手电筒朝另一个方向照去。“啊，是的，这下肯定对了，神出鬼没的圣仙女。”

我眯起眼睛，看着灌木丛上深紫色的花。“我好像真的看到了什么。”

“英国人认为他们的薰衣草能吸引仙女，其实根本比不上我们的沙漠鼠尾草。”

天色渐暗，天空变成了紫色，地平线上只剩一条似有若无的橙色丝带。妈妈把手电筒对准前面的小径，一根手指压在嘴唇上。“嘘。”

我跟着她，低声说：“巨型管状仙人掌仙女。”

硕大的、带尖刺的绿色手臂伸向天空。“那下面肯定有一个阿尔伯克基[1]那么大的仙女之城！”我说。话一出口，我的想象力就开始纵横驰骋：“我敢说她们肯定会举办盛大的派对。每个仙人掌的手臂都有不同颜色的魔法门。”我指着最高的仙人掌茎，“最大的那扇门金灿灿的。仙女们想要进去，必须穿过玫瑰荆棘的障碍环，一不小心就会把她们柔弱的翅膀刮破。她们必须躲避突然出现、会让人立刻昏睡的甘菊，还有滴着蜂蜜的蜂巢，一滴

1　阿尔伯克基，美国新墨西哥州最大的城市。

蜜掉下来，就会粘得她们寸步难行。但一旦过了那道门，”我把声音压得低低的，“就会出现一个谜语。”我眯起眼睛，“我在每一道彩虹里。”我向上展开双臂，“我在天空中。”我弯下膝盖，“在海洋的深处。”我摆动手指，“还在松鸦的羽毛里。我是什么？”

妈妈笑了，但她没有看我，而是扫视着我的身后，寻找别的东西。

我鞠了一躬。“没错，小仙女。我是蓝色。你可以进来了。”我继续说道，已经忘记了周围是一片沙漠，“仙女的礼服和衣裙像蜻蜓的翅膀一样闪闪发亮。仙女们用鲁冰花的杯子喝水。各种颜色的果汁和花蜜，像喷泉一样灌满她们的杯子。”我闭上眼睛，“满树的萤火虫闪烁着它们的亮光——”

妈妈又抽了一口气，她打断我，指着相反的方向。“那是什么？”

我转过身，离开了那场正在最高的仙人掌茎中举办的仙女派对。妈妈的手电筒正照着一株开着小黄花的灌木。

我叹了口气：“三齿拉雷亚。”

“不错！”她说，“植物学是不是很棒？”

“嗯。”我咕哝着，意识到它在现实中是什么。不过，沉浸在幻想中真开心啊。

她吻了吻我的头，用手电筒照向我们的房子。“那里住着所有仙女中最可爱的一个——彼得拉仙女，她睡觉前需要洗一个澡。”妈妈和我对视了一下，眨了眨眼，“比比谁跑得快。”

她拔腿就跑，我怕黑，紧紧跟在她后面。

15
空空的休眠舱

妮拉和克里克谈话的声音越来越小。我忍不住从柱子另一边探出头，没想到克里克离我这么近，于是我又往后退了一点，但仍然能看见他身后的那个白色球体。我认得出那坑坑洼洼的表面。我知道，如果他们的全息图像在天文学上是正确的，那么在月球后面，我会发现……

一个男人指着笑道："真棒！"他的辫子也盘成一个利索的发髻。

3D 全息图像旋转着，像一个巨大的蓝色和绿色的大理石球，几个人惊讶地盯着这个星球。在场的人中，只有最小的我们才真正踏足过那片土地。它在我面前优雅地旋转着。即使它已不再是当年的那个地球，想起它我还是会露出微笑。我的利塔就在那个星球上。

我眼睛里噙满了泪水，内心深处的呼喊被萦绕的音乐声淹没。卢比奥径直走过他曾居住过的这个星球，没有再多看一眼。

在天花板的另一侧，靠近圆顶的地方，有一道光在闪烁。我转过身，发现其他人也注意到了，都在观看这一幕。彗星拖着它的尾巴，穿过那些星星和站在房间里的人们，缓缓地飞来。刚刚吃过的食物积在我的胃里。我告诉自己这是全息图像，不是真的。我既不能冲过去把哈雷彗星推离轨道，也不能阻止那件事情发生。

大总管挥动着手臂，彗星如同一条发光的蛇，加快了飞向地球的速度。它撞向了夏威夷和斐济之间的太平洋中心。瞬间，一团碗状的碎片向上喷射。弧形的光焰涌向四面八方，就像烟花在整个房间里突然爆炸。

绿色嘴唇的人们发出一片“哦”“啊”的惊叹，就像在观看足球比赛中一个紧张的铲球，而不是一个星球的毁灭。

在快进画面中，一个火圈从太平洋向东边的美国、西边的日本扩散。

微粒在整个房间里弥散，穿过我们的身体，然后像雨点一样落回地球。

我喉咙发紧，想象着利塔就在那些微尘之中的某处。我以前从没有晕倒过，可现在，我感到嘴唇刺痛，头晕目眩。我跌跌撞撞地走向最近的一张桌子，瘫倒在了椅子里。如果有人看到我的反应，一切就都完了。

音乐渐渐平静下来，随着灯光逐渐亮起，妮拉走到房间中央。地球的尘埃在她周围浮动，使她的五官变得柔和。

她指了指几分钟前地球平静旋转的地方。“今天，我们庆祝自己终于抵达这个新的星球。发生在上一个世界的事情并不是一场悲剧，而是一个让我们放下过去的机会。在集团的努力下，关于那个充满冲突、饥饿和战争的世界的任何记忆都不会进入我们的未来。”

我的爸爸妈妈也希望有一个更好的未来。至于怎样才能实现它，爸爸说的却完全相反。“我们的工作是铭记我们的错误，让我们的子孙后代变得更好。接受彼此的差异，并且仍然寻找和谐共存的办法。”

“我们现在是一个整体，摆脱了过去的罪恶。我们不再需要创造新的历史，因为旧的过去已经不复存在。今天的集团和新的星球将会是一切的开始。集团会把我们新的家园改造得更好。”她举起杯子，“为我们的新起点干杯。”

房间里充斥着集团的声音。“为新起点干杯！”

我低头盯着地面。就算我的爸爸妈妈和其他乘客全都醒过来，也远远比不上集团的人多。

我把脑袋抵在桌上。刺耳的音乐又响了起来。在嘈杂的音符中，大家又开始说说笑笑。

“泽塔一号？”

我迅速抬起头，擦去嘴唇上的汗水。我看到了妮拉。

“我必须适应新的饮食，大总管。我道歉。”我不敢看她，“我一会儿就回来服务。”

“不用了。”她说，“你今天的任务已经完成。你可以回到你们的区域去休息了。”她拍了拍我的肩膀，这让我不寒而栗，“如果侦察星球表面的任务完成得顺利，那么等你们返回时，会有更加重要的工作。”她继续说，“我想你会喜欢在我们的实验室工作的。”

我回想起了第一天在货舱里看到的穿梭机和物资，当时还没有实验室。但我记得本向我们解释，他和其他监督员准备在我们着陆前把实验室组装起来，让我们的爸爸妈妈开展工作。

“我很期待。”我说，“期待为集团服务。”

她笑了，我也勉强笑了笑。我知道，只要她相信我在用我的知识为他们服务，我就是安全的。

“你现在可以走了。”她结束了对话。

她不用再说什么。我的机会来了。我朝电梯走去，经过泽塔四号时，她正高高兴兴地把自己的托盘递向一个女人，让她把空杯子换成新的营养剂。

我走进电梯，按下六层。

我又想起了第一天本说的话。“我真的很抱歉，培尼亚博士。你们就在飞船的另一头。”

电梯上升时，我在脑海中画了一条线，从我们的房间连到飞船的另一边。就在我所在的位置与爸爸妈妈休眠室所在的地方之间，还隔着半个集团的营房。

我走出电梯，环视四周，然后长长地舒了一口气。如果我被抓住，我会说："我只是迷路了。"我经过少年休眠室，继续朝着飞船的后部走去，在飞船对面沿着对称的路线走，最后走得上气不接下气。这里的布局和我们那边一模一样，我很快就找到了对应的房间。这个房间的门滑开时也发出呼的一声。

然而，里面没有休眠舱，舱室内侧的墙壁上堆叠着蜂巢般的床位，每张床上都铺着一条保暖的毯子，供薄皮肤的幽灵虾使用。每个床脚都叠放着集团的制服。

他们会在哪儿呢？

我继续顺着走廊往前走，发现了一些完全相同的舱室，但里面没有一间摆放着休眠舱。

在长长的走廊那头，我听到了说话声。我停了一会儿，说话声越来越近了。

我转身朝反方向跑，一直跑回了飞船尾部的中心位置。我靠在墙上，把眼睛闭得紧紧的，考虑下一步该怎么办。我可以大大方方地走向来人，告诉他们我只是迷路了，也可以想办法继续寻找爸爸妈妈。我睁开眼睛，花了一点时间适应光线，又扫了一眼最近的那扇门，看到门框底下透出熟悉的紫蓝色光。说话声越来越大。

我上前一步，打开门走了进去。

我踏在一个金属的平台上，脚步声在舱室中回响。海洋一般的深紫色光照亮了通向下面暗处的螺旋形楼梯井，让我想起曾经的昴星团公司。就在外面的说话声更加逼近时，滑动门关上了。我屏住呼吸，等待脚步声远去。

我又走了一步，回音似乎没完没了。我仿佛正在走进一个最可怕的噩梦，一个完全黑暗的空间，没有妈妈、爸爸，也没有哈维尔抓住我的手肘。我扶着栏杆往下走，每走一步，台阶都会被依次点亮，忽地迸发出一道紫蓝色的亮光。我数着步数，竭力不让自己想象身后有人在紧跟。楼梯仿佛没有尽头。“一百四十二。”我低声说，“一百四十三……”为了安慰自己，我继续压低声音数着，“两百一十七，二百一十八……”

脚步声的回音越来越清晰。突然，我站在了一个小小的平台上，面对着另一扇门。我把一只耳朵贴在门框上，然后慢慢地拉开门，走了进去。

我认出这是我们第一天进来时经过的货舱。我从货舱的一侧开始仔细地打量，慢慢扫视。那艘穿梭机像一只闪闪发亮的深色甲壳虫，蹲在远处靠近入口的地方，跟四百年前一模一样。我继续往远处看，看到了那个树脂玻璃的综合实验室，也就是妮拉提到的那个，本一定参与了搭建它吧。我一直扫视到货舱的中央，那里应该有一排排金属箱，但现在已经没有了。

一排又一排的休眠舱占据了整片空间。

我笑了，然后赶紧捂住嘴。休眠舱至少有一百个。我用双臂抱住自己，控制不住地想要抽泣。

我找到了。现在，只需要弄清我的家人在哪几个休眠舱里。

也许我能偷一个拔除认知器的装置，然后抬起爸爸妈妈的头，把它放在他们的脖子后面。他们会慢慢醒过来，我需要抽吸他们的气道，休眠舱里就有装置。最困难的是要在他们昏昏沉沉的时候把他们抬出来并清理干净。但只要我能抬出其中一个，他就能帮我抬出另一个，然后是哈维尔。我亲眼看着他们把卢比奥搬出来的，那能有多难呢？

就算集团破坏了爸爸妈妈的记忆，妈妈也绝不会忘记我们寻找仙女的游戏。爸爸也会记得“是谁呀？是彼得拉克尔”。

当我给哈维尔念他的《梦想者》时……

我匆匆地走过一排排休眠舱，脚下的灯光突然亮起。接着我意识到，没有一个休眠舱是发光的。

我一步步往前走，每走一步胃就抽搐一下，空舱，空舱，又一个空舱……几十个休眠舱，每一个都是空的，里面一片漆黑。

每个铭牌上都有一个闪亮的橙色功能按钮。我凑近其中一个，读出了上面的文字：弗林。我计算着字母顺序，走到下一个过道：里希特。再下一个：奎因……帕特南、彼得森。

我深深地吸了口气。佩欢。终于，下一个就是……培尼亚。和其他休眠舱一样，里面也是空的。我捂着肚子，靠在休眠舱上。休眠舱还在运转的唯一标志就是那个闪烁的橙色按钮。内心深处有个声音告诉我赶紧离开，不要按下它，如果不按，这一切就都不是真的。可是，我仿佛被冻住了。

我闭上眼睛，做了几个深呼吸，然后伸手按下按钮。我盯着空空的休眠舱，货舱里回荡起飞船广播那种悦耳的声音：“埃米·培尼亚。记忆消除：失败。程序重置：失败。清除：2218 年 7 月 24 日。”

我膝盖一软，摔倒在地。清除？我抓住休眠舱，大口地喘气。我不愿意想象这个词的真正含义。但是我知道。像本一样。

我伏在妈妈的休眠舱边，五脏六腑像南瓜一样被掏空了。他们很快就会来找我的，但我已经不在乎了。

妈妈答应过的一切——我们一起在萨根星球上的生活——全都成了泡影。妈妈再也不会给我梳头，再也不会亲吻我的额头，也永远不会带我到萨根星球上寻找仙女了，哪怕那里的植物和仙女比地球上的任何地方都多。就算我和妈妈寻找的不是同一种东西，我们也会一起去寻找。

我用一只手拂过休眠舱内部，希望能感受到她的存在。然而，休眠舱里空空如也。“妈妈？”我低语道，缩成一团。有那么一瞬间，我仿佛听到货舱远处的角落里有声音，但是没有人过来。

不知过了多久，我渐渐地缓过神来，艰难地爬向下一个空舱。“拜托，拜托，拜托。”我低声说着，按下按钮。

“罗伯特·培尼亚。记忆消除：失败。程序重置：失败。清除：2277 年 10 月 27 日。”

我抱着爸爸的休眠舱基座，胸口像是被一个巨大的拳头狠狠地砸扁了。眼睛火辣辣地痛，我必须用尽全力，才能把空气吸进肺里。这不公平，他们怎么能对这么多的人做这样的事！爸爸妈妈只是想让我们一家人在一起。我好像又听到了什么声音，但我已经不在乎了。

爸爸妈妈被清除的日期之间，几乎隔了一个人的大半辈子。我知道妈妈在后院说的话是开玩笑，但在我心目中，他们最后的结局就应该是那样——并排躺在我们家的花园里。然而，此刻另一个画面出现在我的脑海里：他们各自飘浮在广袤的太空里，没有变老，还是我们离开地球那天的样子，只是孤零零的，一动不动。

胃里的生物面包糊糊又往上涌，我吐了一地，吐出来的比我吃进去的多得多。我擦了擦嘴，靠在爸爸的休眠舱上。

我强迫自己呼吸，然后拖着身体挪向下一个休眠舱。

我不想看，但我必须知道。和爸爸妈妈的休眠舱一样，这个铭牌上的按钮也缓慢闪动着橙色的光。“哈维尔·培尼亚”几个字隐约可见。

我走到休眠舱前。里面是空的。

哈维尔也不在了。他们都不在了。

货舱的尽头传来了金属门发出的刺耳声音。“谁在那儿？”黑暗中一个粗哑的声音问。

我猛地站起身，沿着原路跌跌撞撞地爬上楼梯，滚烫的泪水从我的脸颊上滑落。

16
第四个故事：飞吧！白莲花公主

我回到自己的房间时，休眠舱已经不见了，取而代之的是一个蜂巢，由许多背后发光的六边形小隔间组成，和集团的其他营房一样。卢比奥和泽塔四号的隔间里一片漆黑。我爬进泽塔四号旁边的隔间。

泪水流在我的塑料床垫上。为什么要对哈维尔下毒手？他还只是个孩子。

如果集团对我重置成功了，我可能就不会这么难受了。

至少我会像其他人一样忘记一切，而不是躺在这里哭泣，巴不得和家人一起死去。如果我告诉大总管我什么都记得，她肯定会要么清除我，要么给我重新编程。不管怎样，都强过一辈子胡思乱想，猜测妈妈、爸爸和哈维尔到底遭遇了什么。

在我身边，泽塔四号在睡梦中发出呜咽。没有了认知器，她和卢比奥就不会在睡觉时接收下载内容了。

她突然惊起，砰的一声撞在隔板上，震动了整个蜂巢。

“可是妈妈，你答应过只打一针的！太疼了。”

我也在隔间里腾地坐起，撞到了头。

泽塔四号在地球上的那段记忆应该都被重置了，哪怕是在梦里。可她怎么还记得她妈妈和看医生的事?

我爬出去，摸她的胳膊，想把她唤醒。她惊叫一声，把胳膊往后一抽。

我不能让她待在那可怕的地狱里。我推了推她的胳膊，把她推醒了。她猛地坐起来，转向我。“泽塔一号，怎么……”她深吸了几口气，皱起眉头，用拳头敲了敲前额，好像要驱散什么东西。“奇怪……”她的下巴在颤抖，“她不是真的。”她抬头看着我，眼里含着泪水，“对吗？”

我知道，在飞船的货舱里一定也有一个空置的休眠舱，上面写着她妈妈的名字。在泽塔四号内心深处的某个角落，一定在呼唤着那个她再也见不到的妈妈。可泽塔四号至少可以认为这痛苦只是梦幻，可我关于妈妈的记忆却那么真实。我永远也不能回到过去，去告诉我的妈妈，我很抱歉在上飞船之前害得她担惊受怕。“继续睡吧。”我低声对泽塔四号说，“我们可以明天再谈。”

她躺了回去，呼吸急促，我知道，即使她认为这些都是臆想，也仍在回味梦中的感受。我想象着如果利塔在这里，会怎么安慰她。我会不会帮倒忙呢，就像那天吓到了哈维尔的那次？

妈妈的声音在我脑海中回响："说真的，彼得拉，现在不是讲故事的时候。"

我真希望那天我没有拒绝上飞船，希望那些不是妈妈对我说的最后几句话。泽塔四号的身体在颤抖。值得冒险一试。我抚摸着她轻而软的羽毛般的头发。

我的声音在颤抖。

再见，我的宝贝，
再见，我的太阳，
再见，我的心，
在甜美的梦乡。

我匆匆擦了擦眼睛。

泽塔四号翻过身来面对我。"这是什么，泽塔一号？"

我清了清嗓子。"这叫摇篮曲，是哄我们入睡的歌。我唱得不是很好。"

"摇摇曲。"她发不准这几个音，"我爱听。"她用手背擦了擦眼睛，"泽塔一号？"

"什么事？"

"你说，为什么我的梦会让我哭？我不应该哭的。我要告诉大总管吗？”

“不要！”我把手放在她的手上。

爸爸妈妈休眠舱铭牌上的话在我脑海中浮现。“记忆消除：失败。程序重置：失败。清除……”

“不要把你的梦告诉任何人，不要让集团知道。”

“不能吗？”她说。

“千万不要。”我捏了捏她的手，“我能告诉你一件事吗？”

明天，我告诉大总管我记得自己是谁之后，我就不会记得那些故事了。

“你想告诉我什么？”她问。

卢比奥在他的隔间里翻了个身，但鼾声仍在继续。

“告诉你……一个故事。”我说，“这是会为集团服务的，但目前必须保密。”

“故事……”泽塔四号说。

我像利塔那样开始了讲述：“在很久以前……”

她皱起了眉头。“这句话是什么意思？”

“意思是，一开始，很早很早的时候。”

她的表情变得茫然。我意识到，不管是西班牙语还是英语，她都听不懂这句话。

“所有故事的开头都要营造一下气氛，最后还会有一句结束语。”

她点点头，好像明白了，但我觉得她没有明白。

“从前，有一位公主，名叫白莲花。”我讲道。这不是一个标准的童话故事，其中有些内容我甚至不知道用英语怎么说。利塔说，她小时候，有一段时间不敢在公开场合说西班牙语，也不敢在别人能听到的地方讲她的故事。那个时候，她的语言和肤色可能会惹麻烦。于是，当我们坐在星空下，在松木篝火旁，她还是像她习惯的那样，小声地用西班牙语把她的故事讲给我听。她的故事来自她的祖母，还有祖母的祖母。每个人的版本都略有不同，取决于当时世界上正在发生的事情。

我还记得利塔对于我的故事说的那些话：“永远不要为你的出身或祖先传给你的故事感到羞耻。让它们成为你自己的。”

我永远也不会成为像利塔那样的真正的讲故事的人了。但我决定为了泽塔四号再讲一个，而为了利塔，我要把这个故事变成我自己的。

我想象着，当利塔的故事遇上了大总管那张病态的脸，还有当全息图像中地球碎片飞向太空时她说的那句轻飘飘的话：“发生在上一个世界的事情并不是一场悲剧。这是一个让我们放下过去的机会。”

我盘腿坐在泽塔四号的床边。“白莲花的父亲是一个奇怪的国王，他对外界的恐惧使他变成了一个凶恶可怕的人。他有着透明的皮肤，嗓音像蛇一样。”

泽塔四号一缩脖子，窃笑起来。我也往后一缩，对她这样的反应感到有点惊讶。我笑了。要么是他们没有封锁住她大脑的这一部分，要么就是故事里的某些东西打破了封锁。

“但是白莲花乐于助人、心地善良、思想开放，有着基督圣血山那样浓郁的红褐色皮肤。”

泽塔四号闭上眼睛，露出了微笑。我知道她正在脑海里想象着这一切，尽管她根本不知道基督圣血山是什么。

我用手抚摸着她柔软的头发。“她的秀发，就如同雪鹨的金黄色羽毛。”羽毛，我就用它给泽塔四号起了新的名字。

“雪鹨。”羽毛自言自语，额头皱了起来，困惑地思索着那种我们再也见不到的动物。

“后来，一个王子误打误撞地进入了他们的……王国，白莲花把王子从暴君父亲的控制中救了出来。”

我告诉羽毛，王子为了获得自由，要完成国王提出的许多难以完成的任务。每一次，都是白莲花给王子提供了完成挑战所需要的工具。可是最后，国王还是不让王子恢复自由，于是，王子和白莲花只好一起逃出了这个王国。

也许我的演绎太过了……

“当父亲骑着一匹皇家飞马追赶白莲花和王子时，白莲花取下头发上的梳子，扔在了地上，从此，地球上就有了崎岖的山脉。”

“地球？”

我想象着地球在大总管召集的聚会上旋转，在他们苍白的世界里发着绿色和蓝色的光。他们的世界除了那些营养剂都没有一点颜色。我的胸口涌起一股热流。“是的。”

“地球。”她低声说。

我继续讲故事。“那是白莲花和王子住的地方，是一颗星球。”

“我好像听说过。可是，这个故事怎么帮助我们为集团服务呢？”

我没有回答，继续讲道：“然后，白莲花扔下一枚金别针，它变成了撒哈拉那样炎热的大沙漠。但邪恶的国王继续策马追赶。白莲花脱下她的蓝宝石披肩，掀起了太平洋那样的蓝色波涛和白色浪花。”

我说到海洋和海浪时，羽毛皱起了眉头。我才意识到我还不知道她是哪里人。

“最后，白莲花把王子安全送回了他的国度，让他回到了家人身边。王子的父亲很感激白莲花把他的儿子送回来……”把故事变成我自己的，“国王钦佩白莲花的聪慧，任命她为自己的继承人，下一任国王。白莲花用智慧和善良统治着这个国家，还选择王子做她的助手，因为王子了解这个国度。不仅如此，白莲花还用智慧战胜了她那恶魔般的父亲，以及所有歹毒的暴君和统治者。”在故事的最后，我说道，“科罗林科罗拉多，这个故事我只讲这么多。”

羽毛叹了口气。“你明天还会给我唱摇摇曲，还会再讲一个故事吗？”

“是摇篮曲。”我笑着说，“只要你答应不告诉别人。”

她点了点头。

旁边的隔间里传来了另一个声音。

“我也什么都不说。”

我顿时满脸发烫。我朝旁边的六边形隔间探过身，看到卢比奥完全醒了，正趴在床上用胳膊支着头。我做了什么？

“太棒了。”卢比奥说，“我喜欢白莲花。”

羽毛倒在她的枕头上，闭上眼睛。“我也是，泽塔三号。”

我又摸了摸她毛茸茸的头，然后爬回自己的隔间。“我也是。”我说，很满意我这个版本的白莲花。

这不该是结局。我的故事不该这样结束。

舱室里恢复了寂静，只能听到他们轻柔的呼吸声和苏马休眠舱中凝胶的汩汩声。我闭上眼睛，脑海里却只有爸爸妈妈和哈维尔那三个空空的休眠舱，以及那个冷漠的声音：“清除。”

爸爸妈妈会叫我怎么做？如果哈维尔现在能看到我会怎么样？

我知道他们希望我活下去，去战斗。我不能再待在这艘飞船上了，我必须想办法逃走。

利塔会叫我祈祷。可是，当我闭上眼睛，想与上帝交谈时，却什么也听不到。我现在对上帝无话可说。

于是，我想象着我和利塔坐在星空下。夜空中点缀着那么多星星，如果你眯起眼睛，整个天空都会闪烁星光。

或者，我蜷缩在哈维尔身边，他柔软的基因复活萌宠团卫衣贴着我的面颊，我用手指摩挲着他的星座胎记。

又或者，我和爸爸在一起，他用一条胳膊搂着我，清新的雨水洒落在沙漠和岩石上，那气息把我们包围。

然后，妈妈拂去挡住我眼睛的头发，把一棵沙漠鼠尾草指给我看。在我的想象中，一个紫色翅膀的仙女向我们飞来。

我知道我的生活不能没有回忆。如果我忘记了，也便永远失去了我的家人。眼泪顺着我的脸和脖子流下来，打湿了我的头发。

羽毛和卢比奥也应该拥有关于他们家人的回忆。当他们踏上飞船的时候，又有哪些期待？他们的父母是不是像我的父母一样，也承诺会在萨根星球上开始新的生活？

克里克拿着一摞叠好的衣服走进来时，卢比奥发出一声响亮的鼾声。克里克把深灰色连体衣依次放在我们的床脚。我有点兴奋，这是为我们出发前往萨根星球准备的。

如果我想逃跑，就需要保持冷静。“你好，克里克。”我说。

“你好，泽塔一号。”他说，“你感觉怎么样？此刻你应该在睡觉。”

“现在好多了。”

“太棒了。你醒来时，迎接你的将是一个重要的日子。此次的任务可能会很危险。”

我的心在胸口狂跳。“希望我们的能力超出集团的期待。”我模仿妮拉大总管那圆滑的声音说，“我很自豪能成为集团的试验品。”

他皱了皱眉头。

不等他做出回答，我就翻了个身。

17
踏上萨根的第一步

砰，我被广播的声音惊醒，一头撞上了蜂巢隔间的内壁。一个轻柔的声音从飞船的通信系统里传来："各位泽塔，准备被护送到穿梭机。"

金属门像镜子一样，照出了已经立正站好的羽毛和卢比奥。他们的连体衣抻得笔挺，拉链一直拉到脖子那儿，头发梳得很整齐，就像刚刚耙过的花园。我惊跳起来，迅速穿上连体衣，用手指梳了梳乱糟糟的头发，编了一个松散的辫子。散落的杂发刺得我脸颊发痒，连体衣则是一副鼓鼓囊囊的样子。

我刚系好工作靴，门就滑开了。

克里克面对着我们，兴奋得满脸通红。"各位泽塔，跟我来。"

我怎么睡过头了呢？今天是我需要全力以赴的日子呀。

我赶紧戴上手套，像其他人一样排好队。

克里克带我们穿过大厅，向电梯走去。舱室里探出一张张好奇的脸，窃窃私语的声音尾随着我们绕过一个又一个拐角。

我隔着电梯的玻璃，望向曾经的公园所在的大厅。地板发出淡淡的白光，我们好像走在冰面上一样，而这冰面似乎随时可能裂开，把我们吞噬。我又看了看前一天晚上妮拉召集聚会的餐厅。聚会用的桌子和柱子都不见了，房间里空荡荡的。

在大厅的一个小区域内，至少有二十个人围在一堆盆栽后面，组成一条装配流水线。我的心顿时缩成一团。要让植物在太空中生长，唯一的办法是使用妈妈发明的缓释营养素，亥伯龙神幼苗的土壤中就用了它。我忍不住盯着他们剪掉那些大叶子，我认出来了，那是羽衣甘蓝的叶子。他们把这些叶子、一勺蛋白粉，还有一团类似妈妈发酵用的酸面团一样的东西，放进一个压缩装置。不一会儿，他们就掏出一块鸭屎绿色像巧克力似的东西，再把它掰成一些小方块。

派对上的生物面包男孩向我们走来，手里端着一个装满小方块的托盘。我不明白他们为什么要派他做这件事，我们明明可以自己过去拿。羽毛和卢比奥伸出手，每人拿了一块，我也一样。我试着朝他露出一个感谢的微笑，但他显然还是不肯跟我有眼神接触，于是我假装非常专注地观察那条生产线。

克里克走过来站在我身边，指着我凝视的方向。“考虑到你有植物学的基础，我可以理解你对我们的食品生产过程这么着迷。”他说，“确实很精彩。蔬菜、蛋白质和酵母。无限量的食物供应。”

“是的。只摘下你需要的叶子，让剩下的继续生长。酵母通过芽殖进行无性繁殖。”我气得直咬牙。我上飞船的那天见过那些储备好的食物，按照定量配给，本应该还够他们再活一个世纪。我想告诉他，这些羽衣甘蓝的种子是该种在萨根星球上的，更不必说，这些蛋白粉本来是给乘客准备的。

小男孩沃克西挥着手走过来，妮拉在他身边。沃克西笑得很灿烂，嘴巴张得老大，门牙上糊满了生物面包。我生生把笑意憋了回去。

妮拉迅速瞪了他一眼，他把胳膊放了下去。

尽管那些人分散在各处，但我还是意识到，仅在这个宽敞的大厅里，他们的人数就比整艘飞船上应该有的人数多得多。给监督员的口粮是有严格计划的。但这些人不再是监督员，所以也不用再遵守那些规则。

照这种情况，他们根本不可能长久地维持这么多人以及飞船上所有那些处于休眠状态的乘客的生命。接着我明白了，他们从来就没有真正打算供养集团之外的任何人，所以对于我们这些剩下的人也就更随意地利用和抛弃。

许多集团成员吃完后匆匆离去。有几个留了下来，把一大块地板打扫得干净锃亮，看上去简直可以用舌头去舔。头顶天花板反射的镜像中，至少四十个用吊带挂在天花板上的人正在用力擦着簇新的大圆顶。上面偶尔会闪现出“和睦”或“一致”的字样，每个紫色的字都比下面清洁它的人还要大，看起来就像一只蚂蚁扛着一颗大葡萄。

当我把目光从头顶上的这一幕移开时，一个隐藏的工作台从墙面上翻折出来。一个接一个，又有许多工作台紧跟着翻开来，像一堆正在倒塌的巨大的多米诺骨牌。货梯里传来嗡鸣声，那是一个个悬浮式运输机正在把人们送往各个工作台。

十个人，每边五个，清理和折叠睡觉用的毛毯，把它们塞进一个箱子。另一条连体衣修补流水线也随之就位。他们的动作都很娴熟，说明已经做了成千上万次。

这是一艘无人驾驶飞船，可以航行好几个世纪而不用维护。因此，除了检查我们的休眠舱和认知器，并为抵达萨根星球做准备，像本这样的老监督员本应该有许多时间和空间来做他们喜欢的事情。

但现在，大家都在忙工作。没有新意，没有创新。没有色彩斑斓，没有杂乱无章。

不过，即使在这里，也有一些磨洋工的人。就像我们学校的那些老师，课间休息时聚在操场上，边喝咖啡边聊天。在这里，他们不紧不慢地吃着生物面包。我慢慢地从克里克、羽毛和卢比奥身边走开，他们正在安静地就餐，而妮拉似乎想跟沃克西进行一场严肃的谈话，因此我就有了机会去偷听到墙边那一小群人的聊天。

一个男人小口地啃着生物面包，两只眼睛离得远远的，活像一头双髻锤头鲨。“嗯。”他哼了一声。

我不知道他是对某人说的话表示肯定，还是觉得刚入口的面包很好吃。但如果这家伙只吃过生物面包，是不可能知道它有多难吃的。他从来没吃过杧果辣椒海鲜饭，也没吃过巧克力和墨西哥玉米饼。

他旁边的女人往前凑了凑。她比妮拉略矮一些，似乎正在用她的麻花辫编着什么。“我听说他们要派莱恩去。”她清了清嗓子，“我和莱恩是集团创造的同一批婴儿。”

我看了一眼沃克西，我一直以为他是妮拉的儿子。

“就连我们的职责也是一样的，但探索星球可不在其中。”

“你在说什么，格利什？”锤头鲨问。

“当我没说，只是有点好奇。”格利什突然把整块生物面包塞进嘴里，转身走开了。

一只手突然抓住我的胳膊肘，我吓了一跳——我并没有看到有人过来。

“走吧？”克里克笑着说。他向妮拉、沃克西、羽毛和卢比奥那边打了个手势。妮拉赶走了沃克西，沃克西耷拉着肩膀，闷声离开了。

我咽下我的生物面包，跟着他们返回电梯。

电梯下行，我们像罐头里的沙丁鱼，被围在深色的金属壳里，下了好几层楼。

随着悦耳的铃声，电梯停住，门打开了。我们来到我家人的空休眠舱所在的那个货舱。我的双手开始颤抖，但我尽量保持表情不变。他们已经不在这里了，他们已经不在这里了。而且是上百年前就已经不在这里了。没有什么值得我继续留住这艘飞船上了。我知道羽毛和卢比奥的爸爸妈妈也在那其中。他们俩跟在妮拉后面，没有对那些黑乎乎的休眠舱多看一眼。

我想起了休眠状态中的苏马。我帮助不了任何人。

在这个货舱里，集团的每个人也和上面那些人一样忙着庸常的琐事。需要这么干净吗？这里和上面一样荒凉。没有艺术。没有音乐。

克里克清了清嗓子："无人机的报告有什么新进展吗，大总管？"

"没什么有用的。"妮拉看都不看他一眼说，"宜居地带有强风，每八小时刮一次。没关系，探索任务的时间我们完全可以把控。"

我不知道为什么克里克总是问这问那，但显然，相比于他们所说的，他们所隐瞒的要多得多。

我不知道第一艘飞船有没有到达萨根星球。如果到达了，那些人能活下来吗？我们飞船上发生的事，会不会也发生在了那艘飞船上？集团似乎并不急于寻找从地球出发的其他人。

我们继续往前走，一直走到飞船的入口坡道处。我们走近第一天妈妈抓住我手肘的那个地方时，我的喉头哽住了。但坡道跟以前不同了，就像本说的那样，入口变成了一个金属隧道的端口，穿梭机可以由此进出。那艘穿梭机已经从黑暗的角落里挪了出来。在其他人的注视下，妮拉领着我们上了穿梭机。

学校组织郊游时，我曾经坐过各种各样的交通工具，但坐在穿梭机里的感觉跟其中的任何一种都不同。

昴星团公司华丽的紫色条形灯光，仍然在金属地板和天花板上闪耀。就连两边的座椅也都是这家豪华飞船公司独特的贵族紫。机舱内不是像校车那样挤着一排排长椅，而是每边只有十个座位，每个座位都和驾驶座一样大。机舱中间设有一个实验台，实验台上放了一些敞开的样品采集工具袋。要不是数百年来一直在通过认知器获取知识，那些小瓶和采集工具可能会把我吓到。

羽毛走到左边的一个座位，扑通一声坐下来，系上了安全带。卢比奥也做了同样的事。

我坐在羽毛旁边的座位上，与她隔着一条过道。过了一会儿，派对上那个喝了太多营养剂的莱恩也全副武装地走了进来。也许是我的错觉吧，他嘴角上好像沾着新喝的绿色营养剂的沫子。他走到后排，远远地坐下，闭目养神。

羽毛慢慢眨了眨眼睛，好像这整件事都让她感到厌烦。她看见我在盯着她。“大总管想不出什么具体的事情让我做，”她用尖细的嗓音说道，“那我就去找找纳米技术的原材料吧。你知道碳纳米管吗？”我摇摇头，噘起嘴，藏起我的笑容。

妮拉向我走来。她深吸一口气，探过身来。“泽塔一号。”

我立刻隐去笑容，点了点头。希望我很快就不用再回应这个可笑的称呼了。

“你的工作特别重要。”妮拉说，“我们需要你的专业知识来帮助脱叶。”

在我们离开地球前，我压根儿没想过我会真的需要用到爸爸妈妈为我选的课程。那时候我想说服爸爸妈妈，告诉他们我不打算学习科学，我打算成就另一种人生。

当然，要在萨根星球定居，他们需要清理掉一些植物来建造他们的定居点，但这应该是爸爸妈妈在着陆后就能完成的工作。

我梳理了一下我知道的关于除草剂的知识，从毒性较低的溶液，如醋、盐和洗洁精，到越南战争中美军使用的被称为橙剂的落叶剂。当然，我不能告诉妮拉大总管，我记得这些地球上的事。“您能说得更具体一点吗？”我问。

她看向别处。“我们需要清除一些萨根星球上原生的物种。集团认为，高空喷洒除草剂可以去除植物的叶子，规避与危险植物接触的风险。”

我没怎么想过集团会真的占领这座星球。我无法想象他们走出飞船会怎么样。我隐约觉得他们可能会登陆，但绝不会放松他们的卫生标准。

“制造一种空气传播的除草剂不成问题。”我对她实话实说，“在飞船的实验室里很容易完成。”我说，“我会收集所有可能具有抗药性的植物标本。为了集团。”我最后加了一句。

听到这句话，她笑了。

“我们准备好了。”克里克说。

“好吧。”妮拉双手紧握在一起。

她依次看向我们每个人，但莱恩没有理会她。

妮拉和克里克离开穿梭机，气闸门在他们身后关闭。穿梭机变得出奇地安静，只有莱恩在低语，我听不清他在说什么。

驾驶座上没有人，但我的脚下仍传来穿梭机引擎发出的嗡嗡声。远程驾驶程序启动，整个驾驶座笼罩在一片红光中。

我扭头看了一眼莱恩。他仍然闭着眼睛，脸色白得不能再白，嘴唇却是异常的紫，像是立刻就会昏过去。

驶离金属端口，进入发射轨道时，穿梭机发出叮当声。它做了一个九十度的转弯，对准敞开的发射口，我们也跟着东摇西晃。

透过驾驶座前的窗户，我看到了紫色和蓝色的天空，不由惊讶地张大了嘴。有些颜色我识别不出来，不知道这一幕在羽毛和卢比奥眼里会有多么神奇。

我扭头一看，羽毛脸上挂着微笑，而卢比奥则皱起了眉头。

“太棒了。”他小声说。

从他们的反应看，他们不像我这样感到震惊。但是很明显，在他们的内心深处，不管多深，仍然会对美丽的事物感到好奇和震撼。

一种低速搅拌机的嗡嗡声响起，并逐渐变为高音的呜呜声。几秒钟之内，穿梭机就像一粒葵花籽一样被吐了出去。当穿梭机弹射到太空时，我被吸回到座位上。反重力引擎启动，穿梭机减速，然后悬停，在与飞船相同的高度上盘旋。

穿梭机在颤抖，这表明在飞船上遥控我们的克里克的手也在颤抖。我不能告诉他们，我曾经驾驶过一千次悬浮汽车（大多数时候是坐在爸爸腿上，妈妈不知道），可以顺顺当当地把大家送到地面，比克里克更稳当。

一片寂静中，我终于听清了莱恩在说什么。“为了集团，为了集团。”他一遍又一遍地低声说着，透明的皮肤已经大汗淋漓。

“戴上头盔。”扬声器里传来克里克的声音。我把人体跟踪仪吸到脖子后面，又把通信装置吸在耳后，接着像其他人一样拿起座位后面的头盔戴上。我拉下头盔面罩，它嗖的一声密封住了。新鲜空气从空气输送管中涌了进来。

我们离开飞船的阴影，来了一个垂直的俯冲。我的胃一沉，好像被落在了二百米之外。我闭上眼睛，直到飞船开始以四十五度的倾斜角平稳下降。当我把眼睛睁开时，只剩下莱恩还在双目紧闭。

“一千五百米。”穿梭机上的高度计发出播报。

透过驾驶座前的窗户，幽暗的山峰赫然浮现。随着我们的下降，山峰也变得愈发青绿。

从这个高度，我完全明白了爸爸讲述的萨根潮汐锁定是什么意思。

那天，爸爸把哈维尔抱起来放在腿上。“它的轨道周期与自转周期相同，被它的红色矮太阳锁定。”

“那么，它总是阳光灿烂吗？”我问。

“没有地球上的太阳那么明亮。”爸爸回答。

下面的天景让我想起了圣达菲的黄昏。

“四百米。”

“萨根星球的矮太阳要小得多，但它离萨根星球很近，就形成了潮汐锁定现象。”爸爸说，“对我们来说不是太热，但足够将较冷一侧的雪融化一些变成水流下来。”他哈哈大笑，似乎这是一个只有书呆子才懂的笑话，“当然，我们不会去萨根星球的暗面，我们会选择一个最宜居的地带。”

“就像金发姑娘要在三只熊的房子里找到适合她的椅子、粥和床铺。”哈维尔插嘴道。

爸爸笑了，捏了捏哈维尔的鼻子。“对，这就是他们把萨根称为金发姑娘星球的原因。”

在东边很远的地方，在萨根星球暗面的阴影中，群山被积雪染成了白色。和爸爸说的一样。

“二百米。”

然而就在我们的正下方，在萨根星球日不落的光照下，是一片丛林树冠，树叶都有侏罗纪时代的大型植物那么大。紧挨着丛林的是一片湖，像我在菲律宾看到的海洋一样碧绿。如果整个潮汐锁定的宜居地带都像这样，我想象不出还有比这更美丽的人类居住地了。

“一百米。”

我扫视着那些树木，寻找有没有危险的捕食者。树上悬挂着象耳朵形状的树叶，跟我们的穿梭机一样大。这叶子轻而易举就能把一条霸王龙藏得严严实实。我突然明白了为什么要用脱叶剂，并开始想象巨大的树冠下面会藏着什么。但愿他们在送我们来之前想到了这一点。不然我会毫不犹豫地扯下人体跟踪仪，逃之夭夭。

穿梭机的着陆十分颠簸，比我刚开始驾驶悬浮汽车的那几次还要过分。不过好歹是着陆了——安然无恙。

门开了，昏黄的天光洒进了穿梭机。卢比奥和羽毛已经解开安全带，正从柜子里拿出他们的装备。莱恩磨蹭了很长时间，假装他的安全带被卡住了。

出口坡道在下降，我也拿起了我的样品采集袋。我拼命稳住颤抖的双腿，可小瓶子还是在袋子里叮当作响。

我走向门口，来到羽毛和卢比奥身边，他们正盯着外面这颗新的星球。在我们前面不到三十米的地方，有一片辽阔的湖面，跟利塔屋后的沙漠一样大，只不过表面不是沙尘和风滚草，而是氤氲的雾气。湖水轻轻拍打着湖岸，温暖的西风吹拂着像亥伯龙神那么高的象耳树，临近湖边的树干都被吹得向东弯斜。

继续向东看，那就是星球的暗面，坐落着萨根的冰山。在湖对面那处遥远的悬崖上，三条瀑布高低错落。从东边雪山流下来的冰水，就是在那里与来自西侧的阳光相遇，注入河流，流向这蔚蓝色的湖。

微风中有轻轻的嗡嗡声，如同蝉鸣。

一颗巨大的月亮从地平线上露出一部分，另一颗只有它一半大的月亮悬在它后面。小月亮好奇地从大月亮的身后探头张望，就像一个小弟弟。再上面一点，更远的地方，一颗带着光环的星球在淡紫色的天空中发着黄光。

就像爸爸所描述的，在这三颗星球之上，红色矮太阳高高悬挂，俯瞰萨根。它不像地球上的太阳那么明亮，但丛林和湖泊都沐浴在它的金色光芒中。相比我的眼睛所能看到的，其他人眼中的景色一定更加明亮。但我已经想象不出比这更加奇妙的景象了。我想起了那条遗失了的黑曜石吊坠，那是四个世纪前利塔送给我的。此时此刻，我应该把吊坠举起来对着太阳，我会在风中低语：“我们很顺利，利塔。我们到达了。”

我会听到她的回应吗？

哦，亲爱的！我等待你甜美的声音等了这么久。我与你的祖先们在一起。你看到了吗？即使相隔千百万颗星星，我依然与你同在。

然而我永远不会知道了。我两手空空，没有吊坠，没有故事。

我沉浸在思绪中，没有注意到其他人（除了莱恩）已经走下了坡道。我跟上去，在坡道边缘停了下来。

这里的山脉和地球上的没有太大区别。爸爸妈妈，还有领导者们所设想的一切都实现了。我们成功了，我即将踏入一个新的世界。然而一切又都和我们期待的完全不同。我踏上萨根星球的第一步应该和哈维尔在一起才对。

一滴眼泪落在了我的面罩里。

18
白莲花的计划

克里克单调的声音通过与追踪器相连的通信装置传来："泽塔团队，离开穿梭机。"我知道自己必须冷静下来。

羽毛小心翼翼地踏上了萨根星球青苔般柔软的地面，随即拿出了一个土壤样品收集袋。

我看了看两边。如果现在逃跑，我该跑去哪里呢?

在丛林附近，有一座石头嶙峋的小山，山体表面布满暗色的坑洞，其中有一块很大的，上面覆盖着茂盛的蕨类植物。与这处理想的藏身之地相邻的，还有一大片密林，只需几步路，我就可以消失其中。如果我丢掉追踪仪，他们就不可能再找到我。我衣服上也没有摄像头——我检查过的，不会让他们看到我在哪里。就算能看到，飞船上的那些人连棵真正的树都没见过，我无法想象，他们会为了追我而把整个象耳叶森林都搜一遍。这里可没有那么多营养剂。

卢比奥走下坡道，从他的袋子里拿出一个大气读表。

我深吸一口气，迈出了我在萨根星球上的第一步。

我的脚没有像我想象的那样陷进地里，紧接着，第二次迈步的速度也有些不同寻常。我微微一跳，在空中停留的时间比我习惯的要长一点。我可以想象，当哈维尔看到自己在萨根星球的低重力下能跳得多高，会有多么开心啊。可是，我踏上萨根星球的第一步是孤独的。其他人已经在几米开外了，没有人可以让我牵着手。

“不应该是这样的。”我低声说。

“泽塔一号，把刚刚那句话再说一遍。”克里克的声音从我的通信装置里传来。

“我……”我赶紧掏出测毒仪，做出很忙的样子。“这种植物上还有残留的荧光素。”我如实相告。

“哦，天哪。”他尖叫道。但我有百分之九十九的把握他根本不知道荧光素是什么。

“克里克。”妮拉警告道。

我环顾四周。真希望除了克里克，还有其他人能分享这种兴奋。是的，我身边还有其他人，但是他们已经被洗脑，感受不到这个奇妙的星球带来的震撼和快乐了。

“摘下你的面罩，泽塔四号。”大总管喊道，打破了片刻的沉默。

“遵命，大总管。”羽毛尖细的声音回答。

我过了一会儿才明白是怎么回事，等我看过去时，羽毛已经抬手去解她的面罩了。

我还没来得及叫她住手，羽毛就毫不犹豫地掀起了面罩。我快步走向她，准备摘下我自己的面罩，固定在她的头盔上。她深深地吸了一口气。来不及了。寒意爬上我的身体，像一支冰冷的蜘蛛大军。但羽毛自如地呼吸着，对可能发生的危险毫不担心。

希望这加速的心跳和急促的呼吸没有被我的追踪仪记录下来。我看了一眼莱恩，他正站在入口坡道的阴影里好奇地注视着我。

他们根本不想自己冒险探索这个星球。我是一枚棋子，一枚他们需要的棋子。至少现在是。

羽毛坐在地上，把泥土铲进样品袋里。她看上去安然无事。于是，我让自己的身体放松下来。

“莱恩，”大总管的声音不带任何情绪，“摘掉你的面罩。”

我转身望向穿梭机，莱恩站在坡道的尽头，并没有像羽毛那样立即行动。他的手颤抖着，慢慢解开并掀起了他的面罩。

妮拉说这里的空气是可以呼吸的，如果莱恩相信妮拉，我不明白他为什么还会犹豫不决。接着我想起了妮拉和克里克在聚会时的对话。

“空气是合适的。水质是可处理的。”她说。

“是的，但会不会还有别的东西会伤害到我们？”克里克问。

莱恩浅浅地吸了一口气，等待着。他睁开眼睛，紧张地笑了一声。“看来空气没问题，大总管。”

“泽塔一号和三号，摘掉你们的面罩。”妮拉在安全的飞船上发号施令。

如果我的选择只有两个：要么搞清楚怎么在萨根星球上生活，要么回到飞船上去……我又有什么可失去的呢？

我掀起面罩。温暖潮湿的空气灌入我的鼻孔——完全不像圣达菲炎热干燥的空气。这里的空气中弥漫着青草的芬芳，还有妈妈做的甜豌豆的香味。我想起了飞船上无菌的、寡淡的空气。现在，我一心只想消失在丛林里，再也不回去。

尖尖的红花把它们的花瓣伸向矮太阳，就像螃蟹伸出的钳子。羽毛戴着手套为一块有金属光泽的岩石拂去泥土，把它放进一个收集袋。卢比奥拿着嘟嘟响的大气读表，小心翼翼地沿着湖边往前走。和其他人不同的是，莱恩只是站在那里，似乎在庆幸自己还活着。

我跪在湖边，收集无人机无法采集到的水下植物样本。水生的蕨类植物从深水区蜿蜒地向岸边生长。一枝蕨茎伸展到水边，离我很近，伸手就能够到。水面之下，蕨叶丛里冒出了一团紫色的发光物。它越来越近了。我把手悬在那团亮光上，用戴手套的手指轻轻点了一下水面。色彩斑斓的发光物在水下爆开，就像烟花一样。萨根星球的光线较暗，比飞船上明亮的白色灯光更让我难以看清。我把注意力集中在其中一个紫色发光物上，追踪着它，直到它消失在螺旋状的水草后面。

我喘着气，盘腿坐在水边，把手缩回到膝盖上，等待着。不到一分钟，它们就又重新组合成了紫色的一群。一个好奇的离群者向我游来。我现在能看到它微小的、发光的鳍，就像蝴蝶的翅膀。随着它越来越靠近水面，发出的光逐渐变暗，成为淡紫色。我把手放在它上面，形成一个小遮阳伞，它又重新绽放出紫水晶般的光芒。

这只水蝴蝶开始啃食水生蕨类植物的叶子。如果它真的是在吃叶子，就是个好兆头。我伸出手，摘了一片探出水面的叶子。那小家伙立刻闪回到安全的小团体中。我用镊子把那枝蕨茎夹起来，用测毒仪对准它。屏幕亮起，显示“未检测到毒素”。我伸手去采集一个更大的样本，两只水蝴蝶立刻游回了安全的地方。“对不起。”我说，把样品丢进一个小瓶，放进了我的袋子里。

“泽塔一号？”

“只是想核实一下。”我说，很懊恼我连这一刻的清净也没有。

我需要演好这个角色。于是，除了收集四袋水生蕨类植物，我还迅速灌了两小瓶湖水，把它们都放进了我的袋子。

我离开湖边，向森林和周围的灌木丛走去。卢比奥在东边二百多米的地方检测大气，羽毛离丛林的边缘很近，正举着一块石头对着太阳看。他们没有显露出丝毫恐惧。这都要拜大总管的认知器和安抚神经的营养剂所赐。我急忙走向羽毛，假装要给她看一样东西，把她从丛林边缘拉了回来。

就在这时，我看到了它，那里，在一朵花的中央。我敢肯定那是一只蜜蜂。黄灿灿的，比我记忆中的颜色深多了。它飞得太快了，我的眼睛追不上。但我肯定那是一只……

这不可能啊。肯定是高含氧量影响了我的知觉。

“你看见了吗？”我问羽毛。

“看见什么，泽塔一号？”

我摇了摇头。“没什么。”我说。

羽毛走向穿梭机，这时一架无人机向她靠近。她把样品袋夹在无人机的底座上，无人机嗡嗡地飞向穿梭机。莱恩仍然站在那里。

有那么一会儿，我开始琢磨无人机的事儿。即使是普通的无人机也配有热信号监测装置，仅仅丢掉追踪仪是不够的。如果是这样的话，即使我有机会逃跑，大片的丛林也不足以藏身。

我转过身，不禁吓了一跳。一只毛茸茸的小动物爬到我左脚的靴子上来啃树叶，它个头跟田鼠差不多，但眼睛和耳朵却像毛丝鼠一样大。这只迷你毛丝鼠轻轻尖叫了一声，避开一株长着带红边的亮绿色叶子的植物，然后飞奔而去，消失在了森林里。

与其他植物不同的是，这种植物虽然到处都是，但叶表没有被咬过的痕迹，也没有小虫子。我从袋子里拿出测毒仪，在叶子表面扫了一遍，动作很小心，以免沾到手套上。测毒仪的屏幕亮起："LD50 0.001 纳克 / 千克"。我顿时心跳加速，做了几个深呼吸，提醒自己：千万别碰这东西！

LD50，即半数致死量，指的是能够引起试验动物半数死亡的药物剂量。即使是地球上的哥伦比亚黄金箭毒蛙，毒性也比这低得多。黄金箭毒蛙皮肤毒素的半数致死量不过是 0.2 微克 / 千克。而即使是已知最致命的肉毒杆菌，也需要至少 1 纳克 / 千克的毒素才能毒死一个人。这片小叶子把它们远远甩在了后面！

"喂，各位泽塔？克里克？"

"在。"卢比奥和羽毛异口同声地说。

"有一种鲜绿色的植物，叶子带红边。请避开。"

"收到，泽塔一号。"卢比奥回答。过了一会儿，克里克喃喃说了声"好的"。

我用镊子装了三袋子有毒叶片。"对不起，小家伙，我只好送你去做检测了。”我把一片小叶子举在阳光下，低声说道。

等集团拿到了他们所需的样本，就算我突然消失，应该也不会浪费时间来找我了吧。如果我关掉追踪器，找个地方隐藏我的热信号，他们可能会认为我死于新星球的某种未知的危险因素。我瞥了一眼丛林旁边那块岩石上的暗斑，肯定不是自然的变色现象。值得调查一下。我想走近一些，却听到妮拉在通信装置那头清了清嗓子。如果他们在监视我，那么我的袋子这么满，他们不可能看不见。我不想吸引别人的注意，就把我的采集袋挂在了无人机上。无人机飞回了穿梭机。

我花了一点时间观察每个人的位置。一开始，我没有看到卢比奥。我一直往东看，终于找到了他。他是安全的。

莱恩还在原地转悠，什么也不做。他来来回回地踱步，停下来擦一把脸，抓抓脑袋。他显然很紧张，不停地做着深呼吸，还吐出一些绿色液体。

羽毛用光谱仪在一块石头上扫描，等着它显示石头的成分。“啊，石墨。”她说，“完美。”

我不知道我能在这里生存多久，但我主意已定：不管怎样，都比和集团一起待在飞船上好。我已经知道他们对我和我的家人做了什么。

似乎整个宇宙都听到了我的心声，丛林深处传来一阵嗖嗖声，接着尖叫声震动了空气。高高的树梢上，象耳形的叶子在摇曳。

莱恩立刻奔上穿梭机的坡道,就像一只蜥蜴蹿过池塘。

一大群蝙蝠一样的生物突然冒了出来，它们长着飘动的长尾巴，就像一群在天空中游动的鱼。

我想叫莱恩冷静下来。那只是一群没有危险的……东西。可是话又说回来，我怎么知道呢?我慢慢地离开丛林的边缘，尽量装得漫不经心，朝山坡表面那块最大的暗斑走去。

我继续假装用测毒仪检测沿途生长的植物。

莱恩尖细的声音传入我们的通信系统：“带我回去吧，大总管。求求你了。”

我继续往前走，渐渐地，我看清了暗斑上方悬挂着的那片藤蔓。还有不到二十码[1]，我的心跳开始加速。显然，这是一个山洞的洞口，只是不知道有多深。我从袋子里掏出热成像仪，果然，洞中的温度比周围要低一些。森林无法掩盖我的热信号，更无法让我躲避头顶上的无人机，但所有的热扫描仪都不可能穿透岩石。

在黑黢黢的洞口下方，小毛丝鼠们在藤帘间爬进爬出。趁着莱恩吸引了大家的注意力，我捡起一块石头扔进洞口。石头咔啦、咔啦、咔啦、咔啦地滚远了。

也许没有人在注意我。我可以把追踪器扔到湖里去,

1 1码约合0.9米。

山洞会隐藏我的热信号，然后我就自由了。

我闭上眼睛，想象着自己回到了利塔的怀抱。

“你能想象白莲花当时的恐惧吗？”她咂咂嘴，“但她还是骑上了飞马，相信飞马能把她和王子送过浩瀚的海洋。国王骑着一匹更快的马，一直在他们身后追赶。不冒险就无法跨越大海。”她长叹了一口气。

我回头看了看穿梭机。只要躲到那些藤蔓后面，他们就再也看不到我了。莱恩甚至没有勇气看一眼外面。

我背对着一棵树站着，避开他们的视线。只需要迈出一步。

妮拉大总管的声音从通信系统中传来：“各位泽塔，今天就到此为止，准备返回。”

我掀开一片藤蔓，往里面看去。就像水中的紫色生物一样，整个洞壁也有生物在发光。但这里的光是蓝绿色的，如同新西兰的萤火虫洞穴。也许和新西兰的那些洞穴一样，这个山洞也会绵延数公里。

我捂住追踪器上的麦克风。“如果我不冒险，就不能跨越海洋。”

有人碰了碰我的胳膊，吓了我一跳。是羽毛。我赶紧放下藤蔓。

“泽塔一号，”她说，“你听到了吗？该回去了。”

我转身面对她，她笑眯眯地看着我。在萨根星球的潮湿空气中，她柔软的头发贴在脑门上，就像那些刚出壳的小鸡。就在这时，我意识到一个问题。

我不能把她和卢比奥留在飞船上，跟妮拉那些人一起度过余生。

我突然明白了利塔那些话的真正含义。白莲花勇敢，不仅是因为她自己跨越了海洋，她还冒险救了王子。丢下卢比奥和羽毛自己离开，这算不上真正的勇敢。只有承担风险，带上他们一起走，才算是真正地跨越了大海。

但这样还不够。等我们离开了飞船，我还要让他们想起自己是谁，找回关于家人的记忆。他们可以自己决定下一步怎么走， 但是首先，他们得先和我一起逃出来。

我挽起羽毛的手臂，叹了口气。“对，是该回去了。”

我把装着小瓶子和样本容器的袋子拉上拉链，朝穿梭机走去。走到穿梭机前，我深深地吸了一口萨根星球的甜美空气，然后走上坡道，把袋子放在柜子里，扣好搭扣。

穿梭机震颤着飞上半空。我凝视着窗外的湖泊、瀑布和山峰，又看到了驾驶舱窗外鲍鱼壳般的天空。它甚至比圣达菲的天空还要美，但我的心却拧成一团，因为我又要返回毫无生气的飞船了。

莱恩的想法肯定正好相反，因为我们要回到他觉得安全的地方了。但他闭着眼睛，紧紧地捂着肚子。

我想出了一个计划。我要让卢比奥和羽毛相信，我需要他们帮忙研究山洞内部的情况。还有一个更好的做法！我要告诉他们，如果他们陪我一起去，我就给他们讲一个特别的故事。不过我得想个办法不让他们告诉任何人。现在不止我一个人了，那我们就需要筹备物资，而这会花上更长的时间。我们需要食物和水，还需要一个藏身的地方，保护我们不受风暴侵袭……我们不能一降落就在萨根星球上风餐露宿。

即使不是和家人在一起，我们三个仍然可以在萨根星球上开启某种生活。也许，随着时间的推移，甚至会过上类似妈妈承诺过的那种生活。

穿梭机起飞时，那群类似蝙蝠的生物在远处飞过。莱恩的嘴唇颤抖着，呼吸急促。他怎么还没冷静下来？他坐在穿梭机上呢，它们不可能袭击他。

如果我把与地球有关的一切都告诉羽毛和卢比奥，虽然可能要花上好几年，但也许有一天，他们会想起来。

我闭上眼睛，想象我们在山洞里度过萨根星球上的第一个夜晚。我会给卢比奥和羽毛讲故事，讲一点地球的事，一开始讲慢一点。

我看了一眼莱恩，他蜷缩在穿梭机后排的座位上，浑身发抖。

他的皮肤上长满了水疱。

19
第五个故事：跟上那只兔子

我盯着瑟瑟发抖的莱恩，脑海里响起了利塔的低语。“人们生活在恐惧中时会做出最可怕的事情。”利塔说，“但也有一些人做了他们能做的最好的事。”

我从没见过一个垂死的人，但我知道，如果我不采取行动，莱恩肯定坚持不到返回飞船。想到我收集的一小片叶子就能把我们四个人都毒死，我怀疑莱恩是不是也碰到了什么东西。也许那东西还在他身上，也许是一种能传到我身上的微生物。

莱恩已经呼吸急促，我来不及像利塔那样在胸前画十字祈福了。我摘下头盔，解开安全带，快步跑到他身边，把他的头盔也解开了。我拧开我的水瓶盖，把水倒在他的水疱上。当最后一滴水淋在他头上时，他的眼睛与我对视，乞求更多。

“快点！”我转向羽毛，从她手里夺过她的水瓶。我颤抖着双手打开盖子，把整瓶水浇在了莱恩身上。“我们需要帮助！”我大声喊。我知道妮拉和其他人都能听见，然而，没有人回答。

莱恩闭着眼睛，呼吸时快时慢。我一把抓起卢比奥的水瓶，拧开盖子，把水瓶举到莱恩身上，可是没有一滴水落下来。

“我当时渴了。”卢比奥轻声说。

水从莱恩的下巴滴下来，他靠在座椅的一角，浑身颤抖着。

“对不起。”我说，感到很无奈，“我们没有水了。”

我想到可以使用湖水的样本，但我不确定莱恩的情况是什么原因导致的，也许那样会使情况更糟糕。

我跪在莱恩身边，强忍着泪水，凝视着他。他和我们一点都不像，但他也和我们一样是集团的试验对象。他闭上眼睛，脑袋耷拉到一边。我头上一阵发凉，打了一个冷战。“哦，不。”

我扯下手套，把手放在他的鼻子下，感受到了热乎乎的气息。他还活着。我向窗外望去，终于看到了飞船，它像个蹲着的大螳螂。

羽毛轻轻推了推我。我低头看去，她的表情里有某种东西是我从未见过的。“我们怎么才能帮助他呢？”她垂下了目光。

在内心的某一处，我松了一口气。她为莱恩感到难过。集团没能抹去羽毛的同情心，我希望很快就能找到她内心那个真正的自我。但这一丝欣慰随即就消失了。如果妮拉看到羽毛这个样子，她会怎么做呢？

“泽塔四号，你需要坚强。拜托，不要害怕。”我拍了拍她头盔上脸颊的部位，“为了集团？”

她清了清嗓子，点点头。“为了集团。”

我瞥了一眼摄像机，我知道它在监视我们。

卢比奥已经脱下手套，正揪着大拇指关节处的皮肤。

“没关系。”我用嘴型对他说。

卢比奥回头看向窗外，我们已经看不见那个星球了。有那么一刻，我不再感到那么孤单了。卢比奥、羽毛，还有我，都和集团不一样。在我们的内心深处，仍然拥有着人类应该拥有的美好情愫。

莱恩在痛苦中颤抖、瑟缩，但我最不忍心看到的是他那哆哆嗦嗦的下巴透出的恐惧。我希望知道他突然发病的原因和治疗的方法，如果这和他们对自己表皮的改造工程有关，我就无能为力了。为什么穿梭机返回飞船的时间感觉这么漫长呢？

我想告诉莱恩这一切是多么不公平，可那样他就会知道我还记得什么是慈悲和善良。他尽管快要死了，也还是集团的一员。他可能会向大总管告发。

砰的一声，穿梭机连接到了飞船上。大总管在通信系统里喊道："待在原地别动。"穿梭机旋转着离开发射门，被送回停泊点。不一会儿，气闸门开启，穿着强化防护服、戴着口罩的医护人员推着轮床进来了。他们用遥控器把轮床降到离地一米的高度，然后把莱恩抬了上去。

莱恩几乎不动嘴唇地低声对我说："谢谢。"

我努力让自己的表情保持镇定，可是我的脸像他的下巴一样颤抖，眼睛里充满了泪水。他被带走时，我们谁都没有动。

我们留在座位上。克里克的声音从通信系统里传来："泽塔小组，放下你们的袋子，离开穿梭机，去净化区。"

片刻之后，我们来到通往货舱的连廊。它已被一根金属管道取代。我们就像仓鼠一样匆匆走过，除了前进，别无他路。管道尽头是三扇门，通往三个独立隔间。隔间都很小，是透明的，就像妈妈的温室花房一样。

我脱下衣服，放在隔间的角落里，走进淋浴间，冲洗身体，让温暖的水流过我的脸，这样他们就看不见我的眼泪了。出来的时候，我发现门外挂着一件新的连体衣。我的皮肤很清爽，呼吸也很顺畅，所以，如果是萨根星球的天然辐射影响了莱恩，那么，它至少没有伤害到我。

我拉上连体衣的拉链时，妮拉大总管走了过来。

她深吸了一口气。"泽塔一号，谢谢你帮助了莱恩。"

"为了集团。"我说，希望我的眼睛没有哭肿。

她笑了。“我虽然很感激，但希望你以后不要再做这样的事情。”

我想此刻我脸上的痛苦表情一定就像被嘴套勒住的狗一样。“莱恩不会有事吧？”

她歪着脑袋，向我凑了过来。她皮肤下的静脉与发光的水蝴蝶有着同样的颜色。为什么一种生物那么美丽，而另一种……

“要么对集团有用，要么没用。”她靠过来，仔细打量着我，“你是有用的，不能为了一个不再有用的人而让自己冒险。”

如果我说错话，事情会变得很糟。“我……我以为是空气中的某种毒素，也许可以冲洗掉。很抱歉，大总管。我本来以为这是为集团服务的最好做法。”

她往后一靠，我又可以自如呼吸了。

“我要把你介绍给一个人，你们可以一起在实验室工作。”她的目光扫视了一下货舱后面的角落，看着实验室，“共同研制脱叶剂。”

我差点儿忘记了还有这件事。按我的原计划，这会儿我已经不在飞船上了。

她用紫罗兰色的眼睛盯着我看了一会儿，然后，转身离开。

我用双臂搂住自己的肚子，好像肚子被踢了一脚。再过几天，我们就离开了，我告诉自己。再过几天。

卢比奥和羽毛从隔间里出来了，头发还湿淋淋的。我们从爸爸妈妈们的空舱旁边经过，朝电梯走去。电梯旁边，一扇金属门上方闪烁着蓝灯，本在第一天曾带我们看过这扇门。只要有合适的工具，门闩的锁应该很容易打开。门里面就是飞船乘客用以在萨根星球上生存的口粮和净水吸管。

电梯上升，我们谁也没有说话。不知道他们是不是也在想着莱恩。到了六层，电梯门打开，我们一言不发地走了出去。

来到我们的住处，我瘫倒在自己隔间的边缘。必要的时候应该坚强，可是，我此刻感觉就像刚跑完马拉松一样，无力地摔倒在地。

我假装很高兴地接过克里克给我的药片。我把药顶在腮帮子里面，趁着去洗手间的工夫，迅速地把它吐掉了。当我回到房间时，卢比奥和羽毛已经在他们的蜂巢里了。

我爬进我的那一间。在卢比奥低沉的鼾声中，我渐渐地睡着了。

* * *

树荫下，利塔坐在一条毛毯上，靠着松树的树干。

“哎，小姑娘。过来坐在我旁边。”她笑着说。在我的梦里，她的声音那么逼真，好像真的就在我身边。风吹拂着她胡椒色的头发。

我偎依在利塔的胸口，不想回到我睡觉的蜂巢。永远不想。

有东西在推我的另一只手。我低头一看，我的乌龟用鼻子轻轻地蹭我。“小旋风！”我抚摸它的壳。

突然，小旋风把脑袋一下子缩回了壳里。

远处，一个戴着彩虹色羽毛头饰的男人走过来。他的身边有一只毛茸茸的小白兔。

“你想听一个故事吗？”利塔开始说道，“你知道兔子和羽蛇神的故事吧。”她指了指男人和兔子。他们朝我们走来，也像利塔一样真实。

我想起了彩虹色的羽蛇神，还有那只救了他一命的兔子。

“记得。”我说，“我知道，羽蛇神变作人形来到地球，结果差点儿送了命，因为他不知道作为人类，他需要食物和水。”

“兔子把他从痛苦中拯救了出来。”她低声说。

羽蛇神踉踉跄跄地在沙漠里行走，就像阅读器里的全息重现。他瘫倒在我和利塔面前。尘埃在空气中浮动。兔子跳到他身边，用爪子抓挠羽蛇神的羽毛，用粉红色的鼻子碰了碰他的脸。“你需要食物。”兔子对他说。

我推了推利塔。“这时，兔子就把自己作为食物献给了羽蛇神，对吧？”

利塔点了点头。

就像我之前听的故事一样，兔子的牺牲精神和慷慨仁慈令羽蛇神深受感动。接下来，羽蛇神不会吃掉兔子，而是会把兔子送入天空，把兔子的轮廓留在月球表面，让所有的人都记得这样一个小生命的伟大坚强。

然而这一幕没有发生。兔子没有遵循那个故事，而是转向我们。“你应该跟我来。”它说，没有看羽蛇神和利塔，他看着我，“我会救你的。”

“我不需要食物和水。”我说，拒绝了它的提议。

“我要给你的远远不止这些。”兔子说，“你的牺牲和冒险会得到回报。”

虽然它没有明说，但我知道他指的是莱恩。“但我不认为我救了他。”

兔子转过身，向远处基督圣血山的方向跳去。“来吧。”它回身喊道，示意我跟上去。

这不是兔子应该做的。我想让我的梦按故事原本的情节发展，可是一切都没有改变。

我抬头看着月亮。

“它不在那儿，彼得拉。”利塔说，“它在那儿。”她指着在沙漠上蹦蹦跳跳的兔子。月亮上不再有兔子的灰色轮廓，只泛出苍白的光，就像集团那些惨白发光的皮肤。

“你应该看看它要把你带到哪里去。”利塔平静地说。

“可是我害怕。”

“不冒险就——”

我不是故意要大喊大叫的。“这不是海洋，利塔！”我指着一望无际的沙漠，“我跟过去会死的。你有一次还说，世界上有很多骗子。那兔子可能就是个骗子。”我指了指羽蛇神毫无生气的身体，“看看他的下场吧。他跟着兔子，结果死了。”眼看着巨神的身体化为尘埃，袅袅地上升、消失，我的胃里一阵翻腾，“故事根本不是这样的。利塔，你为什么要改变故事？”

利塔笑了。“改变它们的不是我，而是你。”她朝兔子点了点头，“但如果你敢于冒险，相信故事所引导的方向，你就能找到你必须跨越的那片海洋。”

兔子向更远处的山脉跳去，我的乌龟小旋风在树后面慢悠悠地爬向它在树根下挖的洞。多么平静和安宁啊，我的小旋风就在这里。“小旋风，回来。”我喊道。可是它钻进洞里，不见了。

“利塔。”我转过身，可利塔也不见了。我瞪大眼睛，寻找兔子。沙漠边缘的那个小点随着山脉一起消失了。

我独自一人，周围都是茫茫的沙漠。树不见了，只剩下一片平坦的土地。利塔的低语声，还有故事，都在消失在风中。

我害怕了，我犹豫了。现在我的机会已经失去。

大地在颤抖。尘土在我周围的空气中旋转，就像绕着羽蛇神旋转一样。

“利塔！回来！”我喊道，在隔间里腾地坐了起来，意识清醒地告诉自己，我犯了一个巨大的错误。我没有机会再去跟上那只兔子了。我躺回床上。卢比奥在上面的隔间里轻轻打着呼噜。现在我彻底醒了，觉得这一切都很荒唐。“那只是一个梦。”我盯着隔间的顶部小声说。

咔嗒。我一翻身坐了起来，正好看见我们的舱室门关上了。

20
第六个故事：乞丐的礼物

那天夜里，我几乎没有再入睡，猜测着刚刚舱室里的那个人会是谁。不管是谁，他一定看到了我的情绪激烈的反应。

早上，我慢慢地、仔细地梳了辫子，确保没有碎头发散落下来。我把采集袋背在肩上，笔直地站在队伍的最前面。

出电梯后，我径直穿过大厅，走向生物面包男孩。我甚至没有试图让他对我微笑或与我对视，我一口吞下半块面包，好像那是一个甜甜圈，而不是马饲料。

我看见了那个小号的妮拉——格利什，她就站在不远处，跟那些早餐伙伴们站在一起。我朝她靠近，假装像她一样啃着剩下的半块面包。

“下一个是谁？”格利什说，“莱恩本来不是跟我一样有用的吗？”

我想起来了，她和莱恩属于集团的同一个创建批次。

那个眼睛分得特别开的男人——锤头鲨，轻轻推了推她。

“我相信你的意思是，你愿意为集团牺牲，格利什，不管是什么样的牺牲。”他左右看了看，低声说道。

那伙人中有一个清了清嗓子，紧张地走开了。

锤头鲨继续说道：“没有集团，就只有战争和饥荒。在所有问题上团结一致，才能确保永远不会回到冲突的道路上。”他举起他的生物面包，“我们永远不会挨饿，因为集团消除了多样性和对更多选择的需求。”

他怎么会明白？他从来没有去过博物馆，没有看过任何艺术作品，从塞尚到萨维奇，从巴斯奎特到卡洛。他从来没有在风味餐厅吃过饭，那里有乌冬面、意大利香肠、爱尔兰炖菜和辣味炖肉等多种选择。把一个观点反复强调无数遍，并不能使它成为真理。

经过这么长时间，我才突然真正理解了“教条”这个词的含义。

锤头鲨把目光从格利什身上移开。我顺着他的目光看去，就在不远处，就在格利什身后，妮拉和克里克正在观察，正在听。

我想提醒格利什，可是她又开始说话了：“如果我们不能活着享用到好处，我们的一切工作或服务就没有意义——”格利什突然住了嘴。她转过身，注意到了身后的人。

妮拉朝克里克点点头，克里克走开了。

早餐小组里剩下的人们完全定格，就像一群静止的鹿。格利什一动不动，像一只猎物发现自己被捕食者盯上了。飞船上哪有她能躲藏的地方呢？

沉默持续了很长时间。终于，我看到克里克回来了，但不是一个人。尽管离得很远，我也能看到他身边的那个庞然大物——我见过的最大的幽灵虾。我决定叫他大虾。他走近时，我看到他额头上布满沟沟壑壑，似乎永远都在皱着眉头。

克里克留在妮拉身边，大虾继续朝格利什走来。有一个人闭上了眼睛。大虾站到格利什旁边，一把抓住她的胳膊肘。

格利什还是一动不动。“为了集团。”她平静地说。她没有做任何挣扎，跟着大虾走了，细瘦的胳膊肘牢牢地被大虾抓在手里。他们走进电梯，几秒钟后，就在黑暗的金属管道中消失了。

我把目光移开。天花板上的字似乎闪动得更快了。团结。友爱。

“为了集团。”锤头鲨说。

“为了集团。”其他人重复。

没有战争，没有饥荒，但代价是什么呢？

我突然感觉离开这里变得更加紧迫了。

我朝大厅对面的食品加工流水线走去。今天没有用完的盒子整齐地堆在一边，以供明天使用。这里不像配给室，无须撬锁。

格利什的事情正好转移了大家的注意力。我打开我的包，靠在一堆又一堆生物面包旁边的墙上，左右看了看，确保没人注意，伸手拿了一盒，正要把它塞进袋子里。

“泽塔小组！”克里克喊道，“该离开了。”

空气中响起了嗡嗡的说话声。人们兴奋地环顾四周，把目光集中在羽毛和卢比奥身上，很快他们也会看见我的。我低下头，想把盒子塞进袋子，突然发现沃克西正抬头盯着我。

这次，我成了被定格的鹿。

他把一根手指放在嘴唇上。“我有时候也会特别饿。”他又往我的袋子里塞了两盒生物面包，“我不会说出去的。”他笑了笑，跑开了。

我的心怦怦直跳。

“泽塔一号！”羽毛在远处朝我这边招手。

我赶紧拉上拉链，也朝她招了招手，然后贴着墙边走向电梯，希望袋子里多出的两个盒子不会泄密。我先进电梯，把袋子推在身后。

和之前一样，我和妮拉、克里克、羽毛、卢比奥一起下到货舱，顺着同一条路走向穿梭机。

我们绕过拐角，大虾从气闸舱朝我们走来，格利什没有和他在一起。

他经过时，没有人与他对视，就好像什么事都没发生似的。前后不到五分钟，难道这就是消灭一个问题所需的时间吗？

这次，我只和羽毛、卢比奥一起进入了穿梭机。我保持同一个姿势，没有回头去看妮拉和克里克。我匆匆把采集袋藏好，系上安全带。这不再只是我一个人的事。我今天的任务是侦察，看看我们什么时候能一起逃走。

穿梭机着陆的过程安静而沉闷，我看见卢比奥盯着莱恩前一天坐过的地方。

就像前一天一样，我们戴上追踪器和通信设备，顺着坡道下去，但与之前不同的是，我们不再戴头盔了。同样温暖的空气进入我的肺部，同样金灿灿的阳光照在丛林和湖泊上，月亮和带着光环的星球都没有移动，景色和昨天一样神奇。

我走下坡道。“嗯，有意思。”我大声说，故意让监听的人听到，然后假装好奇，朝丛林和远处山洞的方向走去。我希望他们只关注我在萨根星球上的生命体征，而不注意我的行动方向。走了几分钟后，我就看见那些依然在风中摇曳的藤蔓。每八小时一次的风暴刚刚结束。在大树的掩护下，我撩开藤蔓，钻了进去。

洞壁闪烁着生物体的荧光，我的眼睛用了很长时间才适应。我站在洞口，只听见自己的呼吸声。拜托了，千万不要让萨根星球有熊啊。我用戴手套的手摸索洞壁，就在我的头顶上方，我发现了一个小石台。我用仪器测了一下它的表面。干燥，没有测到毒素。我迅速把三盒生物面包藏在上面。估计这些只够我们维持几个月的，但飞船的配给室里还有够用很多很多年的净水吸管和储备口粮，只要我能想办法进到货舱里的那个房间。

藏好后，我赶紧出了山洞，在大树后面停了一会儿，让眼睛重新适应光线，然后才走出来，向四周看了看。羽毛跟着我走了一段路，此刻正蹲在湖边，掸掉一块石头上的碎屑。卢比奥离穿梭机更近，正把一个采集袋挂到无人机上。

我走远了一些，以免山洞引起注意。我们最终逃跑时，我最不希望他们来搜查这片区域。在丛林的边缘，我又采集了一些那种咬一小口就能让我毙命的红边植物，还把另一个袋子也装满了，只为了显示我在工作。我从苔藓覆盖的地面取了四份样本，又在一片掉落的象耳叶上剪下几块。我把它们分别装进样品袋里，派无人机送回了穿梭机。我又收集了一些水样和水生植物。如果我真的会去实验室里工作，为什么不在逃跑之前检测一下这些也许能食用的植物和水呢？

和昨天一样，我们洗过淋浴，经过配给室（那里刚好有我需要的东西），被送回休眠室。

我正要爬进我的隔间，却见一个黑色长发的身影坐在里面。

“苏马！”我叫道。

“你说什么？”她用沙哑的声音说。

我一时激动得喘不过气来。这下好了，我可不用终日在萨根星球上担心她是否还要再被休眠四百年了。我真想拥抱她。我拼命忍住眼泪。“我的意思是，我想说……苏……苏醒了你？那是我的床。”

“对不起，我这就挪走。”她说。

我费了很大的劲，才没有露出大大的笑容。“不，不。待着别动。”

“我是泽塔四号。”羽毛自我介绍道，“专业是——”

苏马打断了她，用手揉了揉紧闭的眼睑。“抱歉，我太累了。”我还记得我从休眠状态苏醒时的感觉，而苏马已经经历了两次。

“你醒了，我们真高兴啊。”我说。

他们都把脑袋转向我。

“我的意思是……我们需要你的帮助，为集团采集样品。”我发现自己说漏了嘴。

幸好，他们似乎都接受了这个解释，又转过头去。

羽毛爬进了苏马旁边自己的隔间，苏马又把脑袋躺了回去。“我真的好困啊。”她说的是实话。

卢比奥微微一笑，慢慢走向舱室门，迅速把门关上。“现在，我们该准备睡觉了。泽塔一号会给我们讲个故事，对吧？好吗？”他恳求我，又犹疑着看向苏马，“而泽塔……”他又朝苏马挥挥手，“泽塔……”

“泽塔二号。”苏马回答。

“泽塔二号。”他说，“而泽塔二号可以睡觉。”

我忍住了笑。

苏马躺回到我的床上。“什么是故事？”我还没来得及拒绝，她就问道。

我紧张得胃里抽紧了一下。我的确需要他们听我讲故事，希望这些来自地球的故事能让他们想起自己是谁，想起他们的家人。但我也祈祷，如果他们真的想起来了，不要告诉这个舱室以外的其他人。他们都看着我，等待着。值得冒这个险。

“哦，你听听就知道了。”卢比奥愉快地说，把他的薄膜毯子拉到脖子上。

我坐在地板上，面对我们的蜂巢。我盯着苏马。我之前都没有意识到，把她留下，我们其他人逃走，我会有多担忧。现在我们都在一起，我们都有机会。只是我们需要的食物更多了，而我也不能在他们醒着的时候偷偷溜去货舱的配给室。

我深深吸了一口气。“很久以前。”

羽毛探出头，伸长脖子朝苏马的隔间里看了一眼，说道：“这是讲故事的开场白。营造气氛。”

苏马朝她点了点头。

羽毛把头缩回自己的隔间。“继续。”她向我示意。

我清了清嗓子。“有一对贫穷的老夫妇，姓洛维乔。”我开始讲道，“他们日子过得很穷，没有食物，房子很小。”我想，其实我们也有点像洛维乔夫妇，只是他们三个还不知道，“他们的相貌、吃的食物和喜欢的东西，都和大多数邻居不一样。但他们很包容，愿意与他人分享。”

这时，我想起了妈妈说到萨根星球时对我做出的承诺：“我们会重新开始，就像在农场上垦荒一样。”我想到了是什么在阻止我们“重新开始”。“可是，他们的邻居既残忍又自私，什么都想留给自己和自己的同类。特别是其中一个邻居，一个嘴唇发紫的女人，她为了自己和她的同类，偷走了老夫妇的土地，慢慢剥夺了他们拥有一个大农场的所有希望。”

卢比奥厌恶地摇摇头。

在利塔的故事里，是一个可怕的男人偷走了老夫妇的梦想，但从现在起，这个故事将通过我和我的新版本流传下去。

我站起身，做出敲门的样子。“有一天，一个来自遥远国度的乞丐来到这对老夫妇的门前，老夫妇把最后一点玉米给了他，还有他们的几块干玉米饼。”我把手指放在嘴边，假装在吃东西。

羽毛和卢比奥坐了起来，苏马双手托着下巴。

我假装把一个水杯举到嘴边。“还有他们剩下的所有的水。”我假装漫不经心地擦擦嘴，贪婪地舒了一口气。“乞丐吃完所有的东西后，仍然很饿，于是老夫妇把自己的晚饭也给了他。”我举起我的食指，“‘为了报答你们的好意，我要送你们一份礼物。’乞丐对老夫妇说。洛维乔夫妇的眼睛像星星一样发出光彩。”

羽毛、苏马和卢比奥的眼睛也亮了起来。

“老夫妇已经不记得他们上次收到礼物是什么时候了。乞丐告诉他们：‘在北边山脉的尽头，你们会发现一株四臂仙人掌，上面开着粉红色的花。在仙人掌后面的峡谷里，有一个隐蔽的山洞。在靠近山洞尽头的地方，你们会发现一个罐子，里面装满了宝藏。这就是对你们的善良的回报。’”

羽毛偏着脑袋。“这和你上次的那个故事一样，也是发生在地球上的事情吗？”

羽毛隔壁的卢比奥敲了敲他的隔板。“嗯，可能是在仙女星系，又名梅西耶 31 号。这个星系里有两万亿颗星球呢！尽管如此，你也不应该打断别人讲故事，泽塔四号。”他说，“你接着说，泽塔一号。”

我忍不住笑了，他们的鲜明个性是集团无法抹去的。到目前为止，我想我们以后会相处得很好。

“乞丐离开后，”我继续说，“老夫妇决定，只要一凑够出这趟远门需要的干粮，他们就动身，去那个峡谷，找到那个隐蔽的山洞。然而他们不知道，那个卑鄙自私的邻居偷听到了乞丐的话，”我指着我们房间的门，“就在他们窗外！”

苏马倒吸了一口气。“这不公平！”

我平静地点点头。“是啊。卑鄙的邻居骑着一头从洛维乔家偷来的驴，趁着夜色向大山里走去。她找到了那株开着粉红色花的仙人掌，接着又找到了峡谷和山洞。她先是走，接着是爬，一直爬到山洞的最深处，看到了一个陶瓷罐。她一打开盖子，一群可怕的虫子就迅速爬上她的胳膊，使劲地蜇她。狼蛛、蝎子和黄蜂都在蜇她的身体，她大叫起来，赶紧把陶罐的盖子盖回去。带着一身肿块和脓包，以及麻袋里那个盖得紧紧的昆虫罐，这个可恶的邻居骑着驴回家了。”

羽毛的嘴半张着，苏马用毯子盖住一只眼睛，尽管我敢肯定他们连故事的一半都没有听懂。

卢比奥歪着头。“狼蛛属于蛛形纲动物，你说的具体是哪一种？”他问道。

苏马和羽毛同时转向他的隔间：“嘘嘘嘘！”

“邻居回到家，”我继续说，“夜里偷偷地溜到洛维乔家外面，把那罐恶狠狠的虫子从厨房的窗户扔了进去。”

卢比奥倒吸了一口气。我真想笑。一只狼蛛吓不住他，但“恶狠狠的虫子”这几个字却把他吓成这样。

"'老傻瓜们，这就是给你们的。'"我用一种吓人的声音说，"'给你们一个教训。竟然信任一个陌生的外来乞丐，还给他饭吃。'"

我停顿了一会儿，让大家想象一大群虫子在洛维乔家厨房地板上爬来爬去的恐怖一幕。效果很明显：苏马的指关节都发白了，卢比奥的脸色比平时更苍白，羽毛的额头皱得紧紧的，就像大虾一样。

"第二天早晨，"我继续讲道，"老妇人去厨房烧水煮仙人掌，希望那些瘦巴巴的仙人掌能支撑他们找到那个山洞。可是，她刚踏上厨房的地面……就发出一声尖叫。"

卢比奥和羽毛同时吸了口气。

"老妇人弯下腰，想看看是不是什么尖东西扎破了她的脚，结果从脚后跟里拔出了一颗钻石。地上散落着各种钻石、红宝石和蓝宝石，就像成百上千只闪闪发光的昆虫。到了这户善良的人家，那些虫子都神奇地变成了宝石。"

羽毛拍着双手，咯咯地笑了。从她的眼睛里，我看到她对一些并不完全"理解"的事情感到兴奋。她仍然能够"感受"到发现宝藏带来的兴奋。

"洛维乔老夫妇把宝石捡起来，他们卖了几颗，买下一片地……"我想象着我在萨根星球上看到的情景，"周围是丛林，还有一个湖，湖水像浅蓝色的宝石一样蓝。他们留着剩下的宝石，这样就有钱来不断地种植果树和庄稼了。事情就是这样，就是这样。消息传开了，不管什么人，不管来自哪里，不管有钱没钱，哪怕只是累了，只要他们饿了，那么到洛维乔家去就行了。”

我叹了口气，就像利塔在故事结尾时经常会长叹一声。“这个故事从一条银色小径而来，往一条金色小径而去。”

羽毛又往苏马的隔间里瞥了一眼。“这是‘故事’的结束语。表示你刚才听的故事讲完了。”

她又躺了下去，然后，谢天谢地，他们一个接一个地躺回了床上。我关了灯。不一会儿，卢比奥熟悉的鼾声就响彻了整个房间。

* * *

我偷偷溜进曾经的青年休眠室，大气监测显示器依然发着紫色的微光，我在那下面的抽屉里找到一个金属校准工具。大多数人都能在昏暗的光线下看清它，我却只能用手指摸索它的轮廓。它比平头螺丝刀还薄，非常适合撬开圆顶的锁盖。

乘电梯可以节省时间，但我还是悄悄地走到后楼梯，以避开透明玻璃电梯外投来的好奇目光。像以前一样，我数到二百一十八级台阶，打开了门。我的脚步声在货舱里回荡，直到我站在那扇上方闪烁着蓝灯的金属门前。它的光非常明亮，就像三百八十年前的那一天，本指给我看配给室的时候一样。我拿出校准工具，把它插到锁盖的下边。我本以为会遇到阻力，没想到塑料盖一下就弹开了。我没来得及抓住，它掉到地上，弹跳了两下，叮当声在货舱里回响。我把背贴在墙上，等待着。没有人来，于是我又转过身面向门口。

我的感觉就像洛维乔老太太从脚后跟里拔出钻石、发现珠宝的时候一样。我伸手去拉门闩，手在颤抖。飞船上其他的门都很容易打开，这扇门却因为不常使用，嘎吱嘎吱，打开得很慢。我走进去时，脚步声荡起回音，昏暗的顶灯一下子亮了。

我的心往下一沉。墙边本应该放着够吃一百辈子的食物，此刻却空空如也。

我踮着脚穿过房间，来到那些架子前。空了。一餐饭也没剩下。那些寄生虫已经吃光了到达萨根星球时给乘客们准备的最后一点应急口粮。我想到偷来的那几盒生物面包，不知道我们怎么养活自己。

至少在最底层的一排架子上，净水吸管还整齐地堆放着。我拉开采集袋的拉链，把吸管装进了袋子，这些吸管足够过滤我们一辈子要喝的水。

如果我的猜测是对的，如果我看到的那些水生植物是可以吃的，那么我们也许还能活下来。除非……当然，我们只能吃那些植物了。我深吸一口气，转身离开。

货舱里，另外的一扇门砰的一声关上了。

现在，我成了格利什。当那个瘦削的身影慢慢向我走来时，我像小鹿一样僵住了。

一个低沉的声音喊道："你不应该在这里，此区域被集团限制通行。"我听到过这个声音，就在我发现空休眠舱的那个夜晚。

一个男人挡住了通往电梯的路，他留着长长的白胡子，棕色的皮肤布满皱纹。我花了一点时间才把他从头到脚扫视了一遍，然后得出结论。他穿着集团发的靴子和连体衣，但也戴着手套，头上像戴帽子一样戴着实验室护目镜。他活像一个瘦精精、黑黢黢的圣诞老人，我吓得后退了一步，终于，我见到了一个来自地球的成年人！

我想跑过去拥抱他，就像我六岁在商场见到圣诞老人时一样。不过现在，我已经有一些见识了。我猜想着他在地球上的时候会是一个什么人，这么老了还能被选上，他肯定发明了一件带来巨变的东西。

我本以为在程序重置失败后，所有的成年人都被清除了，但他居然被成功地重置了。也许就像羽毛和卢比奥一样，他的思想更容易被操控？

"你好。"我的声音发紧，"我是泽塔一号。"

"你需要帮助吗，泽塔一号？"男人问。

"我被告知要在这里工作。"我把装满吸管的袋子移到身后，"还不到开始的时候，但我有点担心。"有那么一瞬间，我希望他也骗过了集团，但集团肯定足够信任他，才会让他一个人待在这里。

“可以理解。”他笑着说，“他们对我说过你要来，但要等到下次探索任务结束后。”他转身往外走，“这不符合程序。不过，我还是带你看看我们的实验室吧。”

我往后闪了一下。“我们的实验室？”这一定就是妮拉说的那个人。

他把我带到货舱最后面的那个角落，实验室就在那里。按计划，我们到达萨根星球时，实验室里应该挤满了我爸爸妈妈那样的科学家。但现在只有我们两个人，我和这个老头儿。

他走进左边最后一间实验室。一排排的培养皿在他身后的墙上摆着，不同颜色的琼脂散发出彩虹般的光芒。

“我们到了。”他撑着门对我说。他的笑容和蔼可亲，长长的头发扎成马尾，使他看起来更像一个诗人，而不是科学家。

“谢谢。”我轻声回答。我想了一会儿，他是在我们之前还是之后被复苏的呢？是否还有其他人和他在一起？“嗯……”我走向一个试验台，放下我的袋子，“只有你一个科学家吗？”我小心翼翼地问，“我的意思是，还有其他像你……我……我们这样的人吗？”

“目前只有我。”他回答道。我暗想，是否还有别的像他一样的成年人被成功地重新编程过。

"我能问一下你是哪方面的专家吗？"我指着那一墙彩虹般的琼脂，"我的意思是，你研究的是什么？"

"在飞船上生活这么长时间是很困难的。我的主要职责是调配营养剂，缓解集团可能遇到的任何情绪问题。"我想起了妮拉的那次聚会，所有的人都喝着一杯又一杯的营养剂。他挠了挠太阳穴。"还是回答你的上一个问题吧，我们艾普西隆小组有五个人。"

"艾普西隆？"

"我是艾普西隆五号。"他说，"我曾经对任何化学方程式或大分子合成技术都烂熟于心。但随着年龄的增长，我越来越没用了。"

我想起了妮拉大总管对莱恩的评价，以及"有没有用"的说法。我知道，如果他们知道了艾普西隆五号刚才告诉我的话，肯定随时都会把他给清除掉。不过如果他的大脑早就已经开始衰退了，那就怪不得他那么容易被重新编程了。

"这边走。"他说着，领我走进了另一间实验室。门是真空密封的，墙上挂着防护服。我明白这是为什么了。我那些装满了带红边的树叶、地被植物，还有象耳叶的样本的袋子，都挂在玻璃冷藏柜里的一根杆子上。那些瓶装水样则放在管架上。

"来。"他拉着我的胳膊肘，领着我走，就像在公园里散步一样。他不可能知道知道我视力的事儿。他慢慢地拖着脚，我猜他是故意跟我挽着胳膊，作为让我搀扶他的借口。我们在一堵白墙前停了下来，尴尬地站了一会儿，然后他笑了。他按下一个按钮，整个墙面缩进一个空槽里，露出了一面玻璃墙。紫色天空中的月亮和矮太阳发出光芒，洒满了整个房间。我走到窗前，眺望下面的河流、湖泊和绿地。从这里看，我们的两次探索远没有完成对宜居地带的勘察。那个有水蝴蝶的湖，只是几百个湖泊中一个不起眼的小湖。

“真漂亮。”我说。

“是啊。”他回答，然后叹了口气，“当然，我只能从这里看看它。”

“为什么这么说？”我问。

他耸了耸肩。“大总管认为只有这里需要我。”我们默默地站了一会儿，“我真想亲眼看看这个星球上有什么生物。”

看来除非妮拉改变主意，否则我们只能撇下他了，我心里不由得一阵难过。更让我难过的是妮拉竟然不让他亲自去探索萨根星球。

“有许多奇妙的生物。”我说，“比如，”我用大拇指和食指比画出十厘米，“湖里有几百万条带翅膀的小鱼。”

他咧嘴一笑，露出缺了一颗的后槽牙。“跟我说说。”

我说的都是真的，但感觉却像是在给他讲一个故事。

“那些水蝴蝶成群地游来游去，它们会躲在茂密的水草下，隐藏身上绚丽的紫色光芒。”

他探过身，笑容消失了。“你觉得它们在躲什么？”

是啊，它们在躲什么呢？我感到心跳加速。“这点我没想过。”我回答。现在，我开始考虑湖里是不是还潜伏着其他什么生物。

“你下次去湖边时，能弄清它们在害怕什么吗？”他带着孩子般好奇的眼神问道。

我点点头。事实是，如果我能搞到足够的物资，就算我弄清了水蝴蝶在躲避什么，也不可能再回来告诉他了。我说了谎，感到心里空落落的。我喜欢艾普西隆五号。

实验室的门开了，妮拉大总管大步走了进来。“啊，泽塔一号，你在这里干什么？”

我把装满吸管的袋子推到身后。“我……我想看看实验室，检查一下样品，提前做好准备。”

她走过来，站在我们身边，伸手按下按钮，窗户关闭了，又变成了一道实墙。“看来你们已经认识了。既然你们俩都在，我就可以介绍一下你们的工作项目了。”

“好的。”艾普西隆五号走向工作台，把手伸向那袋有毒的叶子。

“别碰！”我赶紧压低声音说，“这有剧毒。我收集它是为了弄清怎么根除它。为了集团。”

“太好了。”妮拉笑着说，“看来你们都明白我们需要什么。”她转向我，“你研制出脱叶剂要花多长时间？”

我想了想星球上那海量的象耳叶和有毒植物，还有我需要进行的各种检测。“用不了多久。”我回答。

“是的。”艾普西隆五号说，“我们会合作得很好。”他朝我微笑。他的友善像一记拳头打在我的肚子上。我怎么才能帮助他呢？利塔会说，他在这个世界上的日子不多了。不过，我和他共同生活过的那个世界也早就已经消失了。

妮拉站在我面前。“一旦准备就绪，我们就把泽塔们都送回星球表面去做测试。”她指指我的那些样品袋，“泽塔一号，这种植物你收集了这么多，真的有用吗？”

“一片叶子就能毒死集团的所有人。我以为你会觉得根除它是当前的首要任务呢。”我脱口而出。

她假装做了个发抖的动作。“真可怕。”她说。

我几天之内就能给她准备好脱叶剂。然后，我和苏马、羽毛、卢比奥就再也不是泽塔了。我不会让妮拉和集团有借口说，我们四个人没用。

21
那不是危险，那是生活

我的手颤抖着，把能用几十年的净水吸管塞进了我蜂巢隔间的床垫下。

妮拉停留了很长时间，看着我和艾普西隆五号研发脱叶剂，我没有时间检测样品。

我瞥了一眼苏马、羽毛和正在打鼾的卢比奥。我们四个还有希望。但一想到那些本该给我们的食物都被集团吃掉了，我就不寒而栗。我的脑海中满是那些在水中飘动的水生藤蔓。我爬进隔间，闭上眼睛，肉馅酥饺和芝士汉堡从那些枝条中跳出来嘲笑我，然后又迅速缩回去，躲在我够不到的地方。

我不再去想那些诱人的食物，开始梳理我的计划。我只需要继续扮演这个角色，直到研制出妮拉需要的脱叶剂，然后她就会像她说的那样，把我们送回萨根星球。我只希望他们已经从莱恩那里得到了想要的信息，等我们下次去的时候，不会再有其他人陪同。

一旦我们下了穿梭机，我就会说服羽毛、苏马和卢比奥跟我一起去山洞。我会像魔笛手一样，用我的故事吸引着他们远离穿梭机和集团。用这种方式带他们离开，我感到很内疚，但他们有权知道发生在家人身上的事情。我一定要让他们知道真相。之后，他们可以自己决定过什么样的生活。

我需要睡觉，可是我数着羊入睡的时候，却开始想念利塔的农场。我需要一些无聊的东西来数数。

湖藤炖鸡汤（不加鸡），湖藤泡麦片（不加牛奶），湖藤比萨（不加奶酪），湖藤糖果（不加糖）……

* * *

一团模糊的白色皮毛，从我的眼角一闪而过。

那只兔子站在我面前。利塔的话提醒了我："如果你们的目标是一致的，骗子也可能成为你的领路人。"兔子蹦蹦跳跳地穿过沙漠，奔向大山。事情发展得太快了，我需要时间来思考。

利塔突然出现在我身边，小旋风紧挨着她。"啊，小姑娘。欢迎回来。你为什么不跟上它呢？"

我把双臂抱在胸前。

利塔耸耸肩，扬起眉毛。“当然，你应该待在舒适安全的地方。”

“我为什么不能和你待在一起呢？”我指了指前面兔子奔向的那座山，“外面太可怕了，沙漠里可能很危险。”

“那不是危险，那是生活……”她说，“一场旅行。只有跟上去，你才会知道。”

我待在树下没有动。利塔已经开始隐去，兔子在远处越来越小。

我不能再失去它了。“好吧。”我说。我拍了拍小旋风的小脑袋，从地上站了起来。我转身想拥抱利塔，但她已经没了踪影，我低头一看，小旋风正消失在一片迷雾中。

我跟在兔子后面跑，我已经许多年没有这么跑过了。在这里，在我的梦里，我不用担心被看不见的东西绊倒。在遥远的前方，兔子朝大山跑去，大山在午后的阳光下泛着红光。兔子钻进了山脚下的一个洞里。

这个骗子把我带到一个荒无人烟的地方。这里没有藤蔓掩盖下可供栖身的闪光山洞，也没有游弋着亮晶晶的水蝴蝶的神奇湖泊。

我转过身，面对空茫茫的沙漠。如果我回去，也许利塔还会再次出现。我慢慢地走回那棵树。突然，我身后传来了吉他和小提琴的声音。我回过身。就像在利塔的家乡一样，红色的大山深处隐约传来了牧场音乐的旋律。我向那个旋律奔去。“等等！”

我走近时，吉他的弹拨声越来越响。声音太大了，我感到我的身体都在随着震动。接着，我的后背受到一记重击。

“等等！等等！我来了！”我在兔子后面大喊。又有什么东西击中我的后背。

我话音未落，音乐声低了下去，大山也隐去了，我从沙漠中被拉了回来，回到黑暗中，回到了我的床上。

砰，砰，砰，什么东西打着我的后背。

“等一下！”我醒了，但仍然在大声说话。我在隔间里坐直身子，发现两只紫色的小眼睛正盯着我。我倒抽了一口气，往后一缩。

“沃克西，你在做什么？”

他也往后一缩。“对不起。”他指着本的控制台后面一个黑暗的角落。卢比奥在打呼噜。“我是来听你讲故事的，但听着听着，我就跟他们一样睡着了。”他的肩膀耷拉下来，“你刚才在大喊大叫。我没有办法，只能把你叫醒，免得有人闯进来发现我。”

怪不得我昨天夜里听到有人离开我们的房间。

我咽了口唾沫，嗓子很干。“还有……还有其他人知道你在这儿吗？”

“我必须偷偷的，妮拉肯定不会让我来听故事的。”

我感到脖子和脑袋上一阵刺痛。“沃克西，你可不能告诉别人。”

他做了个鬼脸。“哦，我才不会呢。如果我把你梦里说的话告诉妮拉，我就得解释我为什么来这里。”他眼睛睁得大大的，摊开右手，“然后我就得告诉她听故事的事，集团就会严禁我再离开他们的视线。我就再也不能听到故事了。”他低下头。

虽然我们很快就要走了，但这还是很危险，更何况我在梦里也一定说了很多话。“你不该再到这里来。”

“但我还能在哪里听到故事呢？”

他的口气就像哈维尔在央求我给他念书听。沃克西越来越不像集团的人了，我和我的那些故事也有责任。我应该感到高兴才是，但心里却很不是滋味。我在想如果他来这里时被抓住会怎么样。即使是明天晚上，也会把一切都毁了的。

“对不起，但我不能再让你溜进来了。”

沃克西垂下了头。“这不公平。集团没有故事，只有规矩。不过妮拉曾经给我读过一次，跟你的不一样，不是故事。”他睁大了眼睛，“那是一种文物，储存在一种叫书的东西里，是用纸做的——”

“等等。”我打断他，心狂跳起来，比我那次和妈妈一起寻找仙女，把一棵仙人掌当成了地精时还要激动，“你看见过书？”在这艘飞船上，我还没有看到过任何跟地球有关的东西，任何能够让我拿在手里、想起过去的家的东西。

“我在我们的房间里见过一次。”他靠过来，低声说，“还有其他文物。”

我想，就像格利什说的那样，沃克西也一定是被“创造”出来的。但和其他人不同的是，他是这个年龄段的唯一一个。我意识到我对他一无所知。

“我不应该再说文物的事了。”他说。

我努力掩饰自己的兴奋，但好像做得不太成功。“沃克西，那里有多少文物？你能带我去看看吗？”

他抬起头，扬起了眉毛。“泽塔一号，如果我告诉你文物在哪里，你能保证一直给我讲故事吗？”

我点了点头。“嗯。”我撒谎了。

他把一根手指举到唇边。“嘘。”他对我招招手，然后跳了起来，像那只兔子一样奔向门口。这次，我毫不犹豫地跟了过去。

22
一个纪念地球的神龛

沃克西沿着走廊奔向电梯，动作真像兔子一样。

“等等。”我像梦中那样在后面呼唤，“你要去哪里？”

他按下按钮，电梯发出叮的一声。

我惊慌失措，尽可能大声地低语：“有人会看到我们的。”

“白莲花不害怕被父亲看到她和王子一起离开。”沃克西双手叉腰，“洛维乔老夫妇寻找宝藏的时候，也不会把几个集团成员放在心上。”

“你偷偷溜进我们房间多久了，沃克西？”

他没有回答。

我翻了个白眼，匆匆追上他。如果有人看到我和他在一起，至少不会认为我是在一个人瞎逛。我说：“我想你只是想听故事而已。”

他耸了耸肩，没有半点歉意。我吸了一口气，跟着他走进电梯。如果他真的看见过一本来自地球的书，那么对我来说，这比散落在洛维乔家厨房地板上的所有钻石、祖母绿和红宝石都更有价值。

他按了一楼，我的心跳得更快了。整整五层楼，我们与宝藏之间隔着整整五层楼。门关上了，我的眼睛盯着楼层显示屏。电梯下降时，沃克西朝我微笑。

五……四……三……电梯铃响了。

门打开，门口站着那个拖走格利什的皱眉头的幽灵虾。他扬起眉毛，抬头纹更明显了，就像一根根拉面。

“你好。”沃克西说，好像我们出来逛很正常。

“你好？”那人盯着我们说。

“你进来还是不进来？”沃克西大胆地问。睡前故事对他造成了什么影响，他竟然这样置我们的安全于不顾？

大虾走进电梯，按了二楼。

我们三个人面对着电梯门，它关上了。

我眼睛紧盯着发光的数字“3”。

大虾转向沃克西。“大总管知道你们……”他扫了我一眼。

沃克西对他的问题置之不理，反而冲他发起了脾气。“你真的以为我会违抗集团的命令吗？你难道不相信大总管对这艘飞船上发生的一切都了如指掌？”

“2”。

“当然不是。”大虾说，然后他低声道，“请原谅我这么问。”

我几乎一动不动，眼睛也不敢眨，大气也不敢出，直到电梯门在二楼打开，大虾走了出去。

门关上了，我们继续下降。“你胆子也太大了。”我喃喃地说。

沃克西微微一笑，电梯铃响，一楼到了。他自信地走出电梯，斜穿过飞船的主甲板。我们离集团的任何一个营房都不近，我纳闷他到底在哪里看到过那本书。我们继续朝飞船的前部走，离我们的休眠室和安全的蜂巢隔间越来越远了。

一些人仍然在工作站忙碌，折叠毯子，清洁地板和天花板，准备生物面包和那神秘的饮料。

没有人多看我们一眼，我不知道是不是因为沃克西表现得很自信。

我们拐进一个走廊，这里只有一扇门，开在走廊尽头。门的上方，褪了色的字母轮廓拼出“种子库”几个字。

门锁旁边有一个老式键盘，类似妈妈温室门口的那个。

沃克西按下“2061”，也就是我们离开地球的那一年，门滑开了。

像昴星团曾经的飞船设计一样，这个舱室里亮着深蓝色的光，舱室中央放着一张床。

“这是大总管睡觉的地方。”他不带表情地说。

我倒吸了一口气，赶紧用咳嗽掩饰。

然后，沃克西指着旁边一个比衣帽间大不了多少的房间说：“我的房间。”

我走到沃克西的房间门口往里面看。里面放着一个小小的蜂巢隔间，连站的地方都没有。墙上探出几排隔板，上面堆放着空的植物育苗盘和灌溉管。

我想起了妈妈的朋友阮博士，但我认为这个小房间太小了，不可能是妈妈捐赠了新墨西哥玉米、南瓜和豆子的全球种子库。

我扫视了一下妮拉的床所在的主房间。除了那张床之外，只有通常的弧形墙壁，看不到库房的迹象，而且肯定没有书。即使沃克西看见过地球上的一本书和其他“文物”，它们也已经不在这里了。他年纪还小，他的记忆可能来自飞船上的任何地方。我没有时间去寻找那些可能永远找不到的东西。“沃克西，我该回去了。”

“不！”他喊道，“我知道它就在这里。但那是很久以前的事了。我告诉妮拉我看到了它，还要求留下它，她对我说，我一定是做梦梦见的。但那肯定是真的。”

他在自己的房间门口来回踱步。“我是就在这里看的那本书。”他指着蜂巢隔间的前面，“太神奇了。”他低声说，抬头看着我的眼睛，“就像你的那些故事。每个故事里的人和地方都不一样。他们决定自己成为什么样的人，做什么，去什么地方，不需要听集团的指令。你故事里的人生活的那个世界，”他停顿了一下，“是有故事的。”

我想，沃克西和我其实并没有本质的不同。我的父母和最初的那些监督员（除了本）把认知程序强加给我，而我对那些课程根本不感兴趣。

沃克西坐在他的蜂巢隔间边缘，肩膀耷拉了下来。“你故事里的人和我读过的那本书里的人，他们做了我永远没有勇气去做的事情。”

我不能让他有这种想法，尽管有风险，但我还是把手放在他的肩膀上。“你带我来这里就很勇敢。”

他还是低着头，下巴抵在胸前，但一双眼睛抬起来望着我。

“你在努力为自己寻找一些美好的东西，哪怕集团告诉你它们很危险。” 我说，“你相信自己的直觉。这很好。”如果在我们离开飞船之前，他把我说的话透露出去，一切就都完了。

“我不是很理解你说的。”他说，“但如果你是指我想听更多的故事，那么你说得对，泽塔一号。”他低下头，“不管怎样，她一定把那些文物都藏起来了，但就在这里。我保证。”

我叹了口气，坐在他旁边，拍了拍他的膝盖。

“故事书中的那个女人，她有自己的孩子，在那个还存在着父母的年代。”沃克西继续说道，“她和孩子离开家，去了一个新的地方。”

我大吃一惊，忘记了呼吸。是哈维尔的那本书。我忍不住抓起沃克西的手。

“沃克西，你必须想起来那本书在哪里！”

他睁大眼睛，摇了摇头。“它当时就在这里。我可以肯定。”

我匆匆地趴下来，把面颊贴在地板上，向他的床下看去。他的眼睛睁得更大了。

就在那一刻，我看见了蜂巢隔间的后面，一条细细的昴星团紫色条形灯围出门的形状，就像飞船尾部通向货舱的那条灯带一样。我跪起来，指向后墙。“沃克西，那后面是什么？”

“什么也没有。”他看了一眼，回答道。他爬过隔间，敲了敲后墙。有回音。

我跟着他爬了进去，两人并排挤在他的隔间里。我用手指抚摸光带的内缘，然后把指甲楔入裂缝。我使劲地撬，一个指甲盖都撬裂了，可是什么都没有撬动。我在黑暗的墙壁上摸索，找到了一个打开独立灌溉装置的开关。

我猛地一拉，开关断开了，掉在地上摔碎了。沃克西和我瞪大眼睛对视了一下。如果妮拉想起来检查一下他的床底，我们就完蛋了。

我们扭头看着刚才开关的位置。一个发光的按钮在洞的深处闪烁。它太小了，我的手指伸不进去，但是……

沃克西把他的小指塞了进去，我听到咔嗒一声。门的边缘嘎吱作响，随着啵的一声抽气声，门向后打开。冷空气和一股令人心旷神怡的气味扑面而来。我过了一会儿才想起在哪里闻到过，就在……松树小学图书馆。

整面墙壁滑进一个暗槽，内室里泻出一缕金光，洒在沃克西的蜂巢隔间上。门打开的宽度刚好够一个成年人侧身挤进去。我还没来得及眨一下眼睛，沃克西就一头钻了进去。

我跟着沃克西，从隔间的尽头滑落到冰冷的地上。冷空气和金属地板告诉了我一切，我们找到种子库了。

这个舱室有我家那么大，沃克西在一个中央工作台前站住了。我以为那金光是灯的光亮，然而不是。一个篮球大小的全息太阳正散发出金黄的光芒。地球、金星、火星、冰冷的海王星、天王星和其他行星，甚至土星和它的环带，都在房间那头的角落里缓慢地旋转着。虽然不完全按比例，但绝对是地球所处的太阳系。

在旋转的全息图下面，是一整面墙的种子库抽屉，里面存放着地球上的植物生命。

我看着沃克西，他站在工作台前，绽开笑脸。桌子中央摆着一棵陶瓷圣诞树，上面挂着一个满脸雀斑、缺了一颗门牙的女孩的照片，就像餐桌中央的摆花。一双婴儿鞋用鞋带拴着，系在一只抽屉的把手上。在假太阳的照耀下，装裱好的家庭照片、泛黄的出生证和结婚证贴在另外几面墙上，就像一个纪念地球的神龛。

沃克西兴奋地挥了一下拳头。“看！我就知道这一切都是真的！”

我想起了妮拉，以及她说的“摆脱过去的罪恶”和“纠正前人的错误”，就连克里克提到地球都受到了她的责骂。

“你知道她是从哪儿弄来的这些吗？”我问，尽量装出无知的样子，但声音却有些沙哑。

“我不确定。”沃克西挠了挠头，“但我们再也不能提起文物了。”

我的心里在翻腾。我无法告诉他，这些东西代表了我们内心的最爱：我们的家，我们的朋友，我们的亲人。我无法向他解释，这些东西是妮拉和她之前的那些人从我和我死去的家人那里偷来的。

房间里到处都是纪念品和照片，但数量肯定不及乘客们带来的一半。我打开工作台的一个抽屉，心里一阵悸动。无数的认知器排列在小支架上，就像珠宝店里的戒指一样，贴着“认知下载器：有缺陷”的标签。每个认知器都用激光标注了姓名首字母和日期，时间跨度长达几百年。

我看了看四周，发现一面墙上有一些密封的、没有用过的盒子。我走近一看，它们的标签上写着“可下载认知——幼儿”和“可下载认知——成人”。它们在本用过的像冰激凌勺一样的启动装置旁边一闪一闪地充着电。既然知识如此危险，妮拉为什么要把其他有用的知识藏在这里呢？她打算把这些认知器给谁用？

“你说，那本书会在哪里呢？”我问。

沃克西摇了摇头。我在那些照片和证件之间走来走去，寻找属于我家人的东西。

沃克西的声音喊道：“泽塔一号？”

我转过身，沃克西站在一个敞开的种子抽屉前，脸上挂着大大的笑容。我朝他和他打开的抽屉走去，低头一看，私人物品袋像文件袋一样悬挂在金属支架上，其间夹着那些曾经装着冷冻种子的铝箔袋。这些私人物品袋跟本递给我和哈维尔的袋子一样，是用来装我们随身携带的珍贵物品的，袋子顶部伸出发光的标签。

砰的一声巨响在房间里回荡，我们吓了一跳。冰冷的空气从我们头顶上方的四个格子里喷出，提醒着我们，这个舱室原本是用来保存种子的。

沃克西呼了一口气。“你已经看到了。”他飞快地回头扫视了一下他的小隔间，“我们改天再来吧。我觉得自己好像没那么勇敢了。”

他是对的，妮拉随时可能回来。我的腿在发抖，但不是因为寒冷，如果我要离开飞船，这可能是找回我的东西的最后机会了。

"再等一会儿。"我说。

我俯身在抽屉上查看文件袋上的发光标签——梅格·杨西。我一拉标签边缘，磁性密封条就咔嗒一声打开了。梅格·扬西的钻戒在里面闪闪发光。我迅速合上了她的袋子。

沃克西拍了拍我的肩膀。"我们该走了。"他说。

已经近在咫尺了，我不能就这么离开。即使在这么冷的地方，我的额头上还是沁出了汗珠。"你守在门边。"我说。

沃克西咬住嘴唇。但他点了点头，走过去站在门后面。

我试了试高处的两个抽屉：马库斯·里斯。我移到下一行，双手颤抖着拂过那些袋子的顶部，停在了闪亮的"O"上：杰森·奥尼尔……然后是"P"：阿什卡·帕特尔……培尼亚。

我的心里仿佛进了一群马蜂。

我伸手抓起哈维尔的袋子，轻轻打开袋口。他的牛仔裤和基因复活萌宠团卫衣仍然皱巴巴地塞在里面。卫衣前襟上笑嘻嘻的毛绒猛犸沃利、亚冠龙宝宝和渡渡鸟都褪了色。

我把手伸进去，指关节碰到了一个硬邦邦的东西。我掏出哈维尔的那本书，把它举了起来。封面上，那个戴着红头巾、眼含热望的女人盯着我，旁边印着漂亮的花体字——梦想家。

“就是它！就是这本书！”在门口站岗的沃克西大声说道，“我告诉过你！”

我喉咙哽咽得更厉害了。我把哈维尔的书拿到鼻子底下闻了闻，即使过了三百八十年，这本书上仍然有家的味道。我转过身，想叫沃克西帮我拿着书，以便我继续寻找，但很快意识到，我根本无法放手。

我把书夹在腋下，翻看下一个标签。

彼得拉·培尼亚。

我把手伸进了袋子深处，尖锐的金属戳中了我的指尖。我用手包裹住它，轻轻掏出了我的吊坠。黑曜石已经褪去了光泽，可我仍把它紧紧贴在胸前。他们已经离开了那么久。我胸口发紧，眼睛里噙满了泪水。

我把吊坠塞进胸前的口袋，用手捂着，闭上了眼睛。

又传来令人心惊的一声响动，冷却装置关闭了。我睁开眼睛，沃克西站在我身边。

“现在必须离开了，泽塔一号。”他大声说。

我吸了吸鼻子。“好。”我开始关抽屉。

沃克西伸手来拿哈维尔的书。“我们得把它放回去。”

“不。”我的话脱口而出。

沃克西往后一跳。“现在我们知道是哪个房间了，可以回头再过来看书。”

我知道这是不可能的。

但我也知道，如果沃克西临阵退缩，告诉妮拉我拿走了一件文物，我的逃跑计划就泡汤了，我不能冒这个险。

沃克西帮我打开袋子，我把书放了回去。放下这本书，让我感觉仿佛又一次失去了哈维尔。

沃克西微笑着，转身走向门口。我跟着他，然后停了下来。我不能就这么离开。爸爸妈妈的东西怎么办？他们随身带了什么？我从来都没问过。

“怎么啦，泽塔一号？”他问。

“只是——”

“沃克西！”妮拉的声音喊道。

我们顿时僵住了，僵得像利塔那些晕倒羊一样。

沃克西冲向舱门，从门洞钻进了他的隔间。几秒钟后，门关上了，把我留在这个房间里，只有旋转的太阳系在冰冷的薄雾中发出光芒。

呼出的热气形成一团团白雾，我紧紧抓住我的吊坠。拜托，已经胜利在望了，千万别让他们抓到我。

“什么事，妮拉？”沃克西发闷的声音从外面传来。

那一刻安静得可怕。

“我是说，大总管。”沃克西说，“我能问你一件事吗？”

“当然，沃克西。”

我听见他爬到了他的隔间前面。

“你曾经告诉我，那些文物都是我想象出来的。”他说，“我知道这不是实话。你为什么不想让我和其他人知道它们呢？”

他为什么要这么说？就跟哈维尔一样。有一次，妈妈撞见我们晚饭前偷吃奥利奥。哈维尔嘻嘻笑，牙齿上沾满了小黑点。“我们没有偷吃你藏在多肉植物后面的饼干，妈妈。”妈妈于是盯着厨房柜台上的多肉植物。我敢肯定，此刻妮拉正盯着沃克西床后的那道门。

妮拉叹了口气。“沃克西，你必须明白，我……和集团要做的是保护我们大家的安全，包括你。”

我听见沃克西咯咯地笑了。

“它们确实不是你想象出来的。”妮拉说，“但你需要忘记它们。那些东西从来没带来什么好处。人类的财产曾经是过去地球的一部分，它们造成了贪婪和自私，也造成了不快乐。不快乐导致冲突。你明白吗？”

“是的，妮拉。我明白了。”

这一次，她没有纠正他对自己的称呼。我想知道沃克西是不是真的相信哈维尔的《梦想家》会导致贪婪和战争。

“没有什么能将你与捍卫集团的使命相分离。将来，你和我要学习的知识可能比你想象的还多。即使在集团中，无形的权力重担也只会落在少数人身上。”我想到了抽屉里那些没有用过的认知器。“但让所有人都拥有知识是危险的。目前，为了集团的成功，我们必须控制那些知识，只传授给少数人。这些少数人必须像泽塔小组一样，毫无保留地、绝对效忠地为我们服务。”

一阵沉默。

“但是，如果泽塔们都不在了，会怎么样呢？”沃克西问。

“别担心。许多年来，我们都在努力创建一个新的集团批次。这一切都是为了一个目的。你很快就会有一些和你年龄相仿的同伴，我们也会利用他们来推动我们的科学发展，安排他们无条件地提供服务。”

地板上传来刮擦的声音，我知道他们的谈话结束了。

“你和我，让我们一起消除所有不必要的知识和分散我们注意力的财物，这样我们就能只看到对方。如果我们看着彼此，就如同看到我们自己，那就只有和平了。”

听她这么说，我不知道有多少人会反对她的观点。

“跟我来。”她说，“有个会议，我希望你也能参加。你可以通过这个方式去学习和了解。”

“现在？改天再开始学习行吗？”又是一阵令人不安的沉默，“好吧，大总管。”

我听到了脚步声，之后一切归于平静。我知道她是错的。她为自己的信仰编织了一套花言巧语。是否也有人教过妮拉，就如同她此刻在教沃克西？

我要趁他们回来之前逃走，不然就会整夜被困在这个冰冷的房间里。

就着全息太阳发出的光，我蹑手蹑脚地走向门口。门与墙壁融合得真是天衣无缝，我之所以知道门在哪里，是看到两边的墙上挂着地球的纪念品，而细长的门上什么也没有挂。我寻找着开关，或者是像门另一边那样的一个小洞，但除了照片和证件之外，什么也没有。“不，不，不。”我低声说。

大多数人会退后一步，集中眼力寻找一个小洞。但对于我来说，即使有更充足的光线，如果一寸一寸地在挂满了照片、证件和艺术品的墙上仔细查看，也不一定什么时候能找到，准会被冻得半死。

我估摸了一下，然后用手指在门的另一边锁眼所在的位置摸索。那里有一个塑料相框，里面是一张棒球卡，卡片上是美国职业棒球大联盟中的第一位女投手。我把插着棒球卡的相框拿下来，看到墙上有一个同样的圆洞。它太小了，我的手指根本伸不进去。我回到工作台，想找一根大头钉，但台子上什么也没有。我低头看了一眼手中的棒球卡，把它从相框里抽出来，卷了起来。相框上贴着主人的名字。“对不起。”我低声说。看来这张卡片对一个名叫奈尔斯·福斯特的人来说十分珍贵。

我把纸卷塞进洞里，门就滑开了。我赶紧钻了过去。谢天谢地，沃克西的隔间里没有人，我把纸卷从这边塞进洞里，又把门关上了。就在门关闭时，我犹豫了一下。如果我回去拿走全家人的东西，很可能会被困在里面。如果被重新编程，完全不再记得他们，那么拥有他们的几件东西也就没任何意义。我离开沃克西的隔间，看了看妮拉空无一人的卧室。

通往走廊的门是关着的。我按了按门闩，根本按不动。门内侧也有个和外面相同的小密码锁。我擦了擦头上的汗。拜托，要成功啊。我按了“2061”，门闩没动。如果妮拉回来，一切就都完了。2061年是我们离开地球的那一年，如果他们选择它作为密码……

我用颤抖的手指输入“2442”，这应该是当前的年份。我推了推门闩，咔嗒一声，门开了。我赶紧冲了出去，十秒钟内就来到了飞船开阔的主舱。我挺直腰板，自信满满地穿过主甲板。

我往电梯走去，刚走到一半就听到了妮拉的声音。会议在曾经的餐厅附近举行，我别无选择，只能绕过这群人，走向返回休眠室的电梯。妮拉站在一个讲台上，背对着我。沃克西坐在前面，我看到他的目光追着我的脚步，但他没有做出反常的举动。

“我们正在尝试几种选择。”妮拉说，“然而，一个潮汐锁定的星球，对定居来说是有局限性的。”

我继续往前走，眼睛直视前方。“最佳宜居地带非常明确，脱叶剂很快就准备好了。”

成功了。小菜一碟。

我来到电梯前，按下按钮。

“不过，留在这个区域还是有许多其他障碍。”她继续说道，“尽管我们正在尽最大努力，但如果不能很快补救，就要另外寻找一个星球。”

我的心在胸口怦怦直跳。但只要我们到了萨根星球上，我才不在乎集团会去哪里呢，只要他们离开就万事大吉。

我走进电梯，按下了“6”，面对门站着。

“其中一个障碍就是敌对分子。”妮拉继续说道。电梯门开始关闭。“我们不想与他们有任何接触。”

什么！他们知道星球上有敌对分子还把我们送下去？我伸手猛敲开门按钮。

“我们在该地区的第一次侦察任务，避开了这些第一批——”电梯门关闭，切断了她的话。

电梯已经在上升了，但我听到了“第一批”。

第一批什么呢？我不敢指望第一艘飞船成功着陆。就算它成功着陆了，在集团的掌控下又有什么用？我从来没有想过，在这个新的星球上还能找到其他人。爸爸说第一艘飞船会在宜居地带建立一个定居点，我们得用全息图像从太空中定位到他们,否则要找到他们就像大海捞针一样。

我想欢呼，但他们会透过玻璃看到我。我发出噗的笑声，又赶紧憋住了。接着我意识到，没有人能听到。我已经好几百年没有笑得这么开心了。萨根星球没有地球那么大，但我早就对那些星球建设者是否还活着不抱希望了，更没有想到他们就在我们身边。

如果第一批先行者已经抵达了宜居地带，找到他们可能需要许多年时间，而在那之前，我们得吃掉大量的湖藤。但如果他们真的在那里，为了羽毛、卢比奥、苏马和我自己，我要找到他们。

电梯响了，六层到了。我跑向我们的休眠室，迅速闪了进去，大口大口地喘着气。室友们都还在睡觉，四下里只能听到卢比奥的鼾声。

我冲进浴室，打开风扇，脸上仍然挂着笑容。我拿出我的吊坠，在衣服上擦去污渍，但上面仍留有几道黑痕。我把吊坠举到灯光下。

我想起了利塔的话："它是一个通道，能让失散的亲人团聚。"我的吊坠找到了，而且我还得知萨根星球上可能有其他人类……如果一个人的心能快乐得从胸腔里蹦出来，那我的心简直像是要爆炸了一般。

23
实验室搭档

第二天早上，我比其他人起床都早，偷偷溜进了浴室，把头发梳到一边，分成三股。

这就行了。现在，有了吊坠，我就能和利塔对话了。我什么都有了。我越早帮妮拉研制出脱叶剂来清除星球的危险植物，她就会越早送我们回去测试效果，我们就能越早逃离。第一批先行者可能也还活着。

我把头发编成紧紧的辫子，没有留下一丝散发。

我走回蜂巢隔间。苏马伸了个懒腰，打了个哈欠。“你好啊，泽塔一号。”

“你好，苏——泽塔二号。”我咬牙切齿地说着集团起的这个愚蠢名字，想起了妮拉在苏马重新进入休眠状态前说的话：下载升级后，苏马的余生都将是泽塔二号。不会很久了，苏马。

苏马穿上她的连体衣。“今天给你分配了什么任务？”

“哦，就是清除星球上的叶子。”我回答，“你呢？”

她坐着挺直身体。“我要为飞船研制燃料。”

我想起了妮拉说的“障碍”，还有去另一个星球的事。这是他们需要燃料的原因吗？他们打算什么时候起航？

“为什么？”我问，想知道他们是否给过她某种暗示。

苏马耸了耸肩。“我服从集团的要求。”

我得加快速度了。

卢比奥插嘴说话，声音和克里克的一样单调。“我今天的任务是确保集团有适宜呼吸的含氧气体。”

羽毛站了起来，抻了抻她的连体衣。“我的任务是确保集团有纳米药物来维持他们的身体机能，这样他们就能呼吸你的清洁空气了。如果没有健康的肺部系统，清洁空气就没有意义。”

我偷偷地笑了，穿上我的鞋子。

羽毛坐到我身边。“我真的很喜欢你讲的那个故事，关于洛维乔老夫妇和那些亮闪闪的宝石，泽塔一号。特别是故事的结尾，他们住在河边，种果树和庄稼，附近镇上的孩子们都来果园里奔跑和玩耍。”她叹了口气，“我多想有一天能看到一片果园啊。”

我迅速转过头。这是她自己给故事增加的结尾，我知道我并没有提到孩子们在果园里奔跑和玩耍。

卢比奥紧跟着说："我喜欢洛维乔老夫妇在疫情大暴发后帮助穷人和那些无家可归的人。"

我背上有一种麻酥酥的感觉。我绝对没有提到二十年代的大疫情。如果他们还记得地球上的事就太好了。但我的直觉告诉我，最好等我们登陆萨根星球之后，再让他们回忆。

我把一根手指放在嘴唇上，挨个儿和他们对视。"嘘。"

他们都盯着我。这可能是我最后的机会了。我知道这很冒险，但是……"我们执行下一次探索任务时，你们都必须听从我的指示。如果你们听我的，我保证你们想听多少故事我就讲多少。"

"为什么？"苏马问。

"不应该问为什么。"我自信地说，"集团是一致的。"我知道这个说法很模糊，但听起来很像一个集团成员会说的话。

羽毛和卢比奥点点头，但苏马盯着我，似乎那些词语正在她的脑海里发酵。

卢比奥轻声地自言自语："嗯，讲很多故事……"

"我同意！"羽毛笑着脱口说道，"我会听从你的指示。"她站起来，双臂贴在身体两侧，"为了帮助集团。"

苏马皱起了眉头。"如果指挥权发生变化，集团不是应该通知我们所有人吗？"

这有点麻烦。但只要我能制造出脱叶剂，我们最迟明天就能去到萨根星球了。值得一试。

我的心跳加快了。我大胆地转向苏马。“大总管私下里跟我说的。”我想到了那个山洞，“我要带你们去一个潜在的定居点，测试它的安全性。我们还不能在任何人面前提这件事，以免他们抱有不切实际的希望。但如果我们成功了，这将是集团的巨大成就。”

苏马眯起眼睛看着我。

“如果你们想听更多的故事，就必须同意。”我说。

卢比奥抿起嘴唇。“我同意。”

羽毛蹲下来，满怀希望地仰头看着苏马。

“泽塔二号？求你了。”

这可能是我们逃跑的唯一机会，我不能让苏马影响其他人。

我抬起下巴，想起沃克西在电梯里和大虾说话的语气。“当然，除非你不同意大总管说的话。”

苏马没有回答，而是全神贯注地编她的辫子。辫子编好后，她深深地叹了口气。“我认为——”

门轻轻地开了，克里克走了进来，双手叠在腰间。“各位泽塔专家，来吧。”他的嘴唇上有一条蓝色的轮廓线。我们跟着他出去，到主甲板去吃我们的每日一餐。

就像往常一样，我从生物面包男孩的托盘里拿起我的那个小方块。就像往常一样，他没有做出认识我的样子。

流水线一如既往地为集团生产食物。我考虑要不要悄悄走到制作完成的生物面包堆前，再偷一些。但现在我不能冒这个险。在其他地方，一组人在修补几乎是崭新的连体衣，另一组人在打扫已经干净得发亮的地板。人们挂在安全带上清洁天花板，看上去就像悬浮在空中的灰尘。

早餐聊天组仍然站在一边。我再次靠了过去。没有了格利什，锤头鲨和其他同伴又恢复了乏味无趣的聊天。

我和羽毛、卢比奥、苏马花了不到一分钟就吃完了我们每天的定量食物。

我想起了家人在厨房餐桌上一起吃饭的时光。妈妈慢慢地喝着咖啡，有节奏地点着头，做她的填字游戏。哈维尔喋喋不休地谈论基因复活萌宠团的新成员，或者和爸爸争论十分钟，说他知道如果挖鼻孔挖得太深，就能挖到自己的大脑。而此时，我们只用四十五秒就吞下了生物面包。

吃完后，我们跟着克里克走出来，他带我们进了电梯，来到货舱。“重要的日子……重要的日子。”他说。

今天比克里克想象的还要重要得多。如果我能在实验室里完成脱叶剂的实验，没有引起怀疑，苏马也没有把我刚才告诉他们的事泄露给妮拉，我们就能在二十四小时内到达萨根星球，并永远留在那里。

电梯门开了，货舱里到处都是幽灵虾。他们正在把空的休眠舱从货舱中心搬开，动作就像一场精心编排的舞蹈，而准备卸货的金属物资箱则取代了休眠仓的位置。

这些休眠舱一个接一个地排列好，就像花园边上砌的一圈白砖。每隔四个休眠舱放着一桶发光的绿色休眠凝胶，提醒着我们，如果必要的话，它们仍然会投入使用。我不知道妮拉还需要多久就能制造出我们的替代者。我的胃里翻腾起来，像喝了酸掉的牛奶。

克里克领着我们往前走。空荡荡的配给室门口闪烁着蓝光。

我们穿过喧闹的人群，来到安静的实验室区。

"泽塔二号。"克里克朝一间实验室走去，"你需要帮助吗？"

苏马讥笑一声，扬起了眉毛。"不需要。"

我可以肯定她进去时瞟了一眼卢比奥，然后把门关上了。

克里克赞许地点点头。"好。下一个。"他继续往里面的实验区走去。

我们把卢比奥送到实验室时，他拍着手喃喃地说："现在，我可以开始工作了。"

羽毛走在前面，不理会我和克里克，突然向左一转，也进入一间实验室。她的纳米材料采集袋已经堆在她的实验桌上了，各种各样的岩石一块块地放在玻璃器皿中，旁边是一台光谱仪。她举起手挥了挥，关上了门。

"哼。"门在克里克面前砰的一声关上，他往后一闪，嘴里发出一声闷哼。

我和克里克继续走向实验区后面的角落。“听说你破坏了我的惊喜。”他说。

我的心猛地跳了一下。我清了清嗓子：“惊喜？”

“大总管告诉我，你已经见过艾普西隆五号了。”

“哦，是的。”我结结巴巴地说，“我等不及了。抱歉。”

“嗯，你很幸运有一个搭档。他很有才华。”

现在我更好奇那个老科学家在地球上是什么人了，竟然让克里克认为他天赋超群。

克里克打开门。艾普西隆五号不在里面。实验室里有一股化学品灼烧的气味。离心机的嗡嗡声逐渐减弱，最后停了下来。

培养箱的温度设置得太高了，三十七摄氏度，对于研制脱叶剂的实验来说完全没有必要。这种耽搁我可受不了。我赶紧走过去，把它重置到三十摄氏度，传感器发出了哔哔声。我知道这不是艾普西隆五号的错，他并不知道我在赶时间。我已经不得不撇下他独自离开了，如果再生他的气，会让我心里感觉更难受的。

“嗯，看来你已经很熟悉这里了。还有什么我能帮忙的吗？”克里克问。

我像赶蚊子似的挥了挥手，像其他人一样把他赶走。

他叹了口气，坐在门口的一条长凳上。

“你需要什么吗？”我问。

“不，不。”他回答，“集团只是想随时了解最新情况。”

“当然。”他监视着我的一举一动，但这并不会改变我要做的事。我有百分之九十九的把握，他根本不知道我们都在实验室里做什么。

我决定利用这个机会测试一份湖水样本，来验证妮拉说的话。我把样本放在空的离心机里，以便分析里面的颗粒物。剩下的样本，我则使用了检测试纸。不到一小时，我就知道湖水中含有一种未知的寄生虫，类似隐孢子虫，但没有重金属。我又测试了颗粒物，沉淀物不过是沙子。只要用净水吸管把水处理一下，完全可以饮用。

这也意味着我知道怎样处理那些湖藤了。我打开实验室最上面的抽屉，里面果然有一个火石打火机。我真不敢相信，在那么多的技术创新后，在一艘穿越银河系的飞船上，竟然还会出现我七年级化学实验课用的那种火石打火机。我抓起两个打火机和几块备用火石，迅速塞进了口袋。

我开始用一些湖藤熬汤，在一个五百毫升的烧杯里煮开。当煮沸的时间足以杀死所有的隐孢子虫，我避开克里克的视线，用镊子取出了一小块。我闭上眼睛，迅速念了个祈祷，把那一小块递到唇边，然后开始咀嚼。有点滑腻腻的，不如墨西哥浓汤，但比起生物面包来，我更喜欢它。我拍拍口袋里的火石打火机，感觉已经搞定了我们需要的两样东西——食物和火。我在心里挥了挥拳头，然后穿上防护服，开始研究脱叶剂。

我决定花一下午来研究怎么消灭那种能杀死我们的东西。然而，当我打开挂着红边叶子样品袋的冰箱时，袋子不见了。我转向克里克。“我的叶子不见了。”

他扬起眉毛。“你的叶子？”

我立刻认识到我的错误。“集团的其他样品都在这里，但我首先需要的那种不见了。”

他点了点头。“我相信艾普西隆五号会给你答案的。”

我笑了笑。“当然。”但我心里就像装满了水蝴蝶一样扑腾开了，“我先从其他样品开始吧。”

我考虑着哪种脱叶剂能同时对无害的地被和象耳叶起作用。当然，实验室里储存了大量的二氯苯氧乙酸和三氯苯氧乙酸，足以消灭萨根星球上的所有动植物。但这些地球脱叶剂中的化学物质，就像橙剂中的化学物质所做的一样，也会同时杀死大多数鱼类和哺乳动物，以及人类。显然，集团并不是要毁掉所有文物和“地球类”的东西。

我没有使用可能会对我们构成伤害的东西，而是混合了一种表面活性剂、氯化钠和醋酸的化学衍生物，也就是洗洁精、盐和醋。它可能没有妮拉想要的那种快速效果，但既然它能阻止邻居隆斯特太太种的玉簪钻进妈妈种的浆果丛，就应该也能杀死大叶植物和地被，而不对萨根星球的水和土壤构成污染。

我把树叶和地被的样本放在培养皿里，在上面喷了我的环保认证药剂。

下午晚些时候，艾普西隆五号回来时，我的工作已经完成了一半。他微笑着对我说："欢迎回来。"艾普西隆五号拖着脚走向工作台，一只脚微微向内翻，很像外公中风后的样子。他已经穿好了防护服，但实验护目镜还架在头顶上。

"谢谢。"我也朝他微笑，把已经了无生机的植物样本放在他面前。

"三氯苯氧基？"

"不需要。"我笑着回答。

我给他看了我用的原料。"这将更快地为集团提供居住条件。"

他点了点头。"干得不错，泽塔一号。"

克里克站了起来。"任务完成了？"

艾普西隆五号替我回答。"当然没有。我们还需要做一些调整，然后计算几个变量。"

我递给艾普西隆五号一个锥形烧瓶，他急忙跑到长凳的另一边，我们好像能读懂对方的心思。

他从隔板上望着克里克。"这可能需要相当长的时间。"

他说的没错，这确实需要一些时间，但我不知道他是不是也被克里克弄得很烦。我想，我和艾普西隆五号的关系会比我最初想象的更加亲密。

克里克叹了口气。"我去看一下其他人的进展，然后回来。”他走出了实验室。

就好像我们在一条流水线上合作了二十年，我和艾普西隆五号合作剪样本、处理器皿，不需要告诉对方正在做什么或下一步要做什么。唯一的停顿是，我注意到他会偶尔抓住自己的手，控制住颤抖。

过了一会儿，他从隔板下瞥了我一眼。“话说，我们昨天被大总管打断了。”

我想到星球上的景色多么美丽，但同时我也知道，如果我们在应该专心工作时开着窗户，克里克会起疑心的。

“我在想……”艾普西隆五号说。

“什么？”

“除了水蝴蝶，你还看到其他什么生物了吗？”他笑着问，我的心往下一沉。如果谁最有资格看到萨根星球的生物，那就是他。

我也笑了笑，然后他继续工作。

“嗯，我确实看到一个毛茸茸的、圆耳朵的家伙。”我说，我知道他不会明白迷你毛丝鼠是什么。我举起一个球形吸管。“差不多有这么大。”

我抬起头，看到他咧开嘴笑了。

我举起一个橡皮塞子。“耳朵有这么大。”

他笑出了声。“你认为那家伙危险吗？”

“我在这个星球上没有看到任何危险的动物。”我回答。

他的语气突然变得严肃了一些。“什么也没有吗？”

“目前还没有。”我如实地回答。

“嗯。”他继续剪下样本供我们对照。

“它在地上到处跑，”我继续说道，“吃掉每一片叶子，来填饱它那圆滚滚的小肚子，除了……”我指着那些红边叶子样本原来所在的位置，“当然，除了……你知道那个冷藏柜里的样品袋在哪儿吗？我们接下来需要测试那些。”

“哦，我忘了说了，集团决定让我立刻用它研制一些别的东西。”

我心里一紧，不明白他为什么要用有史以来最致命的一种植物的所有样本来测试脱叶剂。他一定是说错了，把“测试”说成了“研制”。“你完成了吗？”

他舒了一口气，眼睛睁得大大的。“哦，是的。根本没花多长时间。”他摇了摇头，“处理起来很危险，但是很容易提取。”

“提取？”我脱口而出，希望他是弄错了，“你的意思是根除吗？为了测试一种脱叶剂？” 我想到了走进实验室时看到的培养箱，那个设置条件是要培育某种东西。我感到脸上一阵发麻。

“不。大总管说得很明白。”他说，“制造一种半衰期短的空气毒素。它的效果立竿见影，但随后会让空气变得安全，适合人类居住。他们一定是发现了某种危及集团安全的生物。那种生物具有很强的威胁性，因此他们搁置其他的一切，研制出如此致命的毒素。”

突然间，我产生了一种失重的感觉，似乎脱离了周围的环境。当我在电梯里庆祝第一批先行者近在咫尺时，没有想到集团正在密谋消灭“敌对分子”。

“我们做了什么？”我低语道。我放下烧瓶，以免颤抖的手把它打碎。我已经全明白了。他们一定清楚地知道了第一批先行者的确切位置。如果我们回到星球表面，成功逃脱追捕并与他们会合，怎样才能阻止集团对我们所有的人投放毒药呢？

我只有一个选择，找到艾普西隆五号研制出的毒素，然后想办法摧毁它。我必须在明天出发前完成这件事。

“我花了整整一个单位帮助他们调节情绪。”艾普西隆五号指了指营养剂，“我很高兴能确保新的星球对他们来说是安全的。”

我想起了我对集团的了解。他们很害怕。他们已经明确表示要消除任何对他们构成伤害的东西。但他们不知道，一旦他们的表皮过滤器——

“等等。”艾普西隆五号的话突然触动了我的某根神经，“你花了整整一个单位？”我感到背上和头皮上如针刺一般。如果艾普西隆五号的重新编程真像看上去的那么成功（我知道对他来说撒谎是很难的），那么他已经脱离休眠期……“超过七十年了？”我低语。

如果艾普西隆五号已经在这里待了这么久，那么他们把他从休眠状态唤醒时，他的年纪应该比我还小。

“我已经解释过了，”他说，“当我们开始工作时，只有几个德尔塔[1]还活着。在德尔塔之前，是伽马[2]们为集团履行这些职责。”

我慢慢地吸了几口气，闭上眼睛。所有的孩子都和我在同一天进入休眠状态……如果他们没有被清除的话，那他们所有人，都是在没有关于家乡、地球和家人的任何记忆中度过了一生。我的脸不受控制地抽搐起来。

艾普西隆五号把他的样本放到培养箱里，转身回来。他脱下护目镜，摘下手套，放在桌上。

实验室的灯光照在他手上的一处棕色斑点上。这个斑点有点眼熟，我靠得更近了一些。在他布满皱纹的左手拇指上，有一片星星点点的、星座形状的胎记。

我身体发颤，连忙用手抓住桌子的边缘。

艾普西隆五号赶紧伸出手来。“我来扶你一把。”

我一把抓住他，瘫坐在椅子上。我把他的手拉近，用手指抚摸着那个胎记，就像我以前做了一千次的那样。

我说出他的名字时，声音在颤抖，这个名字已经有几个世纪没有被人叫过了：“哈维尔？”

---

1 第四个希腊字母 Δ，读作德尔塔。

2 第三个希腊字母 Γ，读作伽马。

24

新的毒素

艾普西隆五号——我的弟弟——把脑袋一偏。“你怎么了？”

我忍不住哽咽着哭了起来。我擦了擦眼睛，看向别处。“哦，天哪。”我又转向他。尽管他们清除了他的记忆，给他重置了程序，但我仍然认出来了，在这皱纹和苍苍白发之下的，是我的弟弟。

“泽塔一号？”他的声音听起来不那么生硬了，“你怎么了？”他的眼神就像许多年前我在他的床边撞痛了脚趾时一样关切。

如今，哈维尔的棕色眼睛因年龄的增长而变得浑浊，眼睛周围的皮肤也已然松弛。

他看向货舱。“我去找人帮忙。”

“不。”我说，“没事……我缓一缓就好。”

“你想喝点营养剂吗？”他拖着脚走向架子上那些红色、绿色、蓝色和金色的瓶子。

我喘不过气来。他甚至比外公去世的时候还要老。

我难以置信地看着他双手颤抖地把瓶里的红色营养剂倒进杯子里。当他急匆匆地往回赶时，我真想叫他慢一点。

他拉过一个凳子，坐在了我旁边。“要不要我叫医疗救助？”

我推开营养剂。“艾普西隆五号，你还记得你是怎么到这里来的吗？”我的声音还在颤抖。

他语速很慢，就像利塔在回忆童年时那样。“是集团决定什么时候把我们从休眠状态唤醒，让我们发挥最大的价值，就像你和其他的泽塔一样。但是……”他叹了口气，“其他的艾普西隆都老了。”他把一只手搭在另一只手上，紧紧捏了捏，低下了头。“现在都不在了。”他说。

苏马、羽毛、卢比奥和我……我们是最后一批。

我希望他还是当年的那个哈维尔，他说他会做我的眼睛。他愿意为我做任何事，我也愿意为他做任何事。

现在我知道利塔说的热血沸腾是什么意思了。就算哈维尔不记得了，我也不会把他留在这里，为这些人服务到死。

我用袖子擦了擦脸，让自己的声音平静下来。“艾普西隆五号？”

他把那杯营养剂递到我面前，似乎不知道还能怎么帮助我。我接过杯子，把它放下。我想拥抱他、摇晃他或冲他尖叫——让他想起自己是谁。现在我们有了脱叶剂，一旦风平息了，集团就会让我们返回星球表面。

“你知道我们明天要去星球上吗？”我继续说道。即使哈维尔无法和我一起长大，我也要过好和他在一起的每一天。

“知道。”他说，“探索任务。我等不及要听你——”

“我需要你的帮助。”我说。

他睁大了眼睛。“我的帮助？”

“是的。没什么可害怕的。”

“我不害怕。我会尽我的力量为集团服务。”他摇了摇头，“但是我不能去那个星球。大总管明确表示我的工作是在这里。”

我清了清嗓子，以免声音颤抖。“我也同意我们应该尽我们所能为集团服务。我会向大总管解释为什么我需要你陪我一起去测试脱叶剂。”

然而，如果他和我们一起登上萨根星球，然后集团释放毒素，消灭了我们所有的人，那所有的努力又有什么用？“我还在想……”

他探过身来。“什么？”

我不能再犹豫，我没有多少时间来销毁毒素了。“你能告诉我你把毒素放在哪里了吗？”

他疑惑地歪着脑袋。

“只是好奇。”我说。

他点点头。“我把它——”

门突然开了，妮拉和克里克走进了房间。

他们大步走过来，我和哈维尔都赶紧摆正姿势。

“脱叶剂快完成了吧？”妮拉问。

“是的。”我赶在哈维尔之前说道。如果他现在说错话，一切就完了。

妮拉对我们微笑。“你们俩完成这两项任务的速度和我预期的一样快。”

“只不过……”我加了一句。我指了指我那些丢失的红边叶子原来所在的地方，“我相信我能改进艾普西隆五号为你研制的毒素。”

妮拉盯着哈维尔。

“泽塔一号，你是说艾普西隆五号研制的东西有缺陷吗？”克里克问。

哈维尔盯着他们身后的货舱，他肯定是在思索自己漏掉了什么。

我朝他们走去。我不喜欢妮拉盯着哈维尔的眼神。

“不，不是的。”我迅速回答，“但我可以缩短半衰期，同时让它的性能增加十倍。”我得争取点时间来想办法把它销毁。

妮拉慢慢地走过我们身边，走向隐藏着窗户的白墙。

她按下按钮，白墙滑进了槽里，一道金光照亮了实验室。“但是，艾普西隆五号的毒素已经准备好，可以使用了。”她盯着萨根星球的表面说。

“是的，”我在后面大声说，“但只要这种毒素还没消散，人类在相当长时间内都无法占领这颗星球。”

妮拉把双臂抱在胸前，一动不动。没有人说话。她此刻在想什么？

我迟疑地朝她那边走了一步，感觉自己在接近一只老虎。“缩短毒素的半衰期，可以更早地占领星球。”我继续说道，希望能给她足够的诱惑，“药效增强后，方圆几公里内的动物不仅无法存活，而且会立即丧命。”

她深吸了一口气，肩膀随之上下起伏。

克里克站在她旁边。“难道我们不应该等着看看莱恩……看看我们表皮过滤器的效果吗？不会太久了。如果我们必须离开的话，也许根本不需要使用这种毒素。”

妮拉一直望着窗外的萨根星球。“就算我们离开了，谁说集团在未来不会需要这个星球呢？”她转过身，盯着克里克的眼睛，“最好现在就消除所有可能的威胁，即使它是在无数个单位之后的未来才显现。”

爸爸说的每句话都是对的。为了实现他们的目标——没有饥饿，没有战争——他们不惜做出最邪恶的事情。

我用最令人信服的单调语调——集团语调——说道：“我需要拿到一定量的毒素来做改进。”周围的景物在我眼前变得扭曲，就好像我们在磁悬浮车里拐了个急弯。“为了集团。”我加了一句。

房间里静悄悄的，只有离心机的嗡嗡声。

最后，妮拉朝克里克点点头，克里克走了出去。

我指着我用洗洁精、盐和醋调配的混合剂。“我们为你完成了这个。”我说，把哈维尔也算了进来，这样她就不会觉得他没用了，“它可以在几天内清除大部分的地被植物。”

克里克走回房间，递给我一个带金属支架的托盘，里面装满了小瓶子，瓶里是和有毒叶片颜色相同的亮绿色液体。他把托盘放在实验台上。

哈维尔喃喃自语。“也许我把培养箱设置得不合适。”

我现在还不能告诉他，他的毒药是有史以来杀伤性最强的。但一旦我们摆脱了困境，我就会告诉他，他有多么聪明，尽管他有可能差点儿终结了人类。哈维尔怎么可能知道，妮拉他们要消灭的“危险生物”就是像我们和我们的父母这样的乘客呢？

“艾普西隆五号？”妮拉把手放在他的脸颊上。我强忍着想把她的手拍开的冲动。

哈维尔的声音很轻。“什么事，大总管？”

“你还觉得自己有用吗？”她的声音比哈维尔的还轻，但她的话让我不寒而栗。

哈维尔皱起了眉头。“这个……”他犹豫着。

我想起了本，想起了很久以前，第一批监督员是怎样在本“没用”之后清除了他。我冲到他们俩之间，面对着妮拉。

“实际上，这是我的错，是我改变了温度设置。”

妮拉歪着脑袋。

“克里克看见了。”我说。

妮拉转向克里克，他睁大了眼睛。“啊，是的。泽塔一号坚持说有什么东西设置不当。”

妮拉深吸了一口气，歪着脑袋，点了点头，似乎接受了这个解释。“这是可以理解的。你刚刚升级的大脑正在练习如何更好地运转。”

“是的，大总管，正是这样。”我清了清嗓子，“我的大脑正在一天天变聪明。我想问问，艾普西隆五号明天能不能陪我去星球表面。我们俩配合得很好——我的知识加上他的经验。”

我看向哈维尔，他正握着自己的一只手，不让它发抖，然后漫不经心地把毒素推到了放着脱叶剂的工作台的另一边。他的手推动托盘时，小瓶子叮叮作响。

我的声音像哈维尔的手一样颤抖，但我没法让颤抖停止。“他的协助是对集团最有利的。”

妮拉眯起眼睛看着我。“你还有什么想要——”

当啷，接着是哗啦一声，从工作台的另一边传来震颤的回声。我们都盯着一排倒下的试管，我屏住了呼吸。

有那么一瞬间，我觉得整艘飞船都完了。直到看到洒出来的洗洁精冒出的那几个泡泡，我才长舒了一口气。

“对不起。”哈维尔说，弯腰从地上捡起装脱叶剂的试管的碎片。

他的处境越来越危险。我得赶紧把他弄下这艘飞船。

克里克清了清嗓子。“大总管，集团还在等着讨论我们的策略呢。”他朝亮绿色的毒药谨慎地点点头。

不管他们要“讨论”的是什么，只要涉及他们的未来行动计划，我就必须在场。形势怎么突然变得如此紧迫了？

妮拉的鼻孔随着呼吸变大。“我相信你今天就能把改良的毒素准备好。”她转过身，按下墙上的按钮，墙滑动着关闭，遮蔽了太阳和月亮的金光。

妮拉大步走出实验室，克里克跟在她身后。

我赶紧走到哈维尔身边，把台子上的碎玻璃拂进垃圾箱。

除了碎玻璃的叮当声，房间里很安静。我想告诉他，我很抱歉让他觉得——哪怕是一瞬间——他不如别人有价值。

“你真的知道提高药效的方法吗？”他问。

我还不能告诉他真相。

“艾普西隆五号？”我说。

“什么事？”

“从现在开始，由我来向大总管汇报。”

他盯着我，嘴巴微微张着。

我心里发紧，但我必须尽我所能保护他。“这是……这是对集团最有利的。”我说，用的是他可能接受的唯一方式。我咬着脸颊的内侧。这是为了他好，我的时间不多了。我必须在无人监视的情况下销毁毒素。“而且，”我迟疑地说，“我想，我一个人重做脱叶剂会更快一些。”

他瞥了一眼那堆碎玻璃。“你说得对。”哈维尔站了起来，膝盖嘎吱作响。他微笑地看着我。“我老了。如果我还能对集团有什么贡献的话，请告诉我。”他慢吞吞地走出了房间。

我目送着他离开，咽下喉咙里哽着的硬块。

我很想去追上他，拥抱他，对他说我有多抱歉。然而没有时间了。等我完成了必须做的事情，就可以在他的余生中好好地补偿他。

我匆匆跑到工作台边，用戴着手套的手握住瓶子，里面的东西足以杀死我一万次。

我摘下护目镜，在每一个架子上扫视，寻找能让毒素失效的东西。最好的解决办法是稀释。但飞船上没有足够的水来稀释这种浓度极高的毒药。我需要源源不断的水和氧气。

“凝胶可以无限期地保存细胞组织，消除衰老细胞和废物。它不仅能提供人体在长期休眠状态下所需的营养和氧气，而且凝胶中的利多卡因能麻痹神经末梢，使人在苏醒时不会因凝胶的低温而感到不适。”如果说到稀释，那么，还有什么比一种能在数百年里不断产生水和氧气的化学物质更好呢？

一旦我这样做了，就等于启动了一个无法停止的定时器。明天，在他们发现计划被破坏之前，我们必须离开飞船。

我自信地走进货舱，经过那些忙碌的工作人员，他们并没有多看我一眼。我走向最近的一个桶，旁边的空休眠舱上，橙色的发光按钮一遍遍地照出“付洁茹”的字样。我从桶里舀出一夸脱绿色凝胶，然后返回实验室。

我快步走着，知道妮拉的会议已经开始。我冲进实验室，关上门，把凝胶放在毒素旁边，然后穿上全身防护服，戴上一双新手套。

我的手指在颤抖。我加快速度，在有人进来盘问我之前，用滴管往每个小瓶里都滴了休眠凝胶。我跑到隔壁的实验室，找到一个测毒仪，又跑回来，用它指着第一个小瓶。它闪了闪，然后显示：LD50 为 0.001 纳克 / 千克。接着它又闪了闪，表示正在重新校准。LD50 为 0.0015 纳克 / 千克。凝胶正在起作用——杀死 50% 人口所需的剂量正在增加，意味着它的毒性正在下降。我又心急火燎地等了几分钟，LD50 升至 0.003 纳克 / 千克。休眠凝胶正在稀释毒素，但是……

“还不够快。”我低声说。我苦苦思索。超氧化钾？

我面前的化学试剂旁边就放着一瓶。就连早期的宇航员也会在宇宙飞船上使用这种物质制造氧气，这是有道理的。但可能引发爆炸的粉末与有毒溶液混合在一起，这风险太大了。

我在实验室里到处搜寻，看到了手套箱控制系统里的标准氧气喷嘴。速度不会很快，但此刻这是最好的办法了。我转动旋钮时，一股氧气嗞嗞地持续喷出来。我小心翼翼地把那些小瓶放进去，封好箱盖。

我戴着面罩，将头靠在有机玻璃窗上，把手伸进手套里，然后取下了毒素的盖子。我关掉实验室里的灯，按下“不透明”按键，把里面的东西隐藏起来。我在门口停住脚步，扭头看去，希望等我回来检查毒素时，LD50 的数值会是零。

25

第七和第八个故事：梦想家

就像举办聚会的那个夜晚一样，幽灵虾们聚集在大厅，薄薄的皮肤透着光，大总管妮拉站在另一头的一个基座上。从这个距离看，她显得那么小，但依然是那样令人生畏。

在我和妮拉之间，有一张跟我家卧室那么大的桌子，上面放着三层彩虹瀑布般的营养剂。每一种颜色的营养剂依次流入一个玻璃杯，把下一层的杯子灌满。最底下的玻璃杯几乎来不及灌满，就被人们端起来喝掉了。而生物面包男孩候在一旁，时刻准备着放上一只空杯子。

人群很分散，尽管如此，我还从没见过飞船的这一层有这么多人。

妮拉身后，投射着萨根星球金色和紫色天空的背景。

全息图上展示的，是我在萨根星球上看到的那三条瀑布，从山顶倾泻而下。然后我理解了这场派对的怪异布置，以及为什么要摆出这么多的营养剂。

高高的天花板上，持续闪烁着“牺牲”“奉献”“一致”的字样。

妮拉挥舞着双臂，瞬间，就像我们曾站在地球、月亮和哈雷彗星之间一样，萨根星球的表面突然把我们包围。周围不再是巨大的白色房间，而是摇曳着树木的森林和荡漾着蓝绿色湖水的湖泊，让人仿佛身临其境。每隔一段时间，全息画面上就会出现一点无人机故障造成的小瑕疵。

一个男人俯下身，想抚摸一只迷你毛丝鼠。另一个我在早餐小组中见过的女人在湖边探着身子，观察一群水蝴蝶发出的紫色光芒，而这里原本是白色的地板。即使是虚拟的图像，他们也没有资格看到这一切。

妮拉把瘦弱的胳膊在面前挥了挥，她的一只手穿过一片伸出来的象耳叶。“欢迎，集团。我非常高兴地向大家宣布我们的计划。”

我及时赶到了。我匆匆往前走去，挤过交织的人潮，一路猫着腰躲闪。我看到锤头鲨在前面，于是径直走过去，站在了他身后。

我仍然不知道我在实验室里所做的能不能毁掉那些毒素，更不确定能不能说服妮拉让哈维尔和我一起去萨根星球。

“在我们抵达萨根星球之际，恐慌也随之出现。”但她的声音听起来不怎么担心。“长途旅行损害了我们的身体状况。为了保护我们，我们的祖先改变了我们的基因构成。”

“我刚刚得知，我们集团的一名成员在探索星球的历程中离去了。”她提起莱恩的时候，语气里不带任何感情。

锤头鲨低下头，喝了一口营养剂。他抬起头时，脸上完全是一片茫然。

我的心怦怦直跳，好像喝了太多利塔冲的热可可。我已经知道这意味着什么。如果莱恩死了，这个星球对他们来说就不安全，他们就不会留下来。但是就像妮拉说的，他们还是会把这个星球准备好，为将来所用。我的时间比我想象的还要少。

“我们已经确定，原因是矮太阳离我们的表皮过滤器过近，导致了意想不到的反应。这次挫折并不令人失望，只是需要我们暂时调整计划，等重新配置了表皮过滤器之后再回来。”一个激光瞄准镜突然出现在妮拉身后的全息图上。她移动到目标所指的地方，就在最底层瀑布下面那片区域。“我们的无人机已经确定了一个居住点的位置。”

我的心在胸腔里翻腾。房间里混杂着窃窃私语和零星的掌声。我前面的人用手指着那条最小瀑布的下面。人群中出现一个缺口，使妮拉的目光能直接看过来。我又往下蹲了一点。

“我理解你们的困惑，”她继续说道，“因为我们的目标是避开敌对分子。现在仍是。”她举起一个小方盒，微笑着，似乎那是电视购物广告上的某种神奇黏合剂。“尽管如此，”光照在小方盒上，“在我们离开之前，我们仍要消除未来出现战争的任何可能性，来确保和平。”

就像在迪士尼乐园的恐怖塔里一样，我感觉脚下的地面在坍塌。在那个小方盒里，有一小瓶绿色的毒药在闪烁。我强迫自己保持冷静，希望小瓶子是密封的。她是怎么把它拿出来的？如果我不把它销毁，那一小瓶就足以毒死飞船上所有的人，更不用说已经着陆星球的那些人，还有我、哈维尔和其他孩子。但现在我没法把它拿回到密封的手套箱里，那样会暴露自己的。

“如果我们成功校正了表皮过滤器中的基因组成，集团就会重返这个星球。这可能需要几个单位的时间，但我们可以确保这个定居点属于集团，而且只属于集团。那些人摧毁了他们自己的星球，还想摧毁这个星球，阻止他们对整个人类来说其实是一种仁慈。这将是一个新的起点！”

“一个新的起点！”人群回应。

不冒险就无法跨越……我从人群中站出来，像一只乌鸦混在一群白鸽中。我笨拙地挥了挥手。

妮拉暗淡的目光看向我站着的地方。

“请稍等。”她走下基座，大步走了过来，手里漫不经心地拿着那个密封的小瓶子。

我慢慢地深吸一口气，空气嗞嗞地穿过我的牙齿。

妮拉走近我，一双眼睛好奇地看着我。“泽塔一号，你为什么在这里？一切都顺利吗？”

我微微一笑，平静地指着那个装在盒子里的小瓶子，似乎它是某种丢失的饼干配料。“我发现我们缺失了一些重要的东西。”我清了清嗓子，伸出手，小心翼翼地从她细长的手指间拿过小方盒。

她好奇地看着，我把小方盒稳稳当当地放进我的口袋。

“时间对药效来说非常重要。”我说。

她伸出手，把冰冷的手指放在我的脸颊上，就像对哈维尔那样。“相比于你们这类人……你很聪明。”

我们这类人？我恨得咬牙切齿，但现在还不是时候。

“也许还不够聪明。”但愿我假装的叹气不算太夸张。

她稀疏的眉毛皱在一起。“什么意思？”

我模仿她皱起眉毛，假装忧虑。“我担心，如果没有艾普西隆五号一起去，我们测试研制成果的最后一次任务可能会受到影响。”我说，做出失望的样子。“他的经验会很有帮助。” 作为强调，我掏出小方盒，举起来，“有这么多事情要做，时间却这么少。我需要离心过滤，然后转移，然后重新培养，然后——”

她微笑着凑近我。“当然。”

“艾普西隆五号‘当然’能陪我去吗？”我满怀希望地问。

“不，”她说，“你‘当然’可以回去工作了。”她把一缕散乱的头发别到我耳后，“没必要再执行探索任务了。”

我咽了口唾沫。他们马上就要离开了。

我退后一步，把小方盒重新装进了口袋。“我要去工作了。”我说。我转过身，头也不回地迅速朝电梯走去。经过营养剂瀑布时，我看到生物面包男孩把一只手放在额头上，盯着全息象耳树之间飞过的什么东西。营养剂从杯子里溢出，流到地板上，形成一汪红色。

如果我想活下去……如果我想让哈维尔活下去，让我的伙伴们过上真正的生活，就必须让每一个人都离开这艘飞船。事不宜迟。

但是首先，我需要让哈维尔恢复记忆，然后他才会同意离开。

* * *

我赶回我的房间，拿出采集袋，把事先藏好的吸管装进去。然后我卷起床垫，在上面盖了一条毯子。我以前偷偷溜到屋顶上去看星星的时候，这招很管用。不过在这里，没有洋娃娃约瑟菲娜可以让我把她的脑袋塞在毯子下面打掩护了。

和往常一样，卢比奥在打呼噜，苏马和羽毛在下面狭窄的隔间里静静地睡着。我突然想到，这将是他们在飞船上的最后一晚。今晚过后，他们将在睡梦中呼吸萨根星球上清新甜美、带豌豆香味的氧气。

羽毛在她的隔间里翻了个身。我低头看着她圆鼓鼓、粉扑扑的脸颊。哈维尔就是在她这么大的时候脱离休眠状态的。我无法想象羽毛在这艘飞船上长成一个老太太。集团把哈维尔困在那个愚蠢的实验室，偷走了他的青春。一想到有人孤独无依地度过这么多年，我就有一种晕船的感觉。我不能让这种事发生在他们身上。

让哈维尔恢复记忆似乎不可能，但我愿意冒死一试。无论我要做什么，都必须在接下来的几个小时内完成。

我拿起我的样品采集袋，希望它能让我看起来更像是在工作。我小心翼翼地把最后一小瓶毒素塞了进去，紧挨着那张我在种子库墙上发现的棒球卡卷。

我走进电梯时，低头看到妮拉的会议已经结束了，但是没有人离开。得知将在这艘飞船上度过余生，那些人在萨根星球的全息图像中转来转去，大口喝着彩虹瀑布里的营养剂。似乎是读懂了我的心思，“牺牲”这个词在集团那时时刻刻塑造着人们潜意识的天花板上一闪而过。

我走出电梯，把袋子背在肩上，沿着人群的外围穿过萨根的全息丛林，向种子库走去。

沃克西又在妮拉身边了。他看到了我，但没有做出异常的反应。不过，他今晚可不是作为一个拖后腿的小孩过来跟着玩玩的。他站在那儿的样子，俨然是他们中的正式成员。我希望他并不真的认同那天晚上妮拉在他们房间里对他说的那些话。以他所知道的，他会毁掉一切。但想到他将来会变成什么样，我也感到一阵难受。我朝沃克西点点头，继续往前走，一直走到房间尽头，然后穿过大厅，停在他们的门前。

我按下“2061”，迅速进了房间。我爬过沃克西的蜂巢隔间，屏住呼吸，把卷起的棒球卡塞进那个小洞。门滑开了。就像以前一样，一股冰冷的、松树小学图书馆的气息扑面而来。在房间的角落里，全息太阳系的金光在冰冷的雾气中诡异地闪烁着。

我冲向种子库的抽屉，差点儿被自己的脚绊倒。哈维尔那个发亮的标签文件袋仍然打开着。书还在我前一天放下它的地方。我把它抽出来，塞进了我的采集袋。

在我和哈维尔的标签前面，有一张标签上赫然写着：罗伯特·培尼亚。

我顿时泪眼模糊。我们离开时，我一直发愁自己要带什么，根本不知道，也不关心我的爸爸妈妈带了什么。我把手伸进爸爸的袋子里，掏出了他的念珠。每一颗红色、黄色或两种颜色混合的玉珠，都是他亲手凿下、打磨和钻孔的。就像他自己说的，所有的珠子都各不相同，却又相互补充，组成了有史以来最美丽的一串念珠。我找到的那颗珠子是金黄色的，带有一道红色的纹路，我觉得不够好，但它被串在了十字架的上方。我的喉咙哽咽了。

就像爸爸以前在教堂里做的那样，我用拇指和食指捏住一颗珠子，轻轻摩挲它的表面，然后再挪到下一颗珠子。我意识到爸爸的耐心就在每一个珠子里。他的爱与善，从珠子光滑的表面流进了我的手指。

我把串珠套在脖子上，它沉甸甸地压在我的胸口。

我又掏出了一张利塔和爷爷的照片。利塔穿着我曾祖母做的白色长裙，我曾经希望有一天我也能穿上这条裙子。她波浪般的黑发上，戴着一个由红色、橙色、黄色的玫瑰花和牡丹花编成的花环。爷爷穿着棕褐色的西装，他们手挽着手，笑得张大了嘴巴。

我打开我自己的袋子，掏出我的牛仔裤和 T 恤，塞进了采集袋。

埃米·培尼亚。我把妈妈的结婚戒指戴在手指上，很合适。看到妈妈的阅读器上写着，“够玩两辈子的《纽约时报》周日版填字游戏”，我笑了。我想象着她坐在厨房的桌子旁，一手端着咖啡，一手拿着全息传感器，把那些字母敲进去。“机智！”她会大喊一声，然后随着阅读器中响起的胜利音乐晃动脑袋。而每当周日版更新时，她就会对着填字游戏嘟嘟囔囔，更加用力地用全息传感器点着屏幕。

羽毛、卢比奥和苏马也应该得到他们父母的纪念品，但我没时间一一寻找。这时我想起了妮拉的话：“苏马·阿加瓦尔的余生都将是泽塔二号。”

我走到第一个种子抽屉前，找到“苏马·阿加瓦尔”，打开袋子。我抽出一个文件夹，上面用稚嫩的笔迹写着“绝密”。打开文件夹，里面都是独角兽的贴纸和图画。独角兽跳舞，独角兽唱歌，独角兽放出彩虹屁……

我掏出苏马的衣服。果然，她那件淡紫色的帽衫上有一只银色的独角兽角，从兜帽上螺旋着垂下。我把她这件神奇的卫衣和牛仔裤揉成一团，塞到了我的包底。

下一个亮着的标签是“普雷提·阿加瓦尔”。我拉开袋口，一股淡淡的丁香味飘了出来。我拿出一本婴儿书，打开，在第一页上按了按，书就唱了起来，全息影像立刻投射在我面前。苏马被两位女士抱在中间，其中一位是我第一天见过的，她们曾在小路上与我们擦肩而过。我按着键，翻过一页又一页，看到苏马和两位女士在公园里玩耍，吃比萨，比萨中间插着一根数字“5”的生日蜡烛，苏马在学悬浮滑板的画面在旁边一闪而过。在最后一张全息图中，苏马年纪大了一点，画面上只有苏马和我见过的那个妈妈。苏马的眼睛看着上面，不停地翻白眼，妈妈亲吻她的脸颊时，她的另外半边脸恼怒地皱成一团。我的喉头哽住了，费力地咽了咽口水。我知道，如果苏马脱离了集团，她会不惜一切代价换回那个吻。我想知道发生了什么事。她的妈妈离婚了吗？那位带酒窝的女士呢？我想到我还拥有哈维尔——尽管与我想象的不一样，苏马却是孤零零的一个人。

我真希望知道羽毛和卢比奥叫什么，然后也能给他们带回一些属于他们家人的东西。但我不会让他们感到孤独的。我和哈维尔会成为他们新的家人。

我一边把苏马的婴儿书塞进我的采集袋，一边走回种子库的入口。我像刚才一样爬出到沃克西的睡眠隔间，把卷起的棒球卡往小洞里一塞，门在我身后关上了。

我拿着鼓鼓囊囊的采集袋，从他的隔间里挤出来，放下袋子，站了起来。

我抬起眼睛，发现沃克西就在我面前，我刚才根本没有看见他。我把袋子背在肩上，就好像偷偷溜进种子库是一件很正常的事。

“你在做什么？”他问。

“来看看，你当时正忙着开会呢。”

“我们是有约定的。你一个故事都还没给我讲呢。”

我没时间讲故事了，而且妮拉随时可能来找他。我突然明白了，当我和哈维尔不肯睡觉时，为什么利塔的故事有时候更管用。

沃克西哼了一声，双臂抱在胸前，很像哈维尔在利塔面前的样子。“你答应过的。”

“好吧。”我叹了口气。此时此刻，利塔或贝尔塔姑妈会怎么做？“你知道哭女郎的故事吗？”

“是什么故事？”沃克西问。

我转过身来，用指甲敲了敲他的脑袋。“她是一个哭泣的女人，会偷走那些不肯乖乖睡觉的孩子。”

“为什么一个情绪不稳定的女人要把小孩从隔间里偷走？”他抓着自己的下巴，“她会把孩子带去哪里呢？”

我意识到，如果听故事的人一辈子都住在封闭的飞船上，这个故事是不起作用的。“我重新讲吧。”

“很久很久以前，”我讲道，“一个女人犯了个错误，爱上了一个既有钱又傲慢的男人。她太爱他了，和他生了几个孩子，但这个男人却不爱她，于是她溺死了自己的孩子，还有她自己。”

沃克西向后一缩，眼睛睁得大大的。“溺死是什么意思？”

我没有理会，继续往下说。“她的灵魂在地球上游荡，寻找她的孩子，嘴里露着尖牙，眼睛发着亮光。如果她发现有孩子醒着，就会以为那是她自己的孩子，然后把他们带走！”我向前凑了凑，“她甚至可能把他们吃掉。”我意识到，很多墨西哥的民间传说都很独特，令人毛骨悚然。爱、幽默、痛苦、魔法、迷失的灵魂，所有这些都编织成了故事，而在很多文化中，它们往往会被披上美好的外衣。

我甚至不知道这个故事最初是不是这样的，但这是利塔的版本，也是我知道的最有效、最恐怖的版本。它起作用了。

沃克西的眼睛睁得老大，好像哭女郎就站在他面前一样。“太可怕了。”

“闭上眼睛睡觉吧，沃克西。”

“我想我没法睡觉了。这算是什么故事？”

“能让你睡觉的那种故事。”我回答。

他嘴角耷拉下来，眼睛看向别处，眼皮低垂。“现在，我再也睡不着觉了。”

“我得去完成一些工作，我答应过大总管的。”

沃克西盯着我，把下嘴唇抿进嘴里，哈维尔以前也经常这么做。

“好吧，再讲一个。”我把他抱起来，放进他的隔间。我把毯子拉到他的脖颈处，在身体两边塞严实。“很久很久以前，一只小蚂蚁渴望做点什么，而不只是一天到晚地搬谷粒。”

沃克西呼了一口气，躺在枕头上。“我不知道蚂蚁是什么，但这个故事听起来没那么可怕。”

外面的走廊里传来脚步声。

沃克西低声说：“是哭女郎。”他的鼻孔张得大大的。

我一把抓起我的袋子，冲到门口，把后背贴在墙上。沃克西从他的隔间抬起头往外看，我把一根手指压在嘴唇上。门滑开了，妮拉走了进来。

“你好！”沃克西大叫一声，把注意力吸引到他那边。妮拉没有看见我，朝沃克西走了过去。

我屏住呼吸，绕过门框，溜到了外面的走廊里。等门一关上，我撒腿就跑，一直跑到第一个转弯处，拐向了电梯。

我按下通往货舱那层的按钮。我把哈维尔的书从我的袋子里拿出来，紧紧攥在手里。这能管用吗？如果艾普西隆五号不记得自己是哈维尔，他会有什么反应？我把他的书举到鼻子前，闻到哈维尔卧室淡淡的气味。必须成功。我把书放回袋子。

电梯继续下行，我到了货舱那一层。

电梯门开了，我走了出来。所有的箱子都被挪到了入口坡道附近，准备转移到萨根星球表面。但这件事不会发生了。宽敞的货舱中心一片漆黑，只有四周空空的休眠舱之间的休眠凝胶桶发出一点微弱的亮光。我赶紧跑到最近的那个桶边，撬开桶盖。我双手颤抖着，从袋子里取出最后那个小瓶子。我的指尖碰到休眠凝胶时，感到一阵刺痛和灼烧，然后变得麻木。我不能犯任何错误。我戴上手套，让小瓶子完全没进凝胶里，然后打开了盖子。我把它留在桶里，他们永远都找不到这儿来。我脱下手套，也一并扔了进去。

我紧紧地盖上桶盖，松了一口气。货舱之中唯一另外的生命迹象，就是实验室附近哈维尔的房间里发出的微光。

我朝他的房间走去，脚步声荡起回音。他一定感到十分孤独，被困在这个巨大的空间里，没有人一起说话、一起唱歌、一起吃饭。这会让七岁的哈维尔感到多么害怕呀。在他们把他叫醒后，他可曾有欢笑过或哭泣过？

每走一步，我的心跳就加快一点，简直要比兔子穿越沙漠时的小脚还要快。我走到他的门前，举起手想敲门。

我的胳膊僵住了。如果他在生气怎么办？如果他责怪我怎么办？如果……

门开了，光线照在他脸的一侧。“泽塔一号？你来这里做什么？”他的声音在我们周围回荡。

我把手垂了下来。

他用颤抖的手指着采集袋。“啊，你是来工作的。我不会打扰你的。”他说，把颤抖的手背在了身后。

他把手藏在背后，脸上微笑着，就像当年从我的篮子里偷走复活节糖果，以为我不知道藏在哪里。那个时候，我真想一把扭住他，把糖抢过来。此时此刻，我知道艾普西隆五号内心的某个地方仍是我的弟弟——那个把我的巧克力蛋藏在背后的哈维尔。他必须活下去。

我屏住呼吸，抬头盯着他，说不出话来。我想伸出手去握住他的手，让他想起一切，告诉他我不会让任何人伤害他，他不需要再掩藏颤抖的双手。

然而，这么多年过去了，猛然袭来的回忆洪流会对哈维尔产生什么影响呢？我的记忆就像一切发生在昨天一样鲜活，而他却在很长一段时间里都是没有记忆的。他会愿意和我一起离开吗？他可能喜欢我所讲述的在萨根星球上的所见所闻，可在他一生中百分之九十的时间里，他知道的只有这艘飞船。在很多方面，我仍然要比面前这个老人更为年长。

不管怎样，我仍然对他负有责任。而且我爱他。

如果我不能说服他跟我一起离开飞船，那计划就终结了。我是不会撇下他独自离开的。

我把采集袋放在地上。

“艾普西隆五号，你还记得休眠期之前的事吗？”我问。

哈维尔把脑袋一歪。“我告诉过你了，以前什么也没有——”

“那不是真的。”趁我还没有失去勇气，我说。我嗓子发干，使劲咽了咽口水。如果有人发现我不在休眠室，或者看到我的电梯是下降而不是上升……这是我最后的机会了。

如果我能让他找回记忆，他就会找回属于他的故事。而我们各自所讲述的故事，造就了我们自己。

“还记得那次我给你吃狗粮，骗你说那是格兰诺拉麦片吗？”我问。

哈维尔歪着脑袋。“什么？”

“还有那次，我们偷了外公的一支雪茄，想把它点燃。你拿着打火机，结果把我的头发烧焦了。”我笑了。

他闭了闭眼睛，然后盯着货舱那边。

"还有那次，妈妈在我们家后面的沙漠里散步时发现了受伤的小旋风，你和我给它想挖一个窝，这样就可以养着它了，可是我们的铲子铲坏了洒水系统，把整个后院都给淹了。"

他闭上眼睛，摇了摇头。"泽塔一号，我不明白。"

我叹了口气，俯下身，抽出他的书，一股家的气息飘散出来。"艾普西隆五号，我可以给你读点东西吗？"

他的前额皱成一团。

"就一会儿，好吗？"我后退几步，然后盘腿坐在了地上，像我们以前经常做的那样，只是哈维尔肯定不会蜷在我的腿上了。"可以吗？这会对集团有帮助。"我说。

他的眉头又皱了一会儿，好奇地盯着那本书，然后在我旁边坐了下来。"为了集团。"

我把书轻轻放在他的腿上。

他低头盯着封面，我的心怦怦跳着。

他的笑容凝固了，他伸出手去摸封面上的帝王蝶。"我……"他用手指抚摸着橙色和黑色的蝴蝶翅膀。哈维尔的皮肤和封面上那个女人和婴儿的一样。他抬头盯着我，皱起了眉头。

"我……我……我不确定……"

泪水充盈在我的眼眶。我曾经给他读过一千次，但如果他不记得我，这将是最后一次。

哈维尔歪着脑袋，又靠过来一些。他翻开第一页，低声读道："梦想家。"

我的声音在颤抖："有一天，我们把礼物装在背包里，走过一座像宇宙那样遥遥无尽的桥。我们到达了对岸，感到口渴，同时心生敬畏。"

我读了一页又一页，在他的眼睛里寻找记忆复苏的迹象，哪怕只是一点点火花。当读到他们进入新大陆，读到他们不理解的事物、他们的恐惧、他们的错误时，我提高了声音。他们像我们一样，想寻找一个有归属感和安全感的地方，直到找到了一个神奇的新家。我翻到孩子坐在妈妈腿上的那一页，我和哈维尔以前也是这样。我翻到有帝王蝶的那一页，橙黑相间的帝王蝶栖在书页上，似乎随时都能飞起来。哈维尔像以前一样抚摸它，一下，一下，一下。

突然，我面前的老人又变回了我的弟弟。我哽咽着念出最后几句话："书成了我们的语言。书成了我们的家。书成了我们的生活。"

我念完后，把书递给他，话哽在我的嗓子眼儿里。"你想拿着它吗，哈维尔？"

他的下巴在颤抖。他点点头，一滴眼泪从脸颊上滑落。

我没有动，也没有说话。妈妈总是说，你永远不可能知道一个人正在经历什么，有时候必须保持沉默，给他们时间。于是我们就这样坐着。最后，他深吸了一口气。

"哈维尔？"我伸手拍了拍他的手。

他抬起头。“什么？”

“你还记得吗？”我握着他的手问道。

他把颤抖的手放在我的脸颊上。对我来说，一星期前这还是一个七岁小孩的潮乎乎的小胖手，此刻，它却是温暖、干燥、枯瘦的。时间把他的皮肤变成了蜡纸。我们走过不同的路，穿越了银河系，但终于再次找到了彼此。他的声音在发抖：“彼得拉。”

兜兜转转，在茫茫的太空中，我们又回到了家。

“没事。”我哽咽着说，“不要害怕，我会保护你的。”

“到底是怎么回事？”他低声说。

我拿起书放在一边，面对着他。要说的话太多了，最后我只低声说道：“都已经不重要了。”

他点点头。“他们……”但他没有说完，低下了头。不知怎的，他一定已经知道爸爸妈妈不在了。而我也还没准备好把这话说出来。

我摇了摇头。他转过身去，盯着货舱另一边的入口。他想起来了吗？想起了我们和他们在一起的最后一天？后悔没有抓住机会去感受妈妈手臂的柔软？闻闻爸爸妈妈头发和衣服的气息？他没有，我也没有。我们谁也没想过那次告别竟会是永别。

哈维尔一直盯着远处。我们默默地坐了很长时间。

“哈维尔，你还记得我们匆匆赶往科罗拉多时的情景吗？在我放外套时，你抢占了爸爸旁边我的座位，还不肯还给我？”

他抬头看了我一眼。

“你还记得爸爸把我们带到另外一个车厢里跟我们说的那些话吗？”

他点了点头。当时爸爸的那番话让我很反感，现在他的话却突然清晰地出现在我的脑海里。

“你们得到了别人不惜一切代价也想得到的机会。”我重复着他的原话，“你们有责任代表我们整个家族。要善良。要努力工作。不要打架。”

哈维尔沙哑的声音接着说道：“我们是培尼亚家的。从这一刻起，我们所做的一切，都将给我们的祖先带来巨大的骄傲或巨大的悲痛。”他说完了爸爸的话。

“哈维尔。”我紧紧握住他的手，不肯松开，“我们必须离开这艘飞船。没有时间了。我需要你帮助我把所有的泽塔都带上穿梭机。”

为了逃离集团而离开飞船，对我们来说真的好吗？我们可能会死在萨根星球上。但现在有哈维尔在我身边，我似乎更容易做出决定了。

他的手开始颤抖，他把手从我的手中抽了出去。他低声嘟囔道：“我知道该怎么做。”然后，他微微一笑。

我擦去脸上的泪水，但我的心已经开心地飞了起来。现在我找到了弟弟，一切都会好起来的。但有件事似乎还在困扰着我……我想不起来是什么了。

货舱另一端靠近电梯的地方传来一阵嘈杂声。哈维尔惊跳起来。“待在这里别动。”他用眼神恳求着。他捡起我的采集袋——里面装着我们所有的东西，藏在了他的房间里。

“你要去哪儿？”他朝电梯走去时，我问道。

“做好出发的准备。”他转身笑了笑，“我去找其他泽塔。我知道该怎么说。”现在他拖沓的脚步快了一些，背也挺直了。我不知道他平时经历着怎样的疼痛。他绊了一下，但随即恢复了正常。我想跑过去，但没等我做出反应，他已经在货舱里跑得太远了。他是对的。我们俩在一起会更引人注意。

货舱里沉闷、寂静的空气在我耳边嗡嗡作响。我背上掠过一丝寒意。如果妮拉发现我们想逃跑，我们两人的性命就都完了。万一他和泽塔们被看到，我真希望他知道该怎么说。

我身后传来一阵杂沓的回音，似乎有一只动物在休眠舱和凝胶桶之间匆忙奔跑。我转过身，一动不动地坐着。实验室里一个人都没有，哈维尔往货舱的另一边去了。我在那些空舱之间扫视，寻找声音的来源。我的眼睛无法适应光线，一开始什么也看不见。然后，在我视野的中心，一个小脑袋从最近的休眠舱后面探了出来。

我屏住了呼吸。

沃克西。

他悄悄溜了出来，双手夹在腋下。

我叹了口气。“你来这里多久了？”

“我告诉过你我睡不着，你还没讲完那只蚂蚁的故事呢。”他的话响着回音，“我决定去拿这本书，可我偷偷溜进文物室时，书不见了。”

我使劲咽了口唾沫。

他继续说：“然后我去了你的休眠室，但你不在。所以我就来到这里，看到……”

“我想，读这本书能帮助艾普西隆五号适应新的星球。”

他垂下胳膊，两个肩膀耷拉着。“你在骗我。”

他什么都知道。在这个时候，与其继续说谎，还不如用故事取悦他更安全一些。“如果妮拉发现了这个，”我举起书，“还有其他的故事……”

“我知道。”他说，“我们俩都会有麻烦。”

“而且我再也不能给你讲故事了。我们是不是应该保守这个秘密呢？”

“只有我、你和艾普西隆五号知道？”他咧着嘴笑了，举止神态简直跟哈维尔小时候一模一样。

哈维尔随时都会回来。“我认为艾普西隆五号不会说出去的。”我说。

沃克西的嘴角微微上扬。“你能再读一遍吗？”他指着我手里的书。

任何人都可能走进来发现我们。但一旦我们离开飞船，我就不能再给沃克西讲故事了。他将永远被集团吞噬。他们从我和哈维尔这里偷走的东西，也会从沃克西那里偷走。

我们还有一两分钟。我又盘腿坐了下来，沃克西扑通一下坐在我腿上，就像哈维尔以前那样。“快念，快念。”他尖声说。

“梦想家。”我念道。

他摸着书名的字。“绿色，就像我害怕时喝的营养剂。”沃克西把头转向我。突然，他脸上的笑容消失了，他像兔子一样静止不动，等待着响尾蛇的袭击。

“沃克西！”妮拉冰冷的声音让我整个后背起了鸡皮疙瘩。

我像推冰球一样把书在地上一推，它滑到了最近的那个休眠舱底下。我把沃克西从我腿上推开。“对不起，大总管，我们只是……”我握着沃克西的手，我们站起来，转身面对妮拉。

我的膝盖在打战。哈维尔站在她旁边，脸上毫无表情。

他怎么会……

哈维尔不愿与我对视。

“你好，泽塔一号。”妮拉说着，朝我们走来，“或者我该叫你……彼得拉？”

26

再见，泽塔一号

妮拉和克里克押着我，走向净化区附近一个敞开的休眠舱。克里克抓住我的胳膊肘不让我跑。其实他不需要这么做，我已经全身麻木。我怎么会错得这么离谱？哈维尔明明已经想起了他的书，想起了我，他还像以前一样抚摸着书上的蝴蝶。

也许现在的哈维尔比那个曾经的哈维尔更强。我们一家人曾是多么相爱啊。也许，比起在萨根星球生活的梦想，集团在他心里占了上风。

“我们是培尼亚家的。从这一刻起我们所做的一切，都将给我们的祖先带来巨大的骄傲或巨大的悲痛。”

妮拉面对着休眠舱。净化室的灯更亮一些，空气比船上其他地方都洁净。他们激活了机器，发出嗡嗡的声响，这机器将抹去我的最后一点痕迹，彼得拉·培尼亚的最后一点痕迹。我不知道它这次会不会失灵。妮拉会确保它起作用的。至少当我真正成为泽塔一号时，我不会再记得爸爸对我们的希望，也不会记得哈维尔是如何出卖我的。

哈维尔和沃克西站在门口看着。

我摇摇晃晃地倒向一边，克里克扶我站稳。我抬头看着他。

克里克把目光转回到妮拉身上。我把胳膊从这个懦夫手里抽回，他没有跟我搏斗。克里克不再搀扶我，我脚下踉跄。

妮拉打开舱盖，示意我进去。

我无处可去。如果我被清除，我将不复存在。如果他们给我重新编程，我将不复存在。我咬紧牙关，一动不动。不管怎样，都结束了。

妮拉叹了口气，压低嗓音："如果你反抗，集团就只能清除艾普西隆五号了。我相信你能理解为什么。"

我瞥了一眼哈维尔，他和沃克西站在门口，双手搭在沃克西的肩膀上。我不知道他有没有听到妮拉的话，他甚至毫无反应。沃克西的眼睛睁得比我跟他讲哭女郎的故事时还大。他发出一种轻轻的、像打嗝一样的声音。哈维尔俯下身，在他耳边低声说了些什么。

我不会让集团清除他的。也许我即将成为的那个人——泽塔一号，即使她不是真正的我——会陪伴哈维尔。我抬起一条腿，迈过休眠舱的边缘，跨进舱里。另一条腿站立不稳，我一头栽了进去。

我刚躺下去，妮拉就按下控制面板上的一个按钮，束带滑出来，把我的腿套住，把我的胳膊固定在身体两侧。我抬起头，但克里克把一条带子箍在我的脸颊附近，带子套过我的前额，把我的脑袋固定住了。“一会儿见，泽塔一号。”

他的声音充满喜悦，没有一点恶意，就像要欢迎一位老朋友似的。

眼泪顺着我的脸颊往下流。我想战斗，而不是放弃。但这已经不重要了。我曾为了和哈维尔在一起而战斗，为其他孩子创造未来，成为一个了不起的讲故事的人而战斗。可是，如果我连自己的亲弟弟都无法打动，还算什么讲故事的人呢？利塔会为我感到丢脸的。我希望他们快点动手，速战速决。

妮拉坐在休眠舱旁边的一个凳子上，戴上手套，好像她是一名要给病人洗牙的牙医。“我没有机会和你们中的某个人交谈。你是一件文物。”她说，“真正经历过你同类那些经历的人，如今已所剩无几。为了利益，污染自己的空气、河流和海洋……让一些人挨饿，好让另一些人穷奢极侈。正是由于这些原因，集团才会存在。”

现在，我想说什么就可以说什么。我不再需要假装了。但我什么也说不出来，也无法直视她。她是对的。因为少数人的贪婪，那些事情确实发生了。但大多数人，比如我的父母，仍然对更好的生活抱有希望。

她停了一会儿，低头盯着我。“太有意思了。”

“你真的想和我讨论吗？”我问，“还是只想听自己说话？”

“我代表我们所有的人，代表集团发言。”

我把目光转向沃克西。他的嘴角向下耷拉着，我发誓我看到了他的脸色。我知道他内心的真实想法，我想告诉他不要害怕。告诉他，并不是所有的故事都有幸福的结局。他脸上显现出痛苦，这与他热切地想听故事的原因是一样的。每一个故事、每一个人都是不同的，有时显得乱糟糟，但是五彩斑斓，混搭在一起却很漂亮。

我的下巴不受控制地颤抖着。“集团最终不会成功的。你们麻痹自己，好抹去真实的自我 。营养剂，认知器……但你不可能通过编程抹去对彼此的爱和关心。”

妮拉放松身体。“你错了。我们关心。关心彼此，关心集团的更大利益。为了实现这一点，这么多单位以来，集团做出了很多艰难的选择。”

“你偷走了别人的生命。”我说。

她的脸色变得强硬。“需要牺牲……必须牺牲。”

“牺牲？我们失去了自己的星球！一百一十亿人！你们只有几百人！我们失去了家园、亲人和朋友。”我想到了本和他的弟弟，“监督员甘愿在飞船上度过自己的一生，以确保我们其他人安全到达萨根星球，那才是牺牲！”

眼泪从我的脸颊上滑落，顺着脖子往下流。

我们最后一次见到利塔时，她站在她家的门前，微笑着向我们挥手，就像是一次普通的告别。

“你根本不知道牺牲和勇敢意味着什么。”我深吸了一口气，“我们并不完美，但我们仍然希望成功穿越宇宙，让我们的祖先感到骄傲。”

“祖先？”妮拉笑着摇摇头，“了不起。一派胡言，但确实了不起。”

我意识到，他们都是在实验室里被制造出来的，是同一种人，他们感觉不到与祖先的任何联系。而地球上的我们拥有祖先，不是一种祖先，而是来自多种文化的祖先。

克里克清了清嗓子。“不受传统束缚让我们变得更理性。”他说，我不知道他是否真的相信这点。

集团不理解的是，通过尊重过去，尊重我们的祖先、我们的文化，记住我们的错误，我们会变得更好。

我在满墙的结婚照、出生证和苏马的婴儿书上看到了爱。妮拉、克里克……沃克西，永远不会得到那种爱。

妮拉倾身向前，在我耳边低语。“你的同类，无论多么低劣，都是独特的。我承认，你们这个物种有着某种……稀罕之处。”她向克里克示意，克里克把那个熟悉的盒子递给她，上面写着“可下载认知”，但这次不再是“儿童”，而是“成人”。我再也不会回来了。

妮拉打开盖子，里面有一个更大、颜色更黑的认知器。妮拉把脸凑到我的脸旁。“你虽然还有关于地球的记忆，但你也仍然证明了自己的价值。”她坐直了一些，取下认知器，“我们迫不及待地想知道，没有了对糟糕过去的痴迷，你能做些什么。”她把认知器放在启动装置中，并将其激活。认知器发出深紫色的光。“现在，彼得拉·培尼亚，你将在集团中度过十分漫长、毫无负担的一生。”

我心里一凛，想起了那种像蚂蚁叮咬一样的刺痛，忍不住瞟了一眼休眠舱旁边的凝胶桶。

妮拉循着我的目光望去。“哦，这次我们不需要那个。用不了多长时间的。”

我想转头去寻找哈维尔，却只能移动视线。我几乎看不到他的身影，趁我还是我自己，我必须告诉他最后一次。“我爱你。”我大声喊道。

然而，他即使心有触动，也没有表现出来。他没有动，也没有说话。当妮拉把认知器放在我的颅骨底部时，我用力挣脱束缚。这一次，认知器与我的脖子融为一体，像一块黄油似的柔软。一瞬间，我感到十分疲惫……

即将陷入沉睡时，我又瞥了一眼哈维尔的方向。他只是我视野边缘一个模糊的身影，但看上去那么像爸爸。

27

沿着有光的路

利塔、小旋风和我坐在松树下，利塔为我拂去额头上的散发。干枯的松针像一群鸟，在沙漠的热风中飞舞。利塔的光脚和白裙子的下摆灰扑扑的，似乎她为了和我在一起，走了很长的路。

“你听到风在呼唤吗，亲爱的？”

一阵暖风呼呼地吹来。“我听到了，利塔。”

兔子就坐在我们前面，对我扭动着鼻子。我看了一眼月亮，上面还是没有兔子的轮廓。

它抽动着耳朵，好像在挥手告别，然后蹦跳着跑向红色山脉。

我以前可能想跟随兔子。然而现在……如果这是我最后的记忆，我希望就留在这里。和利塔在一起。

“我不想离开你。”我紧紧搂住她软软的腰，“如果我再也找不到你怎么办？”

她用一只手托起我的脸。“我曾经告诉过你，你不可能失去我。”利塔笑眯眯地握着她的吊坠，眼角皱起细小的皱纹。她指着远处越来越小的兔子。“去吧，彼得拉。”她说，“跟着兔子。”

远处的山开始扭曲。“利塔，他们在给我重新编程。”

我伸手去握利塔的手，然而她已经不见了。我惊慌失措地站起来，围着那棵树转。小旋风慢慢地爬进树根下的洞里。

我把目光转向山脉，兔子几乎成了一个小点。

这次我冲了过去。当兔子跑进山脚下的那个小洞时，我已经上气不接下气。

风在呼啸，但它的气息中没有言语，没有任何线索指引我去往我该去的地方。

如果这一切都将结束，那终点应该在我们的那棵松树下，小旋风就在树下的某个洞里。

我想返回原处，但刚走出两步，吉他和小提琴的乐音就像从前一样响了起来，如同一个遥远的节日。我慢慢转过身。就在这时，悠扬的音乐中传来一段牧歌：

阳台上挂着
一个金色的鸟笼，

里面有一只云雀
在歌唱它的苦痛。

即使在这里，在这个梦中世界里，我也更相信我的耳朵，而不是眼睛。我闭上眼，追随着歌词，它讲的是一只麻雀把云雀从笼子里放出来，而云雀飞走后却背叛了它。麻雀孤独地唱着失去爱情的哀歌。

直到一只麻雀
来到它的笼边。
“只要你救我出去，
我就和你双飞双宿。”

吉他的声音越来越大，回声越来越小。音乐太吵了，我感觉到了身体的震动。

我睁开眼睛，音乐和歌声都消失了。

眼前有一条通往峡谷的小路，路边长着开着花的仙人掌，就像我所知道的一个故事。洛维乔？白莲花？伊斯塔和波波卡？为什么我想不起来了？仙人掌明亮的粉红色花朵像圣诞彩灯一样闪烁。

我向前走去，脚下的沙子变成了一条鹅卵石小路，朱红色的石头被数百万的前人踩踏，被磨损和磨圆了。既然已经有数百万人走过这条路，为什么我不能更勇敢一些？

我的脚步声啪嗒、啪嗒、啪嗒、啪嗒地响着。小路的尽头是一扇三米高的木门，门的中央有一条蜿蜒向上的金属藤蔓。其中一根分枝转向一侧，形成一个门把手。我伸出手去，门把手上的灰尘沾在了我的手指上。沉重的门吱的一声开了一道缝，刚好能容我侧身进去。我一吸肚皮，挤进了门缝。

门在我身后关上了，只有门框底下透进一丝亮光。前面的通道沉入黑暗之中。我张开双臂，手指擦过岩石墙壁。我迈了一步，差点儿从斜坡上摔下去，不得不向后仰着保持平衡。我继续往下走，外面的光线消失了，周围一片漆黑。

没有音乐。没有风。这是死亡的感觉吗？没有人握住我的手或引导我。

这次，集团成功了。我停下来。为什么还要往前？

似乎黑暗听到了我的问题，远处有一束光在闪烁。我继续往前走，把这束光作为我的指南针，终于走到了地道的尽头。一盏金色的灯笼在岩石拱门上闪烁着烛光，就像基督圣血山脉日落时的那一轮太阳。

我朝拱门外看去。

在一座房子的中央，烟从烟囱顶上懒洋洋地飘出去，整个房子笼罩在一种神奇的薄雾中。我嗅了嗅空气，是松树。我走进那座房子，闪烁的蓝色火焰近在眼前，我打量着周围的空间。像车轮上的辐条一样，一排排的木架子围绕在我四周。从地板到天花板，架子上塞得满满当当。我眯起眼睛，想看看兔子带我来这里想给我看什么重要的东西。当我意识到架子是什么时，我的心喜悦地欢跳起来。架子上摆满了书。

我倒吸了一口气，把手放在最近的书架上。整个房间都在嗡嗡作响，成千上万讲故事的人在书架里窃窃私语，那幽灵般的声音吞噬了我。

利塔叫我跟着兔子走，她是对的。哪怕我永远不会从这个梦里醒来，我也会很快乐。我找到地球的故事了！

但好像有点不对劲儿。一本书的封皮歪歪斜斜地挂着，像一只断了翅膀的鸟。还有许多书散落在地上。全息影像在房间里模糊地呈现，像幽灵的表演。表演者的声音几乎如耳语一般。在下一排架子上，有许多书要么断裂，要么碎成无法修补的碎片。

从一本书里出现了飘忽不定的全息场景，是一个戴头巾的老人在对一个衣衫褴褛的小男孩说话。“告诉你的心，对痛苦的恐惧比痛苦本身更可怕。[1]”

我看遍了那一排排架子。在成千上万的图书中，至少有三分之一是残缺不全的。这让我感到一阵心痛。

戴头巾老人的全息图也有瑕疵，他拍着男孩的肩膀时，我几乎听不清他最后说的那句话。“寻找梦想的心灵

1 出自巴西作家保罗·柯艾略的经典小说《牧羊少年奇幻之旅》。

不会感觉到痛苦。”

我不知道这本书，但希望能读到它。

不远处，一本《地海巫师》裂成了两半。这本书我至少读过五遍。我可以把整个故事复述一遍，但肯定没有厄休拉·勒古恩讲得精彩。看到书变成这样，我感到十分心痛，不知道还能不能挽回。我弯下腰捡起书，把这残缺的珍宝轻轻地放回到架子上。

阴影里有一个声音喊道：“彼得拉？”他模糊的身影站在书堆的尽头。那不是我的父亲，但是那熟悉的声音让我在一个陌生的地方有了家的感觉。

那人没有动，我也没有动。我不怕他，但我想不起来我是怎么认识他的。

他慢慢地走近。“你终于来了？”他从暗处走进了灯笼的亮光里。

我认出了那乱糟糟的头发和那副圆圆的眼镜。“本？”我低声说。

在他身后，一个土著守护者的全息透明影像正在平静地低声诉说，讲述着一条鱼创造世界的梦幻故事。他的身影变得模糊不定，声音也变得含糊不清。

本的眼里闪着泪光。“对不起。”他说，低头盯着散落的书，“我想挽救它们来着。”

我伸手去摸本，又把手缩了回来。这太真实了，不可能只是一个梦，因此，我有点担心这个本到底是什么。

“你是真的吗？”我问。

“就把我当成……地球最后的图书管理员吧，让我看起来像……一个你信任的人。”他环顾四周，骄傲地微笑着，“但我可以帮你找到任何东西。确切地说，任何残片。本已经尽力了，他把他能找到的东西都抢救出来，传输到你的认知器中。”

我转过身，看到了地球故事的丰富宝藏，想起了本最后的那句话。“一个没有故事的世界是迷惘的。”他把它藏了起来，藏在了我的心里。“本尽力了……”

“我是一个应用程序。”图书管理员继续说，好像他有一个必须讲完的脚本，“我会在我们的交互中做出调整。本的下载补丁奏效了，”他推了推一本摇摇欲坠的书的书脊，可是他的身形不完整，只能把书塞进去一点，“至少部分奏效了。现在，你必须保护好留存下来的这些。”图书管理员的形象忽明忽暗，像一盏闪烁的门廊灯。

我把手伸过去，把那本书继续往里推，但就在我这么做的时候，我发现我自己的手在褪色。很快我就会成为泽塔一号，这一切就都不重要了。这个房间和本努力保存的所有故事都将消失。随着我被重新编程，这个本也很快会消失。

“本早就知道，”我轻声对自己说，“知道他们会对他、我的父母、我的弟弟做什么，知道他们马上要对我做什么。”

我转了个圈，环顾着被魔法迷雾笼罩的图书宝库。“不过，他尽力了。”

“本会为你的家人感到难过的，彼得拉。”图书管理员说。

我从没想过会在这里感到悲伤。但这是真的，悲伤像巨浪一样冲击着我。

图书管理员抬头向左看，似乎在检索他存档程序里的什么东西。“本知道他的选择是明智的。”他笑着说，“当你需要我的时候，我就会在这里，尽我的能力修补。”图书管理员皱起了眉头，“实际上，我想我是无法离开的。”

我低头看着我的胳膊，我变得更加模糊了。“本，我不会回来了……”

一本书从架子上翻落下来，封面裂开了。一个脸上有文身的男人的魂魄，拿着鱼叉从破损的手稿中飘出来，嘴里叼着一支战斧形状的烟斗。我不认识这个角色，但我立刻就喜欢上了他。

本弯腰去捡那本薄薄的书，书却从他的指间滑掉了。他困惑地盯着它。“我稍后再做这件事吧。”

妮拉和集团正在彻底抹去他的家，这不是图书管理员程序的一部分，消失得无影无踪是他不能理解的。等集团的做法得逞后，这些故事就会消失。

“他们在给我重新编程，本。”

他没有理会我。“有了这些，”他匆匆把一本书放回书架，然而他又一次出现了故障，他的手穿过了那本书，“你就能把故事带到一个新的世界。”他说话的声音跟本一模一样，“无价之宝。”

编好的程序让他不断地保持和存有希望。但即使他只是一个程序，他也是对的。我可以用这里的故事为我们的新世界创造新的、更好的故事。这一闪而过的念头，让我为那不会再发生的事而心生喜悦。

虽然我随时都会离开，但我现在知道自己是谁了。我不是科学家，我不是爸爸妈妈希望我成为的那种人，我就是利塔认识的那个我。我是一个讲故事的人。正当这个念头充满我的思绪时，我在一个书柜的玻璃里看到了自己的影子。比图书管理员的身影还要模糊。

玻璃旁边，在一个鹦鹉螺壳形状的木头小书架上，一些图书以螺旋状放置着。我微笑着走过去。这些图书保存完好：亚当斯、巴特勒、厄德里奇、盖曼、莫里森……

我转过身感谢本的努力。他盯着此刻滚滚上升的浓烟，眉头紧锁。“你必须马上离开，彼得拉。”他说。

房间、书架和壁炉都在突突跳动。我把《地海巫师》从书架上抽出来，捧在手里。我坐在壁炉旁的地上，盯着火苗。“本，我是走是留都无所谓。”这是我这么长时间以来最幸福、最安全的时刻。

本的全息图像出现了故障，但他的声音变得急切。

“你不……不能……不能留下来。你……你……你……必须醒过来，彼得拉。”

松木的烟尘，以及有史以来最优秀的人物们所说的那些话，充斥着我的感官。“我不想离开。”

图书管理员的声音焦虑万分：“你想回来的时候，我会在这里。你真……真……真的必须走了。”

我闭上眼睛。如果我已经被重新编程了，这就是我思想的终点，这就是天堂。“我决定留下来。”我回答。

什么东西在轻轻拍我的腿。我睁开眼睛，看到兔子毛茸茸的脚在蹭我。“醒醒。”它说。

我没有理它，又躺了回去。我已经完成了任务。我盯着袅袅上升的烟雾，听着周围的窃窃私语。兔子又在说话，但声音变了。现在它的语气更强硬、更威严，它嘴里传出的是利塔的声音：“彼得拉！”

我睁开眼睛，兔子旋转着融入雾的旋涡。利塔站在薄雾中，白色的长裙和蓬松的头发在风中飘动，她吊坠上的黑曜石闪着奇异的光泽。

我微笑着坐起来。“利塔，你来了。”

她在地上跺脚，房间都跟着颤抖。“醒醒，起来！”她喊道，“快！”

28 如果重新来一次

我强迫自己睁开眼睛。哈维尔俯下身，用一只胳膊把我扶起来，另一只胳膊弯在我的脖子后面。他颤抖的声音在乞求：“请一定要醒过来。”

我脖子后面像被打火机烤着一样灼痛，接着，疼痛一下子消失了。当啷，当啷，当啷，是金属球在坚硬的表面弹跳的声音。哈维尔用冰冷的、皮肤苍老的手捂住了那灼烧的地方。

他紧张地低头盯着我，表情和很久很久之前一样。“别担心，彼得拉，我会做你的眼睛。”他曾说。

“你好，你知道你是谁吗？”他问。

我的头靠在他的胸前，一声啜泣从嘴里滑出。他拍着我的后背，就像他做噩梦时妈妈拍他的后背那样。

“我知道我是谁。”我在他的连体衫上擦了擦鼻子，然后坐起来面对他，“你知道你是谁吗？”

他微微一笑，看向了别处。“你一直醒不过来。”在他身后，昴星团公司的紫色照明灯带排列在驾驶座旁，我们现在在穿梭机里。“我以为自己犯了一个天大的错误，你再也不会醒过来了。”他说。

就在刚才，我以为能在我的大脑图书馆里度过永恒的时光。我以为那就是天堂，但我更喜欢和哈维尔在一起的这一刻。

“我想我差点儿就迷失了。”我说，“但这不是你的错。”我把手伸到脖子后面。我的胳膊动作缓慢，像一只树懒去抓树叶。“我醒不过来，大概都怪那个成人认知器吧。”

“我很抱歉。我想，我只有这个办法能够帮助你。”哈维尔咕哝着，架住我的腋窝，把我抱到座位上。“当时我正要去找另外几个泽塔，却碰到了妮拉，她问我有没有在货舱的休眠凝胶桶附近见过你。”

我意识到他们一定是看见我扔掉了最后的那个小瓶子。

“我别无选择。我不得不假装……”他的声音变成了一声小小的哭泣，就像他小时候一样。穿梭机引擎的嗡嗡声越来越响，让我感到头疼。

就在我们对面，在座位上系好安全带准备出发的是苏马、卢比奥和羽毛，他们盯着我。“你们都在。”我微笑着说。

“泽塔一号怎么啦？”羽毛问哈维尔。

他清了清嗓子。“看来，泽塔一号从集团下载的升级程序让她感到非常疲劳。没什么大碍。”他言之凿凿地说，“凭着她的新智慧，她会带领小组到达最后的研究地点。”

苏马揉了揉眼睛。“艾普西隆五号，你确定我们现在就离开吗？”

“是的。”他回答，“集团明确表示，这件事需要比预期更早完成。”

卢比奥指了指外面。“风太大了，我们现在没法在星球表面工作。”

哈维尔把采集袋放在实验台的柜子里，袋子里装着我偷来的所有东西。“风很快就会停的，你们需要在最佳时间赶到那里。所以，别浪费时间问问题了。”

他面对着他们三个，声音突然变得像妮拉一样严厉而生硬。他指着我说道：“每个人都必须听从泽塔一号的指示，否则就要对集团做出交代。”

我尽量坐得挺直一点。

哈维尔在我旁边坐下，膝盖嘎吱作响，他对我轻声耳语：“大总管很快就会知道的。你知道该去哪里吗？”

我迟钝的头脑还在回想妮拉的全息图：那个最小的瀑布和瞄准镜里的图像，显示了他们发现第一批先行者的地方。我感觉脑袋有一千磅重。“我想在我可以在下一次起风之前把大家带到那附近。”我看了看驾驶座，庆幸还有我和哈维尔的座位，这样我就不用站着导航，把我们五个人带上萨根星球了。

哈维尔把手放在我的脸颊上，就像利塔以前那样。“你会有一个辉煌的人生。”

由于哈维尔的随机应变，我和他仍然还有机会。“我们都会有的，哈维尔。”我笑着说。接着，我瞥了一眼苏马，只见她眉头紧锁。“但我们得快点了。”

他深深地叹了口气，用双臂紧紧地拥抱着我。我感到他的身体在颤抖。当年我去参加为期一周的秃鹰夏令营时，他就是这样拥抱我的。他在开学第一天走进幼儿园时，也是这样拥抱我的。“对不起，彼得拉，这是唯一的办法。”

“哈维尔，快点。帮我到驾驶座那儿去，你得协助我驾驶。”

“他们随时都可能来，我必须留下来，请理解。”他低声说。哈维尔站在原地，眼睛里噙满了泪水。“如果我的这一小段旅程是为了给其他人一个机会，那么这将让我们的父母和祖先感到骄傲。”他转过身，拖着脚朝穿梭机的门口走去。

“哈维尔，你在做什么？”我喊道。

他在门口停下来，然后转过身。“再见了，彼得拉。”

他的声音在颤抖，“我也爱你。”他刚一走出去，穿梭机的门就关上了。

我手忙脚乱地去解安全带。“不，不，不。”我的身体却不听使唤，我使劲用拇指按着按钮，但怎么用力都不够。“哈维尔！”我喊道，“站住！”

透过舷窗，我看到哈维尔把自己锁在了飞船的遥控驾驶室里，确保妮拉和其他人无法干扰这次飞行。他的脸在遥控驾驶的灯光下泛着红光。我的身体随着嗡嗡作响的引擎震动。

我感到胃里一阵翻江倒海。

砰的一声，穿梭机滑出停泊点，落在发射轨道上。我最后用力一按，安全带松开了，我的身体从座位上摔了下来。我立刻冲向门口，落在了苏马的脚边。她盯着我看，好像我出现了程序故障一样。

我费力地爬起来，跌跌撞撞地冲到舷窗前，双手按在窗玻璃上。在我的周围，整个穿梭机机舱都沐浴在红光中。我无力阻止它。在飞船的遥控驾驶室里，哈维尔专注地盯着面板，但我敲窗时，他抬头看了一眼。他的嘴角向下耷拉着，眼睛也是。他按下面前的某个东西，穿梭机旋转着，冲向发射口外的辽阔天空。

萨根星球上闪烁着的紫色和蓝色的大气层微光落在哈维尔身上。此刻，他一只手捧着他的《梦想家》，另一只手拿着穿梭机的遥控器。我们继续旋转，我绝望地看着他，哽咽得越来越厉害，最后，他消失在了视野之外。

我跌跌撞撞地回到驾驶座。眼睛睁得老大的卢比奥、苏马和羽毛看着我走过。我把操纵杆推向对接站，但它没有反应。我使劲按空挡开关，但引擎的嗡嗡声还在继续。“不，哈维尔！”我跑回窗前，大声尖叫，知道已经太晚了。

引擎的呜呜声响起，我们进入了平流层。我在控制台和座椅之间的过道上摔倒了。

羽毛解开安全带，跳下来扶我。卢比奥也想过来扶我，羽毛举起一只手阻止了他。我重新站起来后，她赶紧又给自己系上了安全带。

她生气地对我咆哮：“泽塔一号，你会受伤的！你是在拿我们的任务冒险。”

我跑回门口，双手用力地拍打，泣不成声。这不是我们所梦想的。“为什么？”

哈维尔离我越来越远，我再也无法回到他的身边了。

就在我的注视下，飞船的发射口发生了一个小爆炸，一条发射轨道歪到了一边，另一条则完全脱开了。我无法呼吸。他是为了确保我们再也无法回去。

“什么声音？”羽毛喊道。

幸亏他们被安全带绑住了，看不见。“没什么。”我望着门外回答，“只是电击造成的雷声。”风暴来得正是时候，我希望我的谎言能令人信服。

我看啊看啊，直到飞船再也看不见了为止。我站在驾驶座的控制台边，尽我所能做了各种尝试，但穿梭机没有反应。即使它有反应，哈维尔也知道，凭我的驾驶技术，在没有轨道的情况下是不可能把我们安全带回去的。

“泽塔一号？”卢比奥喊道，“如果你受伤了，我们就必须中止任务。”

我没有理会他，瘫倒在驾驶座上。我无法回到哈维尔身边了。

高度计提示道：两千六百米。

妮拉已经怀疑哈维尔的价值了。他的颤抖，他犯的错误……我本可以保护他的，然而现在，他帮助我们逃跑所做的这一切，已经决定了他的命运。

系住我心脏的最后一根绳子也要断了。

我低头望着萨根星球，望着那些树，它们好像是我娃娃屋村庄的院子里的树。以前哈维尔生我气的时候，会偷走我的微型娃娃，藏在三齿拉雷亚灌木丛里。直到冬天到来，我才能找到它们，灌木丛的枝杈深处突然间到处都是那些塑料小人儿。

“一千五百米。”即使隔着这么远的距离，也能看到浪花随着狂风在湖面上涌起。根据东边山脉的位置，我知道我们正在接近着陆点。

那是我应该和哈维尔手牵手走下穿梭机的地方，就像他上幼儿园的第一天那样。妈妈正在松树小学门前和他的老师说话，哈维尔把我的手捏得生疼。“从这里看很吓人。”我安抚他道，“但只要进了里面，你就能找到小朋友和你一起玩儿，还可以探索游乐场。我保证，哈维尔，你会爱上它的。”

“四百米。”穿梭机在风中来回摇摆，片刻之前看上去还像是微缩景观的树木，突然变成了真实大小。“两百米。”

发光的、形状不规则的水蝴蝶群如同蜂群那样在蓝绿色的湖水中飞舞。我为什么没有多花点时间向哈维尔描绘那些水蝴蝶？我第一次对他讲述时，他露出了苍老的、牙齿残缺的微笑。此刻我拼命眯起眼睛，不去想他的笑容，我本可以做得更多。我回头看了看苏马、卢比奥和羽毛。我再也不走捷径了。

“一百米。”我们的下降速度逐渐减缓，但穿梭机在阵风中左右颠簸。

我现在还有什么选择？即使我能找到那些星球建设者，而且他们有办法把我们弄回飞船，我也来不及救哈维尔了。

“十米。”病乌鸦惨叫般刺耳的警报声刺穿了空气，我们正以异常迅疾的速度逼近地面。

就在穿梭机即将着陆时，一声啸叫像来袭的导弹一样击中了我们。羽毛和苏马用手捂住了耳朵。大风把穿梭机向前吹，我们滑向湖边。我从座位上飞了起来，卢比奥伸出他的两条长腿，在我从他身边滑过、撞向金属控制台之前挡住了我。穿梭机猛然停了下来，起落架发出刺耳的声音。

我听到穿梭机的坡道在下降。哈维尔没有浪费时间。

引擎的嗡嗡声变小了。几秒钟内，坡道门打开了一半。热风冲进穿梭机，提醒我们外面的状况。尽管哈维尔把我们送到了星球表面，我们仍然是不安全的。

突然，穿梭机的引擎停止了运转。随着砰的一声，备用灯光开始闪烁。我做了最后一次努力，按下了穿梭机的系统开关，但没有反应。我用手拍打坡道的收缩按钮，也没有动静。我知道，哈维尔切断了电源，他把我锁在了控制系统外面。

我想象集团发现他的所作所为后会采取什么措施。我瘫倒在座位上，伤心地哭了起来。

羽毛走近我。“泽塔一号？”

我用双手捂着脸，做了几个深呼吸。

“有什么问题吗？”苏马问道。

我的指甲扎破了手心。等妮拉找到穿梭机，就会来抓我们，那时候她和集团已经对哈维尔做了惩罚。如果我们待在这里，就会让苏马、羽毛和卢比奥失去获得自由的机会。我们不能停留。

我看了苏马一眼，她的胳膊下夹着头盔。

“戴上你的装备。”我低声说。

我做出最后一次尝试，按下了我衣服上的通信按钮。“哈维尔？”根本没有任何迹象提示他能听到我的声音。我别无选择了。当我关掉追踪仪时，我的下巴在颤抖。我再也听不到他的声音了。我穿上防护服，抓起挂在座位后面的头盔。

卢比奥一边把防护服套在他的衣服外面，一边好奇地看了我一眼。我赶紧过去，假装要帮忙，把他的追踪仪也关掉了。我帮羽毛也做了这件事。可是苏马已经穿好衣服，而且已经起了疑心。

当我拉上防护服的拉链时，碰到了胸口的一个凸起。我往下压了压，感觉到爸爸的念珠挂在我的脖子上，就在我的衣服下面。我低头看了看我的手指，顿时惊得喘不过气来。妈妈的结婚戒指不见了，一定是妮拉把它拿走了。

至少哈维尔把我的采集袋给我带来了。我把装着我们无价之宝的袋子从柜子里拉出来，背在肩膀上，把它的带子系在腰间。

等我准备就绪时，其他人已经在通往坡道的门口等着了。我来到他们身边，轻轻把门打开。热风吹进了穿梭机。湖水在湖面上拍打着，挡住了我们的视线。

既然湖在前面，我就知道那个山洞在哪里了。

我提高声音，让他们在风中都能听到。“我知道一个避风处，我们先去那里，等风停了再说。”

一片巨大的象耳叶，有一辆悬浮汽车那么大，在坡道底部被风吹得摇摆不停。如果我们站在那里，四个人都会被刮走。

“为什么不待在这里？”苏马睁大眼睛问。

我看了一眼穿梭机。一旦集团把发射轨道重新调整好，就可以远程操控将穿梭机收回，然后派人来找我们。我不能让哈维尔为我们白白做出牺牲。“就像艾普西隆五号说的，我们不该对集团有所质疑。这是命令，我们是来服务的。”我为这样操控他们而感到内疚，但哈维尔是对的，这会确保他们服从。

苏马叹了口气，恪尽职守地点点头。尽管害怕风暴，她仍然顺从了。

卢比奥、苏马和羽毛一个接一个缓慢地走下穿梭机的坡道。他们在遮阳篷的下面等着。羽毛的缕缕头发在风中飞舞。

我把袋子紧紧地系在腰上，跟在他们后面。

虽然有穿梭机的阻挡，但狂风仍然拍打着我的脸，混杂着沙土和水滴。我戴上头盔，看到其他人也这么做了。我按下了面罩。

呼啸的狂风中，一个微弱的声音在我身后呼唤。“泽塔一号？”

我数了数前面的三个人——苏马、卢比奥、羽毛——确保他们都在。移除了认知器，我的大脑肯定还在调整。

我使劲揉了揉眼睛，竖起耳朵，继续听。

“泽塔一号？”那个声音又喊，这次更响了。

即使是在萨根星球的温暖空气中，在防护服的温热的包裹下，我全身的血也一下子变冷了。我转过身，看到了一只最小的幽灵虾，弓着肩膀站在坡道的顶端。

“沃克西？”

29
故事还没有结束

我像妈妈以前那样低声嘟囔着："你到底是怎么想的？"

此时，羽毛、卢比奥和苏马正在前面五米处的坡道遮阳篷下面等着，而我则匆匆跑回了穿梭机。

我单膝跪地。"对不起，沃克西，你必须留在这里。"

他的下巴在颤抖。我想起了七岁那年在沙漠植物园迷路时的感觉。

"别担心。妮拉会发现你失踪了，然后想办法把你找回去的。"这话不完全属实。我不知道妮拉要多久才能找到他，但是他待在穿梭机里，还是比和我们一起在萨根星球上更安全。

我把双手放在沃克西的肩膀上，想着莱恩的遭遇。他先是感到恶心，然后皮肤上起了水疱。我凑过去，严厉地说："沃克西，你不管怎样都不能离开这个穿梭机。"

他的肩膀往下一垂。"求你了，不要离开我，泽塔一号。"

我把他拉过来搂抱了一下。"你为什么来这里？"

"我看到妮拉和其他人对你做了什么。我不愿意像他们一样。如果我回去，我也会成为他们中间的一分子，集团的一部分。"

想到沃克西要遭遇的那些事，我感到不寒而栗。

他低下头。"而且……我还想听故事。"

我怎么会没有预见到呢？他是对的。他应该拥有这一切。他害怕的时候，集团里的那些人会握住他的手吗？他们会给他讲故事来让他放松心情吗？

对我弟弟来说已经太晚了，但是也许，我可以给沃克西一个哈维尔未曾拥有过的童年。

"如果我和你们在一起……"沃克西怯生生的声音低了下去。

我咬紧牙关，一滴眼泪在我的面罩里滑落。"如果你和我们在一起，你就是沃克西。"我说，"只是沃克西，一个有自己故事的男孩。"

他倔强地咬紧牙关。"那我选择做沃克西，有自己故事的沃克西。"

我从钩子上拽下一件防护服，手忙脚乱地给他穿上，然后关掉了他防护服上的追踪仪，确保他们也无法追踪到他，然后给他戴上了头盔。

我把头盔扣紧，压下气闸。头盔吸得很紧，保护他在星球上不会受到伤害。

他的声音发闷，就像从瓶口对着里面说话一样。“他们会来抓我吗？”

我把一个空的采集袋挂在他的肩上。把他找回去可能会给集团带来危险，但我想起了妮拉在他身上投入的所有时间。我觉得妮拉的计划都是为了他。

“现在来不及考虑这个。”我朝瀑布的方向看了一眼。一天之内就能走到，但我们还需要去拿山洞里的食物。我叹了口气，哈气模糊了我的面罩。“沃克西，你确定吗？在这个星球上生活很不容易。我们不会再回去了。”

他点了点头。

“好吧。你要答应我，严格按照我说的做。目前，你只是来协助我们采集样本的。”

他苍白的嘴角上扬，头盔上下抖动。我拉着他的手走下坡道，来到其他人身边。

他猛地刹住脚，倒抽了一口气。

我惊慌地弯下腰，确保他的面罩是合上的。我往里一看，只见沃克西瞪大眼睛看着湖面，脸上挂着一个巨大的微笑。他目瞪口呆地望着高耸的群山，然后望着天空。

他举起双臂，像魔术师在表演魔术一样。“看哪！”

我意识到，这是沃克西第一次看到除了飞船贫瘠的白墙和蓝光之外的东西。

“你好，沃克西。”羽毛说，好像他在这里是一件再正常不过的事。

就在这时，一阵风刮来，卷起无数的小石头，砸在穿梭机的侧面。

“你确定我们不在穿梭机里面等一会儿再走吗？”卢比奥问。

我想到妮拉可能已经发现沃克西失踪了。

我刚刚失去哈维尔，此刻没有心情给他们编故事。“集团需要我们尽快到达研究地点。”我说，希望这足以说服他们。不等其他人提出反对，我就和沃克西挽起了胳膊，其他人也跟着做，我们几个人连成了一串。

“准备好了吗？”我往外踏出一步，离开遮阳篷的掩护，进入狂风中。风速至少有每小时四十公里，如果我们不连在一起，几阵风就会把我们全刮跑。

“喔喔喔。”沃克西尖叫着，双脚踏在长满苔藓的地面上。

在萨根星球的昏黄光线中，我们透过灰尘和薄雾看到了湖面。我们到达水边后，转身朝丛林和远处的山洞走去。狂风冲击着我们的链条，但我们紧紧地抓着彼此。我每隔几秒钟就回头看看，确保大家都还在我身边。

羽毛和沃克西的防护服像狂风中的防水布一样，在他们小小的身体上呼啦啦抖动。

丛林边缘的树木顺着风的方向往东倾斜，怪不得它们的树干都是弯的。

我们用了平常两倍的时间来到洞口。藤蔓在风中摇曳。洞里，金色和绿色的光点在地面上跳动，像一个个小精灵。这亮光使我想起了我大脑中的图书馆，想起了那盏召唤我进去的灯。但是在这真实的世界里，这些亮光只是这避风港里发光的小虫子。

我把藤蔓撩到一边，用力挥手让其他人进来。苏马从我身边走过时，我的目光一直紧跟着她。现在唯一能追踪到我们的办法，就只有她防护服里的那个小装置了。如果我能让它失灵，他们就只能通过搜寻我们的热信号来寻找我们了。我们最好能尽快找到第一批先行者，沿途可以躲进山洞或寒冷的湖泊，以避开他们的追踪。

挨着狭窄的洞口，苏马、羽毛、卢比奥和我摘下头盔，把它们放在地上，然后大口喘气。空气暖融融的，有一股矿物的味道。

沃克西开始解他的头盔。

我掀起他的面罩。“在洞里的阴凉处才能解下，出去必须戴上头盔。”我立刻想起了在寻石者州立公园里爸爸让我戴头盔的情景。

和我当年一样，沃克西理解地点点头，但一双眼睛没精打采的。

我们的头盔在洞壁前面摆成一排，就像家门口的鞋子一样。

我第一次走进山洞的深处。地道变宽，通向一个更大的洞穴，那些星星点点的山洞幽光融合在一起，成为一条发光生物的洪流。这次，我吃惊的喘气声比沃克西刚才还大。那些跑来跑去的小生物发出的金色和绿色的光，在洞壁上闪闪烁烁。

从大洞穴分出去几条小地道，看上去就像利塔的火蚁群雕塑，只是要大得多，而且还发着光。

沃克西嘴巴张得老大。苏马和羽毛似乎有点被震住了。我微微一笑。

我后退几步到山洞口，伸手去拿我存放在石台上的生物面包。一个毛茸茸的东西顺着我的胳膊爬下来，吓得我失声尖叫。它从我肩膀上往下一跳，跑出了山洞，是一只迷你毛丝鼠。接着，我的心往下一沉。

我抓住一个生物面包盒的边。破损的盒子从石台上掉下来，一点面包屑也不剩了。我又伸手去拿另一个盒子，它已无影无踪。

我后背一阵刺痛，嘴里突然感到发干。我们很快就需要食物了，此时此刻也不可能在湖边待上几个小时，采集藤蔓来吃。留给我们寻找第一批先行者的时间更少了。我又走回其他人身边。

卢比奥用手指戳了戳一道诡异的绿光。“真有趣。很难判断它是化学发光的脊椎动物还是生物发光的细菌。”他从袋子里拿出他的大气读表，“这可能需要花点时间。”

“我们不会在这里待太久的。”我强忍着眼泪，哽咽着说，“风一停，我们就得动身去研究地点。”

卢比奥把读表塞回口袋里，失望地皱起了眉头。我想对他说我们可以下次再来，就像爸爸答应我定期带我去寻石者州立公园旅行一样。但我现在知道有些事我们无法控制，最渴望的事情并不总能实现。

我们没有食物。如果不能尽快赶到先行者的定居点……

风在外面呼啸着，对我发出嘲讽。

苏马讥讽道：“好像有点不对劲儿。为什么要把我们丢在这里，却跑到别的地方与我们会合？也没有清理出一个飞船的着陆点。”

沃克西面对着苏马，双手叉腰，言之凿凿。“这都是真的。集团叫我来帮忙的。”他朝我使了个眼色。

我的肩膀耷拉下来，我摇摇头让他别说了。

苏马俯下身盯着他的眼睛。“你到底来这里帮集团做什么？”

他挺起胸膛。“我是专家，专业是——”

“沃克西，求求你，别说了。”我说。

苏马一步步向我走近，跟我几乎脸贴着脸。“在前往新的研究地点之前，我要向大总管核实这项新指令。”她抓起她的袋子朝洞口走去。

“站住！”我没想到自己的喊声这么大，把大家都吓了一跳。我站起来，拿起我的收集袋。“跟我来，泽塔二号。”我从苏马身边走过，避开其他人，来到山洞狭窄的洞口。成败在此一举。

我咬着脸颊内侧的肉，等着她追上来。我背对着洞口，风在我身后呼啸，藤条拂过我的防护服。苏马站在我面前，肩上挎着袋子，山洞的幽光在她身后如同一道背光。我深吸一口气，把手伸进袋子里，慢慢掏出了苏马的紫色独角兽帽衫。我拎着肩部把它举起来。

苏马凝视了许久，慢慢地歪过脑袋，皱起了眉头。她伸出手，把帽衫拿了过去。

她把帽衫贴在脸上，深深地吸了口气。

我从袋子里掏出她的婴儿书，翻到前面的一页。叮的一声响，苏马和两位女士的全息图像投射到我们中间，苏马仔仔细细地看着。

“你还记得吗？”我低声问。

她看看周围的岩石，好像突然注意到我们到底在哪里。她伸手去触摸其中一位女士，书翻到一半的位置，这位女士就没有再出现在合照中了。

哈维尔是被我们共同的回忆所触动的，但我没法用苏马生活中的往事来帮她回忆，只有这些照片。我指着全息图像里的她。“这是你。”

“是的。”她讥笑道，“我知道是我。”

我的心怦怦直跳。难道那么容易吗？“你知道这是你，泽塔二号？或者，你认识这个全息图像里的女孩？”

她沉默不语，眼睛盯着画面。

我指着那两位女士。“她们是……”

“我的妈妈。”她低声说。

我翻到最后一页。婴儿书又响起叮的一声，我们中间突然出现了苏马的妈妈，她在亲吻全息图像中的苏马，苏马在翻白眼。

“她在哪儿？”苏马问。

现在不是时候，还不能告诉苏马我看到了普雷提·阿加瓦尔的空舱。“我也不知道到底发生了什么。”我说。

“你为什么带我们来这里？”苏马的声音在颤抖，“我要找到她，我要回到飞船上去。”她朝洞口走了一步。

“不行！”

她身子一缩，停住了脚步。

“既然你还记得这些，那么你一定也清楚，如果集团知道了，他们会对你做什么。你还记得你第一次脱离休眠状态时，大声呼唤妈妈的情景吗？”我问。

苏马低下头，盯着手里的帽衫。

“我记得。”我说，“如果你回去被他们抓住，他们会给你重新编程。我敢说你就再也不会回来了，他们会确保这一点。而到了那个时候，就没有我在你身边提醒你是谁了。如果你连自己的妈妈都不记得了，那你对她还有什么用呢？”

我知道我不顾一切寻找爸爸妈妈的感受。只要我能回到他们身边，我愿意孤身一人与整个集团战斗。

“我知道你想要妈妈。”我轻轻地说。

现在还不能告诉她真相。她的妈妈已经不在了，她什么也找不到了，而我们父母曾经乘上的那艘飞船很快就会离开这里，再也不回来了。我把一只手放在她的肩上，她挣脱了。

“我们需要找到第一艘昴星团飞船上的人，第一批先行者。”

听我提到这艘飞船，苏马抬头看了一眼。

我继续说道：“我需要你的帮助，把我们带到那里。”

她盯着穿梭机的方向。“到那里需要多长时间？”

妮拉说他们在二十五公里内。“如果运气好的话，我们可以在下一次风暴来临之前赶到。”

苏马盯着那些晃动的藤蔓，迅速把独角兽帽衫套在头上，把婴儿书塞进她的袋子里。“那我们走吧。”

我长长地舒了口气。当我伸出手关掉她防护服里的追踪仪时，她甚至没有什么反应。

她的下巴颤抖着，眼睛里充盈着泪水。“我希望我们找到我妈妈时，她会造一个热裂变室，把大总管塞进去。”她眯起眼睛，“我妈妈会把集团拆成无数个碎片。”她跺着脚回到山洞深处，背对着我，但我看到她举起手擦了擦脸。

“我们照泽塔一号说的做。”苏马大声对卢比奥和羽毛说，“风已经变小了。”她又从我身边走过，拿起她的装备，“我们现在就出发。”我知道她一定很伤心，但我很高兴终于还有一个人也记得往事。风尚未完全停息，还有百分之二十再次刮起的可能性，但我不想和她争论。

我尽量让自己的声音显得很镇定。“除了沃克西，所有的人都把头盔和自己的袋子留在这里。目的地有我们需要的一切。”这些装备只会增加我们的负重，我们得先找到那些人，然后找个山洞住下，湖藤可以做我们的食物。“就像艾普西隆五号和泽塔二号说的，你们需要听从我的指示，这是集团的命令。”

卢比奥抻了抻他的衣服，羽毛抚平她的头发，准备工作。他们和苏马一起出发了。沃克西整理了一下他的防护服，检查接口处是否已经封好。

“泽塔二号是怎么回事？”沃克西问。

“她现在叫苏马。”我回答。我把装着我那些宝贝的袋子背在肩上，“从现在开始，你得记住我们的真名，沃克西。”

他把头盔戴在头上。“我听见妮拉叫你皮特拉。”

我轻声笑了。“彼得拉。”我纠正道。

“不管怎样，都是个好名字。”他说，“泽塔三号和四号呢？”他盯着羽毛和卢比奥。

他们的名字不该由我来起。“还不清楚。”我回答。

“她到底怎么了？”他又问了一遍，“苏马……”

“她想念她的妈妈了。”我回答。我想起了妮拉房间里沃克西的那个小隔间，想起了妮拉是怎样培养他的。“说不定哪天你也会想念妮拉或克里克的，沃克西。”我把袋子绑在腰间。

“我不再属于集团了。”

我记忆里的一个小点被触动了。我在他面前蹲下，有个问题我必须问他。

“沃克西，当妮拉和克里克把我弄回休眠状态的时候，艾普……艾普西隆五号在你耳边说了什么？”

沃克西笑了。“他叫我不要害怕，他说他有一个计划，他还说你的故事还没有结束。”

他扣紧面罩，从藤蔓间走出了山洞。

我微笑地看着眼前这个出逃的小家伙，他在一艘飞船上过着隔绝的生活，从来没有奔跑或玩耍过，也许只在没人看到的时候大声笑过，而他最喜欢的颜色可能是透明。

我跟着他走出山洞，其他人都在洞口等着。

“他们在哪个方向？”苏马轻声问道。

“瀑布那儿。”我回答。

她点点头，凝视着遥远的湖对岸，眺望远处冰冷的山脉，水从高山上倾泻而下。

羽毛的目光则死死盯着苏马的独角兽帽衫，脸上带着疑惑但嫉妒的表情。

我们向湖边走去。没有了狂风裹挟着灰尘和水汽，现在应该能看到穿梭机了。

但穿梭机不见了。

30
第一个故事：火蛇回归

我眼睛灼痛，视线模糊。穿梭机消失，只能说明他们已经修好了飞船上的穿梭机停泊点，哈维尔也被发现了。

我知道，哈维尔不在了。

我回头看了一眼山洞。我多么想回到洞里，蜷缩成一团，躲在那些安全的岩壁间，靠着对弟弟的回忆生活。那是多么容易啊。继续前进能得到什么呢？我爱的一切都已经离我而去。地球、利塔、爸爸、妈妈、哈维尔……

没有食物和水，这段路途太遥远了，我们甚至可能走不到那里，可能找不到第一批先行者。

我闭上眼睛，哈维尔的声音在我脑海里响起，仿佛他就在我的身边。“如果我的这一小段旅程是为了给其他人一个机会，那么这将让我们的父母和祖先感到骄傲。”

我急促的呼吸声在耳朵里显得有点发闷。如果将来我有机会讲述一个老人勇敢拯救我们的故事，我一定会大胆尝试。

“我们走吧。”我拉着身后的沃克西，走过苏马、羽毛和卢比奥的身边。我建议苏马走在队伍后面，把他们三个夹在我们中间。“大家跟紧点。”我说。

我们在湖岸边像鸭子一样排成一队，向湖的东侧走去，向那个最小的瀑布进发。

东边吹来的冷空气与西边逐渐消退的热气混合在一起，薄雾在湖面上翻滚。西南方向的天空泛着粉红色，在薄雾断开的地方,在湖面上投下了彩绘玻璃般的美丽倒影。

我们沿着湖岸往前走时，成群的水蝴蝶尾随着我们的影子。湖面下，金色和紫色的波浪形光球一路跟随。

即使隔着面罩，我也能听到沃克西在咯咯笑。我一回头，正好看到他挥舞着双臂，吓得那些冒险来观察我们的水蝴蝶匆匆飞回了光团中。安静了没多会儿，又听到他防护服呼呼拍打的声音，咯咯的笑声又响起来了。羽毛也会时不时地跟他一起玩。我听着他们和这些易受惊吓的生物嘻嘻哈哈地玩闹了两个小时。换了别的时候，我会求他们停下来。

但是妮拉和集团很快就会追来。如果这是沃克西最后一次享受这种乐趣呢？如果妮拉在我们赶到定居点之前找到我们，天知道集团会怎么惩罚他。

在接下来的五六个小时里，我们几乎都在默默赶路。我知道他们都和我一样又累又渴,但我丝毫没有放慢脚步。

起初，我以为那轰隆声是我的幻觉。但拐了个弯，轰隆声变成了咆哮。前面，平静的湖上掀起了波澜。苏马从队伍里跳出来，超到我前面去，脸上带着坚定的笑容。我赶紧追上去，其他人紧跟在后，我们到了河边。汹涌的白浪在水面上激荡。河的正对面是茂密的树林，树林后面就是那个最小的瀑布，甚至不到一公里远。瀑布下，邻近的地方，还有一片田野。一个绝佳的定居点，正是妮拉瞄准镜里的地方。

“你怎么看？”苏马说。

风很快会再度肆虐，眼前没有山洞或其他避风处。我们个个走得上气不接下气，又饿又渴。我摇了摇头。“我们找个安全的地方过河吧。”

“到研究地点还有多久？”羽毛闭着眼睛问。不知道的人还以为她站着睡着了呢。

苏马在沙滩上走了几步。“这个地方看上去就很合适。”

我知道她很想回到妈妈身边，但我们很快就安全了，这时候冒险不是一个好办法。“水流看上去太危险了。”我指着不远处一个较宽的、波浪较少的过河点，“那儿怎么样？”

无人机清晰的嗡嗡声震动了空气。

苏马张大了嘴，我们四目相对。

它正在快速逼近。声音很响。太响了。

沃克西紧紧抓着我的胳膊。我们盯着远处的一个黑点，它就在我们来的方向，在湖面上很高的地方。随着声音越来越近，我发现那不是一架无人机。

是一大群无人机向我们飞来，就像一群蝗虫。

但这些无人机并不是人畜无害的样品采集无人机，也不是寻找失踪儿童的救援无人机。每个无人机的基座上都有一个喷雾器，用于喷洒药物，清除植被。让我心跳骤停的是它们后面的透明液罐，里面装满了亮绿色的液体。

我头皮一阵发烫。我忘记了。

这些罐子足以让我们五个人毙命。片刻之前还那么平静、安宁的空气，现在被它们的嗡嗡声震动着。我想到了实验室里的那些小瓶子。我后来没有再回去检查它们。我犯了一个致命的错误。

苏马用胳膊肘推了推我。“它们是什么？”

我无法回答。

“太壮观了。”卢比奥脱口而出。

“各位，”我用颤抖的声音喊道，“不要惊慌。”

“为什么要惊慌？”羽毛高高挥舞着双臂，“是集团的无人机。但这是什么类型的无人机呢？”她问。

沃克西站在我旁边，急促的呼吸声透过头盔闷闷地传出来。他使劲捏我的手，捏得我生疼。

无人机离我们更近了，它们组成一个小小的三角形，转向南朝我们飞来。数量太多了，看上去像一艘坚固的飞船。

苏马把羽毛的手按下去，朝她探过身。“别让它们注意到我们。”她的眼睛直盯着羽毛的眼睛。我很高兴苏马此刻是跟我站在一边的。

虽然机会渺茫，但冰冷的河水可能是我们唯一的生存机会了。他们会游泳吗？要是我们把头盔带来就好了。都怪我。

我抓住沃克西的手，转向苏马。“我年龄最大，”我说，“我先下水。你在队尾，尽可能让我们大家站稳。”

苏马抓住羽毛的手。其他人也纷纷效仿，我们一个连一个，沃克西牵着卢比奥的手，卢比奥牵着羽毛的手。“不要放开彼此的手！”我一边喊一边涉水过河。冰冷的水渗进了我的靴子，突然间，我仿佛回到了上飞船的第一天，回到了我的休眠舱里，凝胶在我身上流动。水流汹涌地冲击着我的双腿，我回头看去，大家一个接一个地蹚进水里，无人机离得更近了，嗡嗡声甚至比河水的轰鸣声还要响。走到河中央，我再回头看，大家都下到深水里了。河水没过了苏马的腰，她和我一样努力坚持着。不过无人机还离得很远，我们还不必屏住呼吸。

水花溅到了我的嘴里。河水像一条横冲直撞的斗牛犬，猛撞我的腿，撞得我失去了平衡。我想找个落脚点，但暗流太湍急了。沃克西把我的手捏得更紧了，终于，我站稳了脚跟。我们像一条多脚的蜈蚣一样在河里行走，眼看就快到对岸了。

我用脚踩住对岸的河床，再一次稳住了队伍。

沃克西抬头看着我，眼睛里都是泪水。即使在河水的咆哮声中，他虚弱的声音也让我的心里一沉。“这都是因为我。”他说。

无人机就在我们头顶上，嗡嗡声震耳欲聋。我没有时间向他解释，不管他有没有逃出来，这件事都会发生。“大家都钻进水里！”我吼道。沃克西的眼睛睁得大大的，就像利塔给我们看鸡舍里那条死去的响尾蛇时哈维尔的眼睛一样。

“我们不会有事的，沃克西。别害怕，你的头盔会给你氧气。”

我抓住他。“准备好了吗？”

这个可能从未真正洗过澡的孩子摇了摇头。

我像训练哈维尔一样训练他。“一，二……”

我们潜入水下，我睁开眼睛，看其他人是否安好。在汹涌的激流上面，我看到一道黑影挡住了穿透水面的阳光。如果只是一架无人机，我们不会注意到它的影子，但一大群无人机则将阳光遮得严严实实。我屏住呼吸，等待阳光再次照亮水面。我快晕过去了，但如果无人机真的探测到我们的热信号，喷雾应该还没有完全消散。

我把头抬出水面，大口喘气，害怕自己可能吸入了毒素。但无人机从我们头顶上飞过，继续向南而去，空气中并没有绿雾。我把其他人拉起来，他们一个个地抬起头，咳嗽着，大口大口地喘着气。只有沃克西除外，他还安全地戴着头盔。

要么是几百架无人机并没有发现我们，要么就是集团不再关心我们了。我用目光跟随那架领头的无人机的轨迹，直到它消失。我意识到那正是我们要去的地方。最底层的瀑布。

我游到一块大石头边，用一条胳膊抓住它。但我的速度太快了，膝盖骨撞到了石头上。我尖叫一声，一把抓住我的膝盖，松开了沃克西。我的采集袋被带子紧紧地绑在身上，我去看沃克西时，发现他用戴手套的手死死地抓着带子。我放开膝盖，先确保沃克西的安全，疼痛一下下地袭击着我的膝盖骨。我扯着袋子把我们这一串人甩向了沙滩。苏马爬上岸，把羽毛、卢比奥和沃克西一个接一个地拉了上去，最后只剩下我一个人攀着大石头。

苏马拽着我的袋子。“放手吧，泽塔一号。”她喊道，“放手吧。”

我睁开眼睛，意识到苏马还不知道我的真名。

我松开巨石，挣扎着扑向他们，水流想把我冲走。苏马和沃克西各抓着我袋子的一部分，羽毛和卢比奥在岸上拽住他们，最后，他们从河水的激流中把我拖上了岸。

我们都躺在岸上，落汤鸡似的，连连咳嗽。

头顶上空，无人机在山脊附近盘旋，东面，冰水从山上倾泻而下。

无人机分成了几组，互相交织飞行。亮绿色的薄雾从它们的底部喷出，伴随着令人心悸的咝咝声。

我的胃在翻腾。我帮助他们制造出了这些毒药。

这些绿雾把萨根星球橙紫色的天空变成了令人作呕的棕色。我估计着那些无人机的高度。它们离得太远，几乎看不见，我们目前是安全的。

树林里茂密的树叶在微风中轻轻摇摆，招呼我们快进去。

“你没事吧？”苏马问。

我摇了摇头，没说实话。

“你说它们在做什么呢？”她望着天空问道。

我耸了耸肩，依然没说实话。

我想站起来，但两个膝盖不听使唤。沃克西牵着我的手，我一瘸一拐地和其他人一起朝树林走去。

在高高的树梢上，鸟儿——或者说是带翅膀的小蜥蜴——在树叶间跳跃。地面覆盖着一层海绵般的苔藓，每走一步都像是踩在枕头上。散落的巨石点缀着大地，如同掉落在地的成熟水果。

我们找到一棵树，互相在树下偎依在一起。我已经看到我的膝盖在防护服下面肿了起来。

我抬头看了一眼象耳叶形成的华盖。不知怎的，躲在小树林里就像躲在我们床上的被子里。然而，就像躲在被子里一样，如果有坏东西来抓你，被子并不能真正保护你。

苏马把她的帽衫拧干。“我们现在该怎么办？”

我凝望着远处正在沉入星球表面的朦胧的薄雾，内心因恐惧而缩成一团。只有沃克西戴着头盔，虽然毒雾离我们还很远，但我知道风很快就会把它吹过来的。

我摇摇头。这不是该由我们决定的事情。

我们至少必须找到第一批先行者的营地。看看有没有什么能够帮助我们。我无法想象沃克西大半辈子都闷在头盔和防护服里。

卢比奥用双手快速摩挲着自己的胳膊。“我们要不要试着联系一下集团？”

苏马眯起眼睛看着他。“艾普西隆五号说得很清楚，必须听从泽塔一号的指令。如果你做不到，我就亲自向妮拉大总管告发你。”

卢比奥使劲咽了口唾沫，身子往后一靠，从苏马的视线中退了回去。

我们从树冠底下向上望去。那些无人机就像一支凶残的军团离开大屠杀现场一样，重新集结成一个整齐的队形。一旦它们变成一团稳固的黑色，就会加速返回北方。

苏马侧身移到我旁边，用口型说道：“我们多久才能离开？”

我们的处境非常糟糕。在确定毒雾消散之前，我们不能去营地。但如果等得太久，风暴就会重新来袭，而这些细细的树干和大石头是不足以保护我们的。

我不能告诉苏马毒雾的事。既然无法避免，又何必让她为即将发生的事担惊受怕呢?

“快了。”我回答。

棕色的天空开始重新变成焦橙色和亮粉色。

我们都坐着。几分钟后，卢比奥开始打呼噜，羽毛侧身躺着打盹儿。如果能抹去那些无人机的画面，忘记我所知道的所有事情，我愿意付出一切。沃克西仰面躺着，透过面罩盯着树冠里飞来飞去的小蜥蜴。

苏马靠着树盘腿坐在我面前，银色独角兽犄角从她长长的、波浪形的深色头发中探出来。“我叫苏马。”她说。

我顿时眼眶发热，泪水像开了锅似的涌了出来。

我擦了擦鼻子，并没有因为这样子可能很恶心而感到难为情。“我知道。”我说，这才意识到我还没有直接叫过她的名字，“我叫彼得拉。”

“彼得拉。”她说，“谢谢你，彼得拉。”

她的嘴唇在颤抖，我想，她是不是已经知道了关于她妈妈的已然发生的结局。

“泽塔一号？”羽毛牙齿嘚嘚打着战叫道，“我很冷。”

“而且很饿。”卢比奥半睡半醒地咕哝道。

我突然觉得有点理解父母的感受了。我站起来，走到树林边，观察天空颜色的变化。

田野太远了，看不见。

我一瘸一拐地走向卢比奥。“我需要借一下你的望远镜。”

他耸了耸肩，从口袋里把望远镜掏出来递给我，然后又闭上了眼睛。在树林边，我将望远镜对准瀑布下方，一点一点地扫视。在瀑布两侧的岩石表面，零星分布着一些小山洞。我又看向空旷的田野。毒雾正在慢慢消散。瀑布下面是一片绿色的田野，颜色和利塔的仙人掌花园一样，但那只是草地。田野尽头依然是丛林，根本没有妮拉说的定居点，也没有昴星团的第一艘飞船，没有人。

我漏掉了什么？

我感觉到有人在我旁边，我转过身，看见了苏马。我递过望远镜。“你能试试吗？”我问。

就在这时，一只蜜蜂落在了苏马的独角兽犄角上。我不确定她喜不喜欢蜜蜂，就赶紧把它轰走了。接着，我怔住了。“那是真的。”我低声说。

苏马漫不经心地转过头。“你说什么？”我想起妈妈说过，蜜蜂就是生命。没有蜜蜂，就没有食物；没有食物，就没有人类。苏马耸耸肩，拿起望远镜。过了一会儿，她说：“嗯……”

“什么？”我问。

她把望远镜放在我的眼前，对准瀑布的方向，对准远处田野边缘的丛林。象耳树的树干不是笔直的一根一根的，而是互相编织在一起的，像编篮子一样形成了一堵墙。这在任何星球上肯定都不是天然形成的。他们有多少人？第一批先行者到那里有多久了？

“你认为那是什么？”她问。肯定是定居点，但视野里一个人也没有。

不管发生过什么，我们都太迟了，他们已经离开。

在无人机远去的方向，那艘螳螂飞船进入了我们的视野。

“快。”我说，“躲到岩石后面去！”如果他们直接从头顶飞过，岩石是掩盖不了我们的热信号的，但如果我们藏起来，也许还有机会。

苏马和我冲回了树林里。我抓住沃克西和羽毛，苏马抓住卢比奥。但飞船在几公里外停住了。尽管离得这么远，它看起来仍然很巨大，似乎起落架的长腿伸过来就能把我们拎上去。螳螂在原地盘旋，没有再靠近。

“待着别动，听我的命令！”我从岩石后面大声喊道。沃克西和羽毛紧紧抓着我。

我向外偷偷看去。没有携带毒素的无人机了，也不见有穿梭机离开飞船来抓我们。远处，昴星团飞船的重力稳定器开始嗡嗡作响，越来越响。就像我们离开地球时那样，它在聚集力量，准备冲破萨根星球的引力。于是我便知道，一切都结束了。集团淘汰出局，要离开了。我感到一只小手抓住了我的手，我低头看去，沃克西正捏着我的手指。我也捏了捏他的。

助推器启动，飞船弹射出去，进入超光速状态。随着隆隆的轰鸣声，它加速飞离了萨根星球。我想知道，当集团重新配置了表皮过滤器，他们还会不会再回来？或许他们会找到另外那个宜居星球，再也不回来了？我低头看着沃克西，他唯一曾经的家正在远处变得越来越小。

“没关系。”我说。

他耸了耸肩。“我知道。”

我们站在那里目送它离开。

在那颗带着光环的星球的衬托下，飞船离开萨根时发出的光弯曲成一个像萤火虫一样的椭圆形，最后，这光消失了。

哈维尔的故事在那艘飞船上结束了。在这个结局中，他知道我爱他，他拿到了自己的书。他的故事将以哈维尔，而不是集团一员的身份结束。

现在，他们都离开了，只剩下我们。五个人在一个巨大的星球上。我为我们所有的人做了这个选择。我不愿意去想这一切意味着什么。我瞥了苏马一眼，泪水顺着她的脸颊滚落下来。她会不会以为她妈妈乘着那艘飞船离开了？

“苏马？”我喊道，但她的眼睛一直盯着飞船。

“苏马，你妈妈……她们已经……”

“我知道。”苏马用手臂擦了擦眼睛。

我想给她一个拥抱，但她牵起沃克西和羽毛的手，把他们和卢比奥领到了远处的树荫下。

我紧紧地闭上眼睛，不去想我们也可能会在第一批先行者——如果他们真的在那里的话——的营地发现他们都已经中毒身亡。毒雾应该已经消散了，但现在我还不想让大家冒险穿过。然而这件事必须要做。那是我们唯一的避难所了。我只是需要一点时间。

我把手伸进口袋，一个金属尖扎了我的拇指一下。我掏出我的银太阳吊坠，低头凝视着它，摩挲着上面已经褪去光泽的黑曜石。我的眼睛里充盈着泪水，我抬起头不让泪水流下来。利塔把吊坠戴在我的脖子上，感觉就像是几天前的事情。虽然萨根的星星要多很多，但它们闪烁的样子和我在新墨西哥州的沙漠里看到的一样。那时我躺在利塔黑红条纹的毯子上，把面颊贴在她的胸前。数十亿公里的太空，数不清的太阳和月亮，隔开了我和我的故乡。

我把吊坠举向天空，让矮太阳对准黑曜石的中间。这个小小的球体在宝石中心发出微光。我压低声音，不想让别人听见。“利塔。你在吗？”话哽在了我的喉咙里，“我需要帮助。”

我等待着。

什么动静也没有。没有神奇的声音在风中低语，没有利塔香水的气味。

也许这里的太阳太小、太低、太冷，不起作用。

“泽塔一号？”卢比奥又喊道。

我把吊坠放回口袋，保险起见，拉上了拉链。我一瘸一拐地回到他们栖息的树下，坐在了羽毛旁边。

“我们很快就能找到食物。”我带着愉快的微笑说，心知我们的食物将是黏糊糊的煮熟的湖藤。

羽毛靠在我身上，穿着湿衣服的身体瑟瑟发抖。

我拉开采集袋隔层的拉链，里面是哈维尔皱巴巴的衣服。我拿出他的七码牛仔裤和基因复活萌宠团卫衣。我的下巴颤抖个不停，我不得不咬住嘴唇。这件卫衣没有独角兽的犄角，但比羽毛的防护服干爽。我把它递给羽毛，她吃惊地睁大了眼睛。接着，她脸上绽开一个灿烂的笑容，我怀疑羽毛是不是也像哈维尔和地球上所有七岁孩子一样，是基因复活萌宠团的成员。

“它们归你了。”我说。

“噢！”她抓住衣服，冲到最近的那棵树后面。听到她这么快就拉开衣服拉链，我和苏马都忍不住笑了。随着一声湿漉漉的闷响，衣服掉在了地上。

一阵西风吹过树干，也吹过我们潮湿的、起鸡皮疙瘩的皮肤，让我感觉暖乎乎的。飞天蜥蜴们已经匆匆钻进了树洞里，这是它们千年来从八小时风暴周期中习得的本能。

“谢谢你，泽塔一号。”羽毛说。

苏马在我身后轻声叫道：“她叫彼得拉。”

羽毛面对苏马，双手叉腰。“泽塔一号是专家，精通所有地质——”

苏马的声音盖过了羽毛的，语气突然显得很威严：“彼得拉是个讲故事的人。”

一股暖意包围了我，就像被利塔搂在怀里一样。

我闭上眼睛，突然发现自己在沙漠里利塔的房子后面。飞天蜥蜴啾啾叫着，在高高的树上向朋友们歌唱，听起来就像家乡的郊狼。我甚至想象着，香甜的象耳木的烟尘飘上了萨根星球的星空。

我脑海里响起了利塔的声音：“设定你的目标。”我不禁热泪盈眶。我让所有那些回忆全都翻涌上来，占满我的心头。所有这一切：妈妈、爸爸、利塔、哈维尔，还有我们的家；本和我脑海深处的那间分崩离析的图书馆；利塔和祖先们的故事。我把它们全都带到这个世界上来了。

高处起风了，树的枝叶在萨根星球温暖的微风中翻滚起伏，就像新墨西哥州的沙漠一样。我看了看身边的卢比奥、羽毛、沃克西和苏马：不同的肤色，不同的体形。无论多么不同，我们似乎都组成了一个意想不到的家庭。

羽毛用双臂抱着膝盖坐在那里，仍然浑身发抖。卢比奥捂着咕咕叫的肚子。沃克西满怀期待地盯着我，好像我能填补他的饥饿。

和集团在一起的时候，他们四个在飞船上至少还有食物，也没有受冻。他们服用营养剂和助眠药。现在呢，每一天都会过得很艰苦。离开飞船的生活真的更好吗？

风的呼啸声更响了，提醒着我必须快点找到栖身的地方。透过周围的树木，那声音听起来更像是尖叫。沃克西的嗓音发颤。“那是什么？”

当年，在我这辈子最害怕的时候，利塔找到一种办法让我忘记了哈雷彗星。

“哦，那个？”我说，“别担心。那是火蛇神。”我指着树林的另一边，“他住在星球的西边。”

“呸。”卢比奥插嘴道，“我们对生命形式的研究表明，这个星球上没有蛇类。”

“嘘，这是我的故事。”我说。

羽毛伸手捅了捅卢比奥。“安静！她要给我们讲故事了。”

我又回到了过去，仿佛那只是几天前的事。我注视着利塔把几块松木扔进火里。

但这一次，我压低声音慢慢地说：“很久以前，几个世纪以前，火蛇神离开他的母亲地球，去寻找他的父亲，”我指了指矮太阳，“他比萨根星球的太阳大得多、远得多，威力也强得多。”

“地球。”羽毛低声说，眼睛向左上方看了看，“萨根是什么？”

“现在是谁在听故事时插嘴？”卢比奥尖声说。

我继续讲故事，一边把双手捏成一团。“火蛇的父亲是一颗无比炽热的太阳。”我突然在他们面前张开双手，“当火蛇靠近时，他父亲的问候灼伤了他的眼睛，他变成了瞎子！”

羽毛倒抽一口冷气，把背靠在了树上。

我幻想着利塔看着她的故事在新星球上被讲述时咯咯发笑的样子。

我下巴低垂。“可怜的孩子。没有了眼睛，也没有一个朋友给他引路，他想回家，想回到母亲爱的怀抱。地球，一个由绿松石蓝和祖母绿构成的星球，无尽的海洋里满是鲸和鱼。”

我看了一眼苏马。她闭着眼睛，面带微笑。一滴眼泪从脸颊上滑落。

我凑过去，声音沙哑而神秘。“而深海中还有尚未被发现的生物。”我举起双臂，他们的目光跟着我，“山脉又高又远，从未有人踏足过。山洞那么巨大，洞里的水晶从未有人见识过。那冰雪覆盖的山尖，在太阳的照耀下闪烁着金色的光芒。”

我深吸一口气，思考着接下来的情节。

“可是，当火蛇回来寻找母亲时，他那双失明的眼睛看不见她，他飞得太近、太快了。”我闭上眼睛，脑海里闪过妮拉在集团聚会上展示的全息图像。我咽了一下口水，想到，如果我能活到像利塔那样老，我还会让其他人在这里分享他们的故事，关于那些他们深爱的人，那些因火蛇逼近地球而失去的亲人。我会讲述利塔的故事，讲述她如何把爱和生命倾注于她的食物、她的家、她的故事。

“哦，不。”沃克西说。

苏马的眼睛仍然闭着，我不知道她是想忘记，还是想牢记。也许故事可以帮助我们同时做到这两点。我知道并不是所有的故事都有圆满的结局，但如果我们想做得更好，就必须把最痛苦的部分也说出来。

“火蛇的回归并没有带来母子的幸福团聚，而是带来了死亡和毁灭。”

我们静静地坐着。尽管沃克西并不认识任何死去的人，但他眼里充满了泪水。我知道这些也是他的故事，和我一样，地球上某个地方的某个人也曾是他的祖先。

“一些勇敢的人类，离开了他们在火蛇的母亲——地球——上的家。他们留下了那么多心爱的人与物，只带走了很少的东西，希望能为他们的孩子、他们孩子的孩子，以及所有未来的人类找到一个新家。”

苏马转过身，擦了擦一侧的面颊。

“火蛇为失去母亲而悲伤、自责。”我说。

“那他在失去妈妈后做了什么？”卢比奥探着身子问。

我像利塔以前那样卖了个关子，停顿下来，狡黠地朝他们每个人笑了笑。“他没有别的选择。他跟随着那些他唯一感觉像家的、唯一熟悉的……”我指着卢比奥、羽毛和沃克西，“人类。”

“几百年来，火蛇一直跟在逃亡的人类身后。”我指着西边的方向，“保持安全距离，以免自己不小心也会伤害到他们。他不敢靠得太近，可是，当人类到达新家，火蛇也会和他们在一起。他知道自己不能生活在萨根星球东方的暗面，因为那里的冰雪可能会永远熄灭他的火焰。”

从西边吹来一股暖风，与我的故事完美契合。

“看到了吗？”我说，“他送来令人安心的风，承诺他会保持安全距离，但用他的气息让人类感到温暖。他提醒我们，他是来保护我们的，保护他的地球母亲的其他孩子。”

一股更强的风呼啸着穿过树林。飞天蜥蜴全都静下来了。我咬着颤抖的嘴唇。现在必须找个栖身之处。我们已经走了这么远，我不会让我们的故事在这里结束。哪怕只有我们五个人，我也要分享我从利塔的母亲和她母亲的母亲那里听来的故事……我一定要让祖先的传说渗透进萨根星球的土壤，我要把我大脑中魔法图书馆的精华讲述给我们的新世界听。

当我看着苏马、卢比奥、羽毛和沃克西时，我感觉自己终于找到了某种意义上的家。我们是幸运的，能够生活在两个星球上的人寥寥无几。我知道他们现在都应该听到事情的真相了，剩下的只有我们。我们的父母都已离去，而我们需要拼命努力才能活下去。我深吸了一口气。

卢比奥腾地站了起来，他的嘴半张着，眉毛拧成了一个 V 字形。“泽塔一号的故事是真的！”他说，“我闻到了火蛇的气息。”他深深地吸气，“是烟。”

“你记得烟？”我不假思索就说道。如果他们都同时回想起了家乡，局面可能会不太好收拾。

“我也记得。”羽毛说。

我怀疑她是不是在学卢比奥说话，可是……

“这让我想起了烤焦的棉花糖。”羽毛歪着脑袋。

苏马深深地吸了口气。“彼得拉，烟！”她跳了起来。

我站起身。我们慢慢地走到小树林边，我从树下往外走了一步，再次扫视这条河的源头。

黄昏是平静的，除了又一次袭来的大风。我用手握住黑曜石吊坠，接着我听到了。利塔的声音在风中呼唤。

“彼得拉，你真的会成为一个了不起的讲故事的人。”

我抬头看着月亮，不让眼泪流下我的脸颊。小月亮在大月亮身后探头探脑，我发誓，我在它表面看到了兔子的轮廓。

然后，我也闻到了。但希望越大，失望越大，那也可能是先行者在毒素投放前生的火。

可是……从南边，从瀑布旁边的那些山洞里，传来了乐音。只是几个音符，但我听到了，夹杂着风和烟的轻柔呢喃……远远的吉他弹奏声，还有笑声。

哈维尔……实验室里的毒素……难道是他？

突然间，我明白了他最后一句话的意思。

“如果我的这一小段旅程是为了给其他人一个机会，那么这会让我们的父母和祖先感到骄傲。”

他说的不只是让我们离开飞船，他说的是拯救所有从地球远道而来的幸存者。

音乐声越来越响。

“那是什么？”卢比奥问。

我眨了眨眼，泪水顺着脸颊流下来。

“那，就是家。”

我的故事结束了，

风把它吹向遥远的星空。